元曲史话

曹明升 著

河南文艺出版社
·郑州·

图书在版编目(CIP)数据

元曲史话/曹明生著. --郑州:河南文艺出版社,
2024.3

ISBN 978-7-5559-1642-0

Ⅰ.①元… Ⅱ.①曹… Ⅲ.①元曲-戏剧史-中国
Ⅳ.①I207.37

中国国家版本馆 CIP 数据核字(2024)第 005695 号

选题策划	萧梦麟	
责任编辑	肖 泓	
装帧设计	刘婉君	
责任校对	殷现堂	

出版发行	河南文艺出版社	印 张	18.25
社 址	郑州市郑东新区祥盛街 27 号 C 座 5 楼	字 数	234 000
承印单位	郑州印之星印务有限公司	版 次	2024 年 3 月第 1 版
经销单位	新华书店	印 次	2024 年 3 月第 1 次印刷
开 本	640 毫米 × 960 毫米 1/16	定 价	51.00 元

印厂地址 郑州市高新区冬青西街 101 号

邮政编码 450000 电话 0371-63330696

目录
CONTENTS

元曲史话

第五章

花间美人王实甫

第六章

九天珠玉郑光祖

元
曲
史
话

绪论

文化的融合、经济的繁荣与元曲的兴盛

元朝是我国历史上第一个由少数民族的统治者建立的统一政权,它疆域辽阔,国力强盛,有大一统王朝的宏阔气象。在文化上,它也是一个很有特点的时代。一方面,文明程度较高的汉民族被处于较低社会发展阶段的游牧民族打败,汉人原本尊奉的礼乐文化信念受到了空前的挑战。尤其对汉族知识分子来说,先前的文化荣耀已经不再,而朝代的更迭、民族的压力、身份的失落、世俗的白眼,给他们内心带来了巨大的冲击与创伤。另一方面,蒙古铁骑席卷南下,开启了大规模的民族融合。这种多民族之间的杂居与交融,必然带来思想与文化上的碰撞与融合,逐渐产生新的价值观念和思想体系。

　　思想文化上的震荡是双向的,无论是较为发达的中原农耕文化,还是相对落后的游牧文化,都会做出相应的改变。游牧民族作为统治者,入主中原以后也在不断汲取汉文化。公元 1271 年,忽必烈下诏,建国号为大元,乃取《易经》"乾元"之义,这是很好的证明。像贯云石(回纥人)、萨都剌(蒙古人)、杨景贤(蒙古人)等人擅长以汉语进行文学创作,也说明他们在自觉学习、接受汉人的文化。而汉人作为被统治阶层,更是无法回避游牧民族的文化影响,像元杂剧中常提到"烧埋",说明一向习惯土葬的汉族也在接受少数民族的火葬习俗。尤其是游牧民族歌舞传情、敢爱敢恨的文化特质,以及豪迈奔放、通俗直率的审美趣味,都使汉人传统的文化观念发生着改变。像〔唐歹合〕〔拙音速〕〔阿忽合〕等旋律高亢、节奏明快的少数民族音乐,原被视为"北鄙杂伐之音""武夫马上之歌"(徐渭《南词叙录》),现已为汉族文人与百姓所喜闻乐见。所以,整个元代社会的思想文化一直处于游牧文明与农耕文明、北方文化与南方文化、俗文化与雅文化的碰撞与融合中,这也使得元代的文化环境较为宽松,创作氛围比较自由,故而元曲能够摆脱传统文学"载道"的束缚,得以在开放、宽松、多元的文化土壤中茁壮成长,终至绽放出艺术的奇葩。

除了文化环境的改变以外,大批文人投身于元曲创作,也是元曲得以兴盛的必要条件。这其中的原因,主要在于元代统治者对科举的不重视。据《元史·选举志》,公元1313年元仁宗才下诏恢复科举考试,两年以后(1315)举行会试和御试,标志着元代统治者真正开始了科举取士。而这距离中原地区科举被废已有八十余年,距离南宋统治的南方地区的科举被废也有三十多年的时间。虽然恢复了科举取士,但元代录取的进士人数远远少于宋代。以南宋为对照,从公元1127年建国至1279年亡国,152年间开考49次,除去三次未载录人数以外,其余46次共取进士20 978人。如果从公元1234年灭金占领中原算起,至1368年亡国,元代134年间开考16次,共录进士1 139人。而且这其中有一半名额是给蒙古人和色目人的,所以作为当时人口主体的汉人与南人几乎是仕进无望。这样一来,本来以科举做官为人生出路的汉族文人,不仅前途渺茫,而且生计困顿。他们有的坐馆授徒,有的转而从医,有的成为游方术士,有的去给蒙古官员充当小吏,还有一些索性走向市井勾栏,投身书会,当个书会才人。所谓"书会才人",就是杂剧、话本作家,通过创作、编写供人娱乐的杂剧和话本来挣钱养家。称为"才人",并无特别褒扬的意思,因为读书人改行去写杂剧和话本,在当时并不是一件值得骄傲的事情。而那些去做小吏的文人,长期供人驱使,沉沦下僚,也常常借曲来抒发失意的情怀和归隐的意愿,他们和书会才人都是元曲创作的主要力量。《录鬼簿》中就记载不少杂剧作家是以吏为业,兼作杂剧,或是先做小吏,后改作杂剧。当"春风得意马蹄疾,一日看尽长安花"已经成为难以重温的旧梦时，这些干禄无阶、入仕无路的文人只能在戏剧舞台上博一个粉墨功名，在元曲创作中发一下不平之鸣。他们虽然失去了彪炳史册的机会，却创造出了金声玉振、雅俗共赏的元曲，这同样可以令他们千古不朽。

此外，元代都市经济的繁荣与戏曲演出的商业化，也是元曲兴盛的重要条件。元朝统治者好财好货，多方征集工匠商贾来建设大都、杭州等中心城市。商人地位大为提高，代的商业在战乱之后出现了强劲的发展势头。以大都为例，当时商贾云集，百业兴旺，娱乐业也随之兴盛发达。元人黄文仲在《大都赋》中这样描述当时的娱乐业："华区锦市，聚四海之珍异；歌棚舞榭，选九州之秾芬……若夫歌馆吹台，侯园相苑，长袖轻裾，危弦急管。结春柳以牵愁，伫秋月而流盼。临翠池而暑消，褰绣幌而云暖。一笑金千，一食钱万，此诚他方巨贾，远土谒宦，乐以消忧，流而忘返。"赋中描述了大都的演出场所、歌舞演员以及消费者的消费能力——这些都是元曲这种通俗文艺在发展过程中所必需的物质条件。不唯大都，其他大城市也是如此，城市经济的繁荣推动了市民阶层的壮大和娱乐消费的增长。于是各地的演出场所如雨后春笋般冒了出来，其中既有收门票提供演出服务的专业剧场——勾栏，也有像酒楼、歌馆这样的临时演出场所，还有一些则是私人专属的赏曲场所，多为贵族所拥有的住宅与园林。如此庞大的演出市场和消费需求，直接刺激产生了大量符合市民审美趣味的戏曲作品。

总之，在多元文化的碰撞与融合下，儒家文化失去了往日的独尊，知识分子的价值观念与审美趣味发生了巨大的变化，他们或为生计，或出于兴趣，纷纷投身到元曲这种大众文艺的创作中来。在曲中，他们或喜或怒，或庄或谐，或直抒胸臆，或借古人之口感叹兴衰。元曲，既是当时不少文人的衣食之源，也是当时多数文人的心灵栖息地。再加上城市经济的繁荣与文娱生活的需求，带有世俗化、商业性、蒜酪气的曲体文学终于在大碰撞、大融合、大一统的元代迎来了蓬勃发展、大振宏声的黄金时期。

第一章

一代绝艺振宏声

"元曲"这一名称,最早见于明人胡侍《真珠船》卷四"元曲"条,其云:"元曲如《中原音韵》《阳春白雪》《太平乐府》《天机余锦》等集,《范张鸡黍》《王粲登楼》《三气张飞》《赵礼让肥》《单刀会》《敬德不伏老》《苏子瞻贬黄州》等传奇,率音调悠扬,气魄雄壮,后虽有作,鲜与之京矣。"可见胡侍所谓"元曲",是北曲杂剧与北散曲的统称。后来王国维在《宋元戏曲史》中明确指出:"元曲分三种,杂剧之外,尚有小令、套数。"小令和套数属于散曲的范畴,所以王国维对"元曲"的界定,也是指元代的散曲和杂剧,而不包括南戏。本书遵循传统的"元曲"观念,不对南戏进行介绍。

　　散曲和杂剧,虽一属诗歌,一属戏曲,但两者的曲词形式均为长短句,也都按曲调格律谱写,可合乐歌唱,因此散曲、剧曲有时被称为"乐府"。元曲是吸收融合唐宋大曲、宋词、诸宫调、金院本以及金元民间音

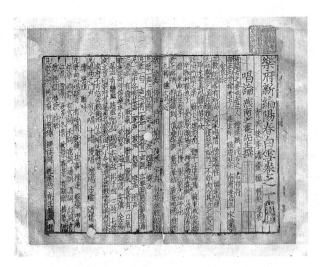

《乐府新编阳春白雪》元刻本(南京图书馆藏)

乐发展而成,所用曲牌有四百多个。自元末明初起,元曲就与唐诗、宋词并称,被视为一代文学之代表。

元曲的体制(上):散曲的篇制

元代有散曲一体,却无"散曲"一名。"散曲"之名,最早见于明初朱有燉的《诚斋乐府》,不过该书所说的"散曲",乃专指小令,而不包括套数。明代中叶以后,散曲的内涵逐渐扩大,把套数也包括了进来。像王骥德在《曲律·杂论》中说:"散曲绝难佳者,北词载《太平乐府》《雍熙乐府》《词林摘艳》,小令及长套多有妙绝可喜者。"他所举三部选本,都是兼收小令和套数,王氏概称"散曲",显然是将套数也纳入了散曲的范围。至二十世纪初,任中敏先生在《散曲概论·序说第一》中明确界定:"套数、小令,总名曰散曲。"散曲作为包括小令和套数的完整文体概念,最终被确定下来。

小令

散曲的篇制主要有小令、套数以及介于两者之间的带过曲。小令,又称"叶儿",是散曲的基本篇制,相当于词之一片。小令的名称,起源于唐著辞之酒令。所谓"著辞",是指在酒宴上即兴创作的歌词,用于歌舞、行令以侑酒。其中,用作酒令的著词被称为"著词令",如〔抛打令〕〔调笑令〕等。酒令曲,多篇幅短小,"令"便成为短小歌曲之代称。宋词有令、引、近、慢诸体,令便是指五十八字以内的短小歌词。元代又生"小令"一词,多指俚歌俗调,文人作曲都自称"乐府",从不称"小令"。到了明代,"小令"才成为与"套数"相区别的单片独曲的总称。

一首散曲小令,由宫调、曲牌、题目和正文组成,题目不是每首小令都有,但其他三项缺一不可。所谓宫调,在隋唐时分"宫"与"调"两个概念:宫,主要指宫音的律位,相当于今天的"调高";调,则指确定调高后组构旋律的主音,大致可理解为"调式"。宫与调在宋元开始逐渐混用,构成了一个合成词,一般用来限定乐器管色之高低。当不懂音乐的文人也来从事散曲创作时,"宫调"逐渐成为用韵的一种规定。最早论及元曲宫调的是元人芝庵的《唱论》:"大凡声音,各应于律吕,分于六宫十一调,共计十七宫调。"六宫十一调,按隋唐时"依宫定调"的理论,当为六十六调,而芝庵将"六宫十一调"相加,得出了"十七宫调",说明他已将"宫调"视为一个概念,跟隋唐乐理上的"宫调"已无关系。随后他又记录了当时宫调的声情:

　　仙吕调唱清新绵邈,南吕宫唱感叹伤悲,中吕宫唱高下闪赚,黄钟宫唱富贵缠绵,正宫唱惆怅雄壮,道宫唱飘逸清幽,大石唱风流蕴藉,小石唱旖旎妖媚,高平唱条物滉漾,般涉唱拾掇坑堑,歌指唱急并虚歇,商角唱悲伤宛转,双调唱健捷激袅,商调唱凄怆怨慕,角调唱呜咽悠扬,宫调唱典雅沉重,越调唱陶写冷笑。

当然这些只是芝庵对于他经常演唱或听到的一些曲子的声情特点所进行的大致描述。随着时代的发展,有些宫调的声情会发生变化,但不同的宫调有不同的声情,无论创作小令还是套数,首先要选择宫调,这一点是可以确定的,否则杨朝英、周德清、陶宗仪、朱权、臧懋循、王骥德等曲家们不会都在著作中转录或节引芝庵的这段记载。

曲牌,简单地说就是乐曲、歌曲的名称,词有词牌,曲有曲牌。周德清在《中原音韵》里首次对元代北曲曲牌进行汇总,共计有三百三十五个。后来王国维对这三百三十五个曲牌进行分析,得出了"出于古曲者一百有十"的结论。(《宋元戏曲史》)所谓"出于古曲",是指有的曲牌源自唐宋词牌,如〔人月圆〕〔醉春风〕等;有的源自唐宋大曲,如〔六么令〕〔新水令〕等;有的源自诸宫调,如〔刮地风〕〔出队子〕等。那么剩下三分之二的曲牌来自何处呢? 一部分来自北方少数民族音乐的曲调,如〔穷河西〕〔唐兀歹〕〔阿纳忽〕〔醉娘子〕等,主要来自西北河西地区的音乐和东北女真族音乐。一部分来自南方音乐和蜀地音乐的曲调,如〔采茶歌〕〔汉江秋〕〔川拨棹〕〔清江引〕等。可见元曲虽然起自北方,却是汇集了东南西北各地音乐以后才蔚为大观的。还有一部分来自宗教音乐的曲调,如〔金字经〕〔白鹤子〕〔木斛沙〕〔袄神急〕等,主要来自佛教、道教和袄教的音乐。元曲作为兴起于民间的俗曲,与宗教音乐并无隔阂,吸收了不少宗教音乐的养分。元曲曲牌最重要的来源,其实是民间俗曲,这是元曲之根。例如〔魔合罗〕〔货郎儿〕〔卖花声〕等,就是来自宋代以来的市井俗曲;〔鲍老儿〕〔快活三〕〔笑和尚〕等来自民间傀儡戏,〔村里迓鼓〕则源于迓鼓戏。诚如赵义山先生所云:"元代北曲所用之曲牌所反映的音乐现象,可以说明元曲具有巨大的融会聚集之力,它对其所汇所集之曲,时不分古今,地不限南北,格不拘雅俗,调不论长短,皆可融而化之,改而用之,由此而赋以新的面貌,形成其有别于词乐的独特风格。"(《元散曲通论》)

元曲曲牌中有些为小令和套数通用,有些则是小令专用,如〔人月圆〕〔太常引〕〔刮地风〕等,有四十多个,每调基本没有增句减句的现象,仅略有增字减字的情形,这说明小令的音乐曲式结构比较稳定。由此我们可以总结散曲小令的形制特点:①必须是单片只曲;②每一曲牌有规定的句数和基本字数;③句句协韵;④有一定的格律。如姚燧的〔越调·凭栏人〕《寄征衣》:

> 欲寄君衣君不还,不寄君衣君又寒。寄与不寄间,妾身千万难。

这四点是就小令的整体情况而言,可视为"标准式",然而并非每一首小令都会严格遵循这种标准式。像张养浩的〔双调·庆东原〕首三句"海来阔风波内,山般高尘土中,整做了三个十年梦",就不是句句协韵。字数、句数有变化者更是屡见不鲜。所以,散曲小令在形制上有一定的弹性。

有时小令也会采用叠片的形式,被叠用的后一片称为"幺"。清初毛奇龄在给《西厢记》作注时说,这个"幺"就是"後"字的简笔。所以"幺篇"即后篇,是相对于前篇而言的。例如冯子振的〔正宫·鹦鹉曲〕《忆西湖》:

> 吴侬生长西湖住,叙画舫听棹歌父。苏堤万柳春残,曲院风荷番雨。　　〔幺〕草萋萋一道腰裙,软绿断桥斜去。判兴亡说向林逋,醉梅屋梅梢僵处。

这种由"幺篇"而构成双片的形式,应该看作是词的曲式特点的遗留,而不应视为小令的曲式特点。散曲小令与词相比,单片始终是最重要的体式特征。

小令还有一种特殊的形式——重头,亦称联章体。曲家在写完一首小令以后,意犹未尽,用同一曲调再写若干首,有的多达几十首,以合咏同一事物,或分咏数事。例如卢挚的〔中吕·朱履曲〕:

相约下禅林闲士，更寻将乐府娇儿，鹤唳松云雨催诗。你听疏老子，划地劝分司，他只道人生行乐耳。

恰数点空林雨后，笑多情逸叟风流，俊语歌声互相酬。且不如携翠袖，撞烟楼，都是些醉乡中方外友。

这一等烟霞滋味，敬亭山索甚玄晖，玉颊霜髯笑相携。快教歌宛转，直待要酒淋漓，都道快游山谁似尔。

前两首小令写访友，后一首写与友乐游，根据曲前小序云："访立轩上人于广教精舍，作此命佐樽者歌之，阿娇杨氏也。"可知这三首小令是围绕同一主题的联章散曲。这种是最常见的普通联章，此外还有重句联章，就是联章中的每首小令在开头、中间、结尾处会重复某个词语或句子。例如贯云石的〔双调·水仙子〕《田家》，四首小令均以"直吃的老瓦盆干"结尾，徐再思的〔黄钟·红锦袍〕四首，起首九字句均以"那老子"开头。这种联章体远可追溯到《诗经》中的联章复沓，近可溯源于唐宋词中的联章体词。例如白居易的〔忆江南〕三首，起句分别为"江南好""江南忆""江南忆"，"江南"二字固定不变，可视为重句联章。宋初欧阳修作〔采桑子〕十首咏西湖风景，首句末尾均是"西湖好"这三字，是第一组使用重句联章的宋词。元散曲中还有大量描写春夏秋冬、风花雪月、酒色财气、琴棋书画、农渔耕牧这些"四种事"的联章体。几乎所有著名的元代曲家都写过以春夏秋冬为主题的联章散曲，这应该和南朝以来文人热衷创作"子夜四时歌""白苎四时歌"的文化传统有关。

从散曲结构来看，一组联章小令是单曲的若干次重复，曲调是相同的；从内容上看，每支小令的曲词各不相同。这样同中有异，异中有同，避免了重复演唱一支单篇小令可能带来的枯燥感。

套数

散曲中"令"与"套"相对，"令"是只曲，"套"则是联结只曲而成的组曲，因以"套"为单位来计数，故称"套数"。确切地说，"套数"是由同一宫调、不同曲牌的多支曲子联缀而成的组曲。相对于剧曲的"四大套"有一定的组织结构而言，由于散曲之"套"彼此独立、分散，故又称为"散套"。我们先来读一套张养浩的〔双调·新水令〕《辞官》：

急流中勇退不争多，厌喧烦静中闲坐。利名场说著逆耳，烟霞疾做了沉疴。若不是天意相合，这清福怎能个。

〔川拨棹〕每日家笑呵呵，陶渊明不似我。跳出天罗，占断烟波。竹坞松坡，到处婆娑。倒大来清闲快活，看时节醉了呵。

〔七弟兄〕唱歌，弹歌，似风魔，把功名富贵都参破。有花有酒有行窝，无烦无恼无灾祸。

〔梅花酒〕年纪又半百过，壮志消磨，暮景蹉跎，鬓发浑皤。想人生能几何，叹日月似撺梭。自相度，图个甚，谩张罗，得磨驼且磨驼。共邻叟两三个，无拘束即脾和。

〔收江南〕向花前莫惜醉颜酡，古和今都是一南柯，紫罗襕未必胜渔蓑。休只管恋他，急回头好景亦无多。

〔离亭宴煞〕高竿上本事从逞逞，委实的赛他不过。非是俺全身远害，免教人信口开喝。我把这势利绝，农桑不能理会庄家过活。青史内不标名，红尘外便是我。

这是一套标准的套曲，由六支曲子组成，都属双调，一韵到底，第一支曲子的曲牌就是调名后的"新水令"，全套最终以组合性煞曲收尾。从中可以看出,散曲套数的形制特点主要有三点:①必须有两支以上同一宫调的曲子相联;如果有宫调虽异但管色相同者,也可互借入套,叫作借宫。②全套无论长短,一般都是首尾一韵,不可换韵。只有极少数例外,如北套中〔九转货郎儿〕的九支曲,可以各用一韵。③每套结尾一般要用"尾声"或"煞调",除非是以带过曲收尾,才可以不用尾声。

每套的第一支曲子(首曲)很有讲究,不是所有的曲调都能作为套数的首曲。像正宫,只有〔端正好〕〔菩萨蛮〕〔月照庭〕〔脱布衫〕四个曲子可以作首曲,中吕一般用〔粉蝶儿〕〔古调石榴花〕〔醉春风〕来作首曲,商角则只用〔黄莺儿〕来作首曲。这是因为首曲规定着整套曲子的声情类别,它是整套音乐在节奏与旋律上的某种范式。从"宫调·首曲"的命名方式也可看出首曲之重要。绝大多数的首曲都是"旧调",只有经过长期实践检验过的"旧调",才有资格成为整个套曲的范式。套数中的其他曲子可以有增句衬字,必要时还可以连续使用增句,但首曲一般不用衬字和增句,它必须是套数中最稳定的曲子。

"尾"也是套数特有的一种形式,跟首曲不同,"尾"具有较大的自由性。首先,"尾"的名称就无严格的规定,像黄钟宫的尾声就有"随尾""煞尾""收尾""尾"四种标识。其次,"尾"的句数伸缩性极大,句式也经常变化。从音乐的角度来看,"尾"是全套最重要的唱段之一,它的音乐意义较强,但文体意义较弱。所以,"尾"的自由性正是它音乐丰富性和灵活性的表现,只要不突破首曲的声情类别,演员可以在"尾"的演唱中做适度的发挥,这样一来,落实到戏曲文本上,"尾"就几乎没有固定的文体格式可言了。

套数视内容需要,可长可短,长的可达三四十曲,短的可以只有三支曲子。在曲调的排列上,曲家也会遵循大致的规律,如北曲〔仙吕·点绛唇〕套曲,一般以〔点绛唇〕〔混江龙〕〔油葫芦〕〔天下乐〕

〔那吒令〕〔鹊踏枝〕〔寄生草〕〔赚煞〕的顺序最为常见。但是,并非所有的曲调都可以不加区别地用于套数。有些是小令、套数均可使用,如正宫的〔叨叨令〕〔塞鸿秋〕、黄钟宫的〔出队子〕〔节节高〕等;有些是剧套、散套均可使用,如仙吕宫的〔赏花时〕〔点绛唇〕、正宫的〔端正好〕〔滚绣球〕等;有些是剧套专用,如仙吕宫的〔端正好〕、正宫的〔蛮姑儿〕等;有些是散套专用,如正宫的〔菩萨蛮〕〔月照庭〕、黄钟宫的〔女冠子〕〔侍香金童〕等。李昌集先生在《中国古代散曲史》中经过全面统计,发现散套所用曲调要明显多于剧套,这说明散套的成立当在剧套之前。这就引发我们对戏曲演进的一点思考:一个时代的"曲"发展到什么水平,以之为基础的"戏"也就在相当程度上规定了自己的形态。散套发展成熟了,用这种形式的"曲"去唱"戏",便是水到渠成的事情。

带 过 曲

　　带过曲,一般都认为是介于小令和套数之间的一种形式。然而元代曲选却无一例外地将带过曲归为"小令"类,所以带过曲的本质是小令的联唱,是小令的特殊应用方式。关于带过曲的生成,学术界主要有三种观点:一种是"临笔续拈"说,即曲家填完一首小令,意犹未尽,再以他调续作一首,而此两调之间的音律正可衔接。如果两调还嫌不足,可再续一调,但到三调为止,不能再增,否则就改作套曲了。一种是"摘调"说,认为带过曲是将套数中具有固定衔接关系的几支曲子摘取出来而形成的一种体式。还有一种"套数过渡"说,认为带过曲是从只曲到套曲的一个过渡环节,是较缠达、缠令更为原始的异调衔接方式在北曲中的遗留。

　　"带过"之名,出现于元人散曲调牌标名中,或曰"带",或曰"过",或曰"兼",如"雁儿落带得胜令""十二月过尧民歌""醉高歌兼摊破喜春来"等。这是曲家将异调曲牌相衔接而构成一个完整篇章的方法。如贯云石的〔中吕·醉高歌过红绣鞋〕：

看别人鞍马上胡颜,叹自己如尘世污眼。英雄谁识男儿汉,岂肯向人行诉难。　阳气盛冰消北岸,暮云遮日落西山,四时天气尚轮还。秦甘罗疾发禄,姜吕望晚登坛,迟和疾时运里趱。

前面四句是〔中吕·醉高歌〕,从"阳气盛冰消北岸"开始是〔中吕·红绣鞋〕,两支曲子组接成为新的一调。然而并非随便什么曲子都能自由组合成为带过曲:首先,曲子与曲子之间的音律必须能够相互协调才行,所以元人所作带过曲,均为同宫带过,异宫带过者非常罕见。其次,带过曲中的各支曲子分开来看,都可以构成完整独立的意义段落;合起来看,又能如一首较长的小令曲那样浑然一体,天衣无缝。所以带过曲的创作难度较大,在即席挥毫时,它不如小令那样便捷;在闭门觅句时,又不如套数那样尽兴——或许这正是带过曲未能被元代曲家广泛运用的原因。

元曲的体制（下）：
杂剧的演出形式与剧本体制

·

　　杂剧之名，并非始于元代，在晚唐文献里就已出现，但意义不是很明确。到宋代，杂剧之名逐渐为人们所熟知，当时各种戏曲、杂技都可称为杂剧。北方的金朝也有杂剧，又叫"院本"，是指"行院"用的唱本。所谓"行院"，原指娼伎、优伶居住的地方，后来也作为艺人的代称。早期的金院本多为滑稽短剧，以"净"脚为主，注重发科调笑。到了后期，金院本演出时的戏台设置已相当完备，人物妆扮也大有改进，整体上已是一种比较成熟的舞台艺术了。元人陶宗仪在《南村辍耕录·院本名目》中说："金有院本、杂剧、诸宫调。院本、杂剧，其实一也。国朝，院本、杂剧始厘而二之。"这就告诉我们，杂剧到了元代开始与院本分野，进入独立发展的时期；另一个方面也说明，元杂剧与金院本存在着一定的承继关系。当然，元杂剧在形成过程中还吸收了北方诸宫调与南方唱赚，以及民间歌舞、杂技等多方面的艺术养料，它是一种综合性的戏曲艺术。

勾栏

　　城市里，元杂剧主要在勾栏演出，有时被唤到官府去义务演出,被称为"唤官身"。宋元时期的勾栏多坐落在瓦舍中。瓦舍又称"瓦子"或"瓦肆",最初只是为来自四方的艺人提供的临时性表演场所,后来逐渐发展为一种集商业与服务于一体的游乐场所,里面不仅有各种技艺表演,还容纳了服装、玩物、酒水、理发、卖卦等商业经营,以及一些四处游走叫卖的小商贩,所以瓦舍是当时市民休闲娱乐的首选去处。勾栏则是瓦舍中进行娱乐表演的地方。瓦舍里一般都有几十座勾栏,勾栏里有戏台和看棚,外面用栏杆围起来,只留一处进出。勾栏里的演出都是营业性的,所以会有人在门口把门收钱,也会有人在门口大声吆喝,招揽观众。杜仁杰在〔般涉调·耍孩儿〕《庄家不识勾栏》里就说,庄稼汉在农闲时进城买纸钱香烛等物,在瓦舍门口看到"花碌碌"的演出广告,又看到有人撑着勾栏的门,在高声介绍今天演出的剧目:"前截儿院本《调风月》,背后幺末敷演《刘耍和》。"他花了二百文钱进入勾栏,观看杂剧,直被逗得"大笑呵呵"。

　　勾栏里的娱乐表演丰富多彩,宋代就有讲史、武术、杂技、舞蹈、傀儡戏、皮影戏、诸宫调、滑稽戏等二三十种,元代更多。根据记载,大的瓦舍里会有数十种表演在各个勾栏里同时进行,生意火爆时甚至日夜不停地循环演出;元代因为有"宵禁",夜间演出才被迫取消。在激烈的商业竞争中,杂剧不断调整自己的演出形式,开始由滑稽说唱向搬演完整的故事转型,叙事因素的增加、代言机制的形成、脚色体制的规范化,都使杂剧更适应市井大众的审美趣味,所以杂剧最终成了勾栏文艺的主体。只要看一下记录元代女伶们演出情况的《青楼集》,就能发现其中擅长表演杂剧者最多。可以说,只有擅长杂剧演出,才能成为当时的明星演员,才能吸引更多的观众。杂剧《汉钟离度脱蓝采和》里就描写过这样的情况:演出前勾栏外挂出海报,当时叫"招子",上面写有剧目和演员姓名。有些观众是专为某个演员来捧场的,很像我们今天的"粉丝"。

观众的反馈是元杂剧演进的动力——演员和剧作家都必须以台下观众的视角来塑造人物，表达情感。没有观众，就没有戏剧；但若没有勾栏，也就不会有大量的观众。所以是勾栏，为元杂剧的演出提供了主要场所和大量观众，在某种程度上，绚烂多姿的勾栏文化助推了元杂剧的辉煌。

　　农村里没有勾栏，元杂剧就在寺庙里或寺庙周围演出，有时在路边随处作场，称为"打野呵"。农村的寺庙每遇"神诞"要举行庙会，杂剧演出则是庙会活动的重要内容。例如，元代的山西地区，每年三月中旬都要祠神，民众也会娱乐几天，其中就包括观看杂剧演出。这种演出既可酬神，又可娱人，还可与其他商业活动相结合。有的富人会捐资修建戏台，方便村民观看演出。有了戏台，就解决了演出场地的问题，不同的戏班可以轮流使用，有些地方的戏台管理者也会向戏班收取一定的租金。山西农村里至今还保存着相当数量的元代戏台。

山西临汾魏村牛王庙戏台

脚色

　　元杂剧的脚色分工较宋杂剧、金院本更为细密,而且区分主次。戏中主要人物为正色,男主角为正末,女主角为正旦。元杂剧一般只有正色演唱,像《单刀会》为正末演唱,是为末本;像《调风月》为正旦演唱,则为旦本。然而为什么要以"末"和"旦"来称呼男女脚色呢?有一种"反语"说,即认为"末"是微末的意思,而在戏班里,"末"恰恰居于首位,便反过来称男主角为"末"。这种说法比较牵强,为什么一定要反过来称呼呢? 就算反过来称呼,为何不称"尾"而称"末"呢?

　　事实上,元剧中的"末"是从前代伎艺体制中继承下来的。宋杂剧在演出时,首先出场"提掇"者便是"末",他要负责念白、打诨,最重要的是唱曲,又被称为"戏头",这是唐代宫廷歌舞中"舞头"的遗响。为何又称为"末"呢? 据黄天骥先生研究,"末"的称呼可上溯到汉代,当时将优人扮演外国人称为"末"。这种演员负有重要的发声职能,与后来的"舞头""戏头"一样,而发声、喊叫一词,在梵语中的发音就是"末"。(《"旦""末"与外来文化》)从汉代开始,印度文化传入我国,印度的宗教、音乐、梵剧等在西域地区流传甚广,后又传入中原。作为梵语的音译,"末"就成为这类肩负唱、念职责的重要演员的称谓。杂剧中除正末外,还有冲末、外末、贴末。王国维《古剧脚色考》认为,末之"曰冲,曰外,曰贴,均系一义,谓于正色之外,又加某色以充之也",也就是说,冲末、外末、贴末都是副演员、男配角。然而一般小规模的杂剧班子不过三到五人,为何会有三个人演男配角呢?细读杂剧文本就能发现,冲末与外末所扮演的脚色类型完全一样,只是一种身份的两种称呼而已。像杂剧《关大王独赴单刀会》中的鲁肃,在《元刊杂剧三十种》里由"外末"扮演,在《孤本元明杂剧》里则由"冲末"扮演,这表明"冲末"就是"外末"。外末比较常见,冲末用得相对少些,为何要在外末之外再取个"冲末"的称谓呢?从文本来看,冲末一般多见于开场,后面就改用人物的本名了。考虑到元杂剧在正式演出之前,为了活跃气氛,集中观众注意力,会有一个"冲场",有理由认为"冲末"就是"外末"在冲场时的特定称呼。至于贴末,也是配角的一种泛称而已。

且,按照"反语"说的解释,本指旭日初升,阳气渐盛,而旦角都由女性扮演,女属阴,故反名之曰"旦"。这显然是附会之说。且,在戏曲文献中原作"妲",指扮演女性人物的演员。妲在宋杂剧里的重要职责是"引戏",这源自唐大曲中的"引舞"。在大曲的表演中,需要有现场的指挥,只有舞技最精、能引导舞队动作齐一的演员才能作"引舞"。而之所以称为"旦",同样是出自梵语的音译。在梵文甚至西域其他文字里,跳舞、舞蹈一词,都是以"旦"的发音作为基础。传入中原后,可能因为引舞者多由女扮,于是给"旦"加上了女旁而变为"妲";后来为求书写省事,又还原为"旦"。

"正旦"以外,元杂剧中还有"老旦""小旦""贴旦""外旦""搽旦""旦儿"等脚色。老旦、小旦是按剧中人物的年龄作出的不同称谓。贴旦是指次要的女性角色,《青楼集》里说女艺人米里哈即"专工贴旦",有点像现在的最佳女配角。外旦的意思和贴旦差不多,也是指正旦之外的次要旦角,像《赵盼儿风月救风尘》里的宋引章、《李亚仙花酒曲江池》中的刘桃花。搽旦是专门扮演阴险、淫邪、乖戾的妇女,因脸上搽抹成丑怪形象而得名,例如《黑旋风双献功》中的郭念儿。旦儿是"旦"的简称,不一定指哪一种旦,是一个比较广泛的名称,大多指年轻貌美的女性角色。前面说过,一般杂剧班子不可能有这么多演员,这些"旦"常常由一两个女性演员来扮演,即使是作为主角的"正旦",有时候也要串演一下其他脚色,像贾仲明的《萧淑兰情寄菩萨蛮》由正旦扮萧淑兰主唱,但第二折里正旦则改扮嬷嬷主唱。

元杂剧的脚色除了末和旦以外,还有净。净,一般扮演一些社会地位比较低下的喜剧性人物，有时也会扮演一些权豪势要、糊涂官吏这样的反面人物，像《赵氏孤儿》里的屠岸贾、《汉宫秋》里的毛延寿，都是属于这样的反面净脚。为何称"净"呢？按照"反语"说，那是"涂污不洁而命以'净'也"（胡应麟《庄岳委谈》）。这显然不合事实。何以称"净"，有两种观点影响较大。一种是王国维在徐渭的基础上提出的"促音"说，即认为"净"是"参军"二字的促音，"参军"急念则发音为"净"（《古剧脚色考》），如此，净脚便是从唐代参军戏和宋杂剧中"参军"这个脚色演化而来。还有一种观点，朱权在《太和正音谱》里提出："靓，付粉墨者谓之靓，献笑供诌者也，古谓之'参军'。"今天"靓"有两个读音，一个读若亮，一个读若净，朱权所谓的"靓"，当然读若净。可见朱权的说法也是认为净脚源自古剧中的参军色，只是读音从"靓"而来。后来焦循在《剧说》里做出进一步推断："今付粉墨者谓之净，盖'靓'之讹也。"也就是说，"靓"是"净"的原字。曾永义先生综合上述两种说法，认为"参军"之促音为"靓"，又由"靓"的读音与"净"相同，意义也相近，便从字形上简化为"净"。（《说俗文学》）

元杂剧的脚色就是末、旦、净三大类，没有丑，也没有生。还有些人物，像细酸、孛老、卜儿、卒子等，统称为"杂"。所以"杂"并非脚色名称，而是当时对末、旦、净以外的各种戏剧人物的俗称。

演员

在元代，朝廷对搬演和习唱杂剧者有严格的身份规定，只能是在籍的歌伎与乐户，其他人是不能也不屑于演杂剧的。《元典章》卷五十七载："本司看详，除系籍正色乐人外，其余农民、市民、良家子弟，若有不务正业、习学散乐、搬演词话人等，并行禁约。"从夏庭芝《青楼集》的记载来看，杂剧演员主要为两类人：一类是青楼名妓兼习杂剧者,一类是乐户成员专演杂剧者。元杂剧的演员以乐户成员为主体。受到乐籍的限制,乐户女艺人要么被权贵收为侧室,要么与同为乐户的男演员结婚,他们的孩子长大后还是做艺人,故而出现了全家皆为杂剧演员的现象。如《青楼集》中所载李定奴,"歌喉宛转,善杂剧,勾阑中曾唱〔八声甘州〕,喝采八声。其夫帽儿王,杂剧亦妙"。再如赵真真,"冯蛮子之妻也,善杂剧,有绕梁之声",她的女儿西夏秀,也是出色的杂剧演员。

元杂剧的演员基本都用艺名,因为按照封建宗法制度,一入倡优贱行,便是辱没家门宗族,所以本族子弟凡有做优伶者,就不许使用族姓,否则会受到族规的严惩。杂剧演员在取艺名时喜欢用"秀"字,《青楼集》里就记载了珠帘秀、赛帘秀、曹娥秀、顺时秀等大量带有"秀"字的艺名。这些取名,有的是出于师徒间的师承关系,如赛帘秀就是珠帘秀的徒弟;有的是出于亲属间的承继关系,如天生秀是天锡秀的女儿;还有的则是为了标明不同的地区,如大都秀(北京)、梁园秀(河南)等。除了喜欢用"秀"以外,她们还喜欢用双字名,如于盼盼、冯六六、顾山山、李心心、汪怜怜等。徐扶明先生在《元代杂剧艺术》里说,在元代,只要一个或几个演员出了名,就会有很多演员采用其艺名中的某个字,嵌成自己的艺名,如嵌"秀"字,以此来招揽观众。

在元代应该有成千上万的杂剧演员,《青楼集》所记载的这一百多位,都是有很高水平与知名度的,都是众多杂剧演员中的佼佼者。像张奔儿,擅长杂剧中的花旦,时人称为"温柔旦";像天锡秀,善演绿林杂剧,"足甚小而步武甚壮"。有的演员记忆超群,能演上百段杂剧。像李芝秀就能记杂剧三百余段,当时没人比得过她;再如小春宴,能让观众随便点戏,所以她的名字经常被写在勾栏门口的广告牌上。还有的演员能兼演旦、末两种脚色,像朱锦绣就是"杂剧旦、末双全,而歌声坠梁尘",其表演水平"实超流辈"。这些优秀的杂剧演员不仅有很好的表演天赋,更有长期的勤学苦练和大量的舞台实践,才能最终形成自己的风格,获得观众的认可。

曲词

元杂剧的剧本由曲词、宾白、科介三部分组成,曲词是核心。作品主题的表达、艺术风格的展现、人物性格的揭示以及对观众情绪的感染,主要是通过曲词的演唱来完成的。元杂剧的曲词一般由正末或正旦负责演唱,其他角色只有宾白,相互问答而不唱。元杂剧的曲词都有固定的曲牌格律,每折戏的唱词都是一韵到底,平仄通押,除了特殊情况,一般中间不换韵。元杂剧的声韵是按照当时北方语音来制定的,其特点是分四声为阳平、阴平、上声和去声,但没有入声,这跟现在的普通话相近。杂剧在声律上平声要分阴、阳,这是为了演唱时的"字正腔圆"。"字正"是说字音准确,使听曲的人能够听懂;"腔圆"是指唱时不走调,能悦耳动听。杂剧的演唱虽然没有入声,但会比较严格地区分上、去,尤其是用于韵脚的时候,该用去声字就不用上声字。

元曲还可以加入若干衬字与增句,这与宋词非常不同。一般来说,套数中的衬字、增句明显多于小令,剧套又要多于散套。剧套在演出时合乐而唱,一唱而过,不比文本阅读可以慢慢体味,而在唱词中加入衬字与增句,就能有效地交代环境、渲染情绪。例如《倩女离魂》第二折中的〔小桃红〕:

我蓦听得马嘶人语闹喧哗,掩映在垂杨下,唬的我心头丕丕那惊怕,原来是响珰珰鸣榔板捕鱼虾。我这里顺西风悄悄听沉罢,趁着这厌厌露华,对着这澄澄月下,惊的那呀呀呀寒雁起平沙。

加点的都是衬字,郑光祖在这支曲子里加了三十三个衬字,用来表现离魂倩女在秋江夜色中的那种焦急、慌张、惊恐的心理。"我蓦听得""唬的我""我这里顺"的衬入，向观众展现出倩女所闻之声、所见之景和由此带来的心理波动。"原来是响珰珰鸣榔板""惊的那呀呀呀"的衬入，一惊一怕，也是在向观众展示舞台人物在特定情境中的心态。如果去掉这些衬字，虽然不影响阅读，却会影响听众在口耳之间的理解以及演员在舞台上的演唱效果。

增句则可以调节曲词的节奏，例如《柳毅传书》第一折中龙女所唱〔混江龙〕：

往常时凌波相助，则我这翠鬟高插水晶梳。到如今衣裳褴褛，容貌焦枯，不学他萧史台边乘凤客，却做了武陵溪畔牧羊奴。思往日，忆当初，成缱绻，效欢娱，他鹰指爪，蟒身躯，忒躁暴，太粗疏，但言语，便喧呼，这琴瑟，怎和睦？可曾有半点儿雨云期，敢只是一刻的雷霆怒，则我也不恋您荣华富贵，情愿受鳏寡孤独。

〔混江龙〕曲牌的正格一般为九句：四、七。四、四。七、七。三，四，四。这支曲子除了使用大量衬字外，还加入了一长串的三字短句，在演唱时就能有效增强曲调急促的节奏，从而表现出龙宫少女在遭受婆家虐待后的凄苦怨愤的情绪。总之，元杂剧的曲词既有严格的声律要求，又可以有相对自由的衬字与增句，这样可以让"声"与"情"实现最完美的结合。

宾白

宾白，就是道白。元杂剧以曲词为主，道白为辅，所以称为"宾白"。宾白又有韵白与散白之分。韵白包括诗词、对句和韵文等形式，多用于人物的上场和下场，或两句或四句，或对仗或不对仗。像

《李太白匹配金钱记》第四折中，李白一上场就是四句韵白："长安市上酒为狂，沉香亭畔作文章。供奉翰林名学士，万古千年姓字香。"散白则有独白、对白、旁白、带白、插白、分白等形式。独白、对白、旁白都好理解，而所谓带白，则是指主唱者自己在歌唱中带入说白。像《包待制智斩鲁斋郎》的第四折，张珪先唱了一句："鲁斋郎忒太过。"然后"带云"："他道：'张珪，将你媳妇则明日五更送将来，我要！'"然后又唱："不是张孔目从来懦。他在那云阳市剑下分，我去那华山顶峰头卧。"这里的"带云"，便是带出鲁斋郎的原话，夹在唱词中间，一带而过。

所谓插白，就是插话。主唱脚色正在歌唱，旁边的脚色插入道白，主唱者循着话儿继续往下唱。像《醉思乡王粲登楼》第一折中，王粲在店里唱道："早是我家业凋残，少年可惯！我被人轻慢，似翻覆波澜，贫贱非吾患。"这时店小二插云："王先生，你既是读书人，何不寻几个相识朋辈？"王粲便接着此话往下唱："我与人秋毫无犯，则为气昂昂误得我这鬓斑斑。久居在箪瓢陋巷，风雪柴关。"所谓分白，就是二人各说各的，但又互相呼应。如《陈州粜米》的第三折，王粉莲在一旁诉说驴子跑了，自己赶不上，希望有人来替自己拿住驴子。包公则在另一旁说道："这个妇人，不像个良人家的妇女。我如今且替她笼住那头口儿，问她个详细，看是怎么。"这有点像电影中将两个镜头拼在一起的感觉。

不管哪种宾白，首先要明白如话，让观众一听就懂；其次要符合各色人物的身份与性格，做到"说一人，肖一人，勿使雷同，弗使浮泛"（李渔《闲情偶寄》）。元杂剧中的宾白，在衔接前后剧情、启发观众想象、塑造人物形象、拓展舞台时空、增强演出效果等方面具有重要作用。但在演出过程中，宾白较之曲词更容易被改动，演员有时会对宾白做临场发挥。因此有人认为元杂剧的宾白乃"演剧时伶人自为之，故多鄙俚蹈袭之语"（臧懋循《元曲选序》）。事实上元代剧作家在编写剧本时,对于曲词和宾白是有完整构思的,会运用这两种艺术手段来塑造人物,推进剧情,绝不会只管曲词而不顾宾白。例如《窦娥冤》第三折,刽子手与窦娥之间通过宾白与曲词,一问一答,相互呼应,一层一层地展现出了窦娥内心的怨愤。若将这些宾白去掉,根本无法读懂这一段剧本。故而元杂剧中的宾白与曲词是完整的有机体,彼此引带,曲白相生,不能因为宾白被改动就认为杂剧的宾白是"演剧时伶人自为之"。

科介

科介,是元杂剧中关于动作、表情和其他方面的舞台提示,一般简称为"科",如"笑科""见科""出门科""把盏科"等。冯沅君先生在《古剧说汇》中指出"科介"也称"科范",是宋元时表示动作的习惯用语,并说:"科范犹言科法,意盖谓剧场上各脚色动作的法则。""古剧的'科范'是公式化的,千篇一律,彼此蹈袭。因此,一遇到武将作战便是'调阵子科',一遇文官升堂便是'排衙科',甚至于下车、上马也都有一定姿势。"王季思先生在校注《西厢记》时又进一步提出:科范一词应该源自宗教仪式。这个想法是有道理的,像在道教经书中,"科"是对醮仪过程和信徒的行为给出的规定,确实与元杂剧中的"科"有着某种渊源关系。

元杂剧的"科",大致有做功、武打、舞蹈、声响、检场这五类。做功类的科在元代被称为"做手儿",重点在于表情和动作,后世戏曲又称之为"身段"。像做悲科、做怒科、做赔笑科、做寻思科等都是表情提示,出门科、上楼科、行船科、作揖科等则是要再现日常生活中的行为动作。武功科类似于"唱、念、做、打"中的"打",要求演员要有毯子功和把子功。演员在台上翻筋斗、跌扑翻滚、挥舞旗子这一类的表演,属于毯子功;要弄刀、枪、剑、戟一类的功夫,属于把子功。武打类的科介基本都出现在武戏里,用以提示此处要做比武、搏斗类的武打表演。舞蹈科是指在剧中穿插的舞蹈动作,像《唐明皇秋夜梧桐雨》的楔子里说安禄山"做跳舞科",唐明皇问是什么舞,安禄山答曰胡旋舞,此处扮演安禄山的演员就有一段跳胡旋舞的动作。声响科是提示要配合剧情制造出某种声响效果来,如动物的鸣叫声、大自然的风雨声等。虽然这类科介在元杂剧的剧本中并不多见,但不一定意味着舞台演出中就用得少,目前见到比较典型的声响科有《汉宫秋》里的"雁叫科"、《窦娥冤》里的"内做风科"等。所谓检场,是在不闭幕的情况下,让演员在舞台上布置或收拾道具。为何检场也能成为一种"科"呢?因为元杂剧在演出时没有专门人员来做这项工作,而是利用剧中的一些次要脚色来顺带检场。虽然是次要脚色,却也是剧中人物,他们必须将脚色的规定动作与检场巧妙结合起来,如此,检场也就成了一种特殊的动作,一种特殊的"科"。例如《东堂老劝破家子弟》的楔子里,扬州奴一边做"掇桌儿科",一边说:"哎哟!我长了三十岁,几曾掇桌儿,偏生的偌大沉重!"演员一边说着台词,一边把道具搬了上来,巧妙地完成了检场任务。

  科介在剧本中一般会用比曲词和宾白小一些的字标出,或者将科介的提示语放在括弧里,总之要与"曲""白"有所区别。如果用现代戏剧的眼光来看的话,杂剧中的科介就是一种"舞台指示",凡是重要的"动作"和"情态"都在这些小字或括弧里,其重要性不言而喻。像《西厢记》开头,莺莺在佛殿上对张生那"惊鸿一瞥",堪称戏曲舞台上的经典动作,而这"一瞥"在剧本里就是"旦回顾觑末下"的科介提示语。如果没有这六个字的"舞台提示",这出戏就会失去灵魂。所以"旦回顾觑末下"虽是短短的科介提示语,却也是王实甫的神来之笔。

四折一楔子

元杂剧的剧本体制是高度程式化的,通常以四折加个楔子为一本,极少数会有五折或六折。但是从元到明初,杂剧剧本上均不标"折",直至明朝万历年间刊刻的元杂剧选本如《元曲选》等,才正式标"折"。这并不意味着元杂剧就不分折。像《录鬼簿》在李时中《黄粱梦》下注云:"第一折马致远,第二折李时中,第三折花李郎学士,第四折红字李二。"在纪君祥《贩茶船》下注云:"第四折庚清韵。"这表明杂剧在元代是分折的。王国维提出:"元剧以一宫调之曲一套为一折。"也就是说,元杂剧的"折"与西方戏剧中的"幕""场"不一样,它不是在同一剧情空间发生的剧情段落,而是由同一宫调的若干支曲子按一定规则联结而成的一个套曲。简言之,每折以一个套曲为核心,四折就是四个套曲。明人顾起元《客座赘语》卷九中记载,宴会场上经常有杂剧表演,"若大席,则用教坊打院本,乃北曲四大套者,中间错以撮垫圈,舞观音;或百丈旗,或跳队子"。"教坊打院本"就是表演杂剧,所谓"北曲四大套",则表明北杂剧的四折是用四个套曲来划分的。同时,在每折之间错以各色杂技、歌舞表演,如果元杂剧不分折,那么这些表演如何穿插进去呢?

所谓楔子,是指元杂剧在四折之外增加的独立段落,取木工加楔入榫,使其弥合牢固之意。对早期元杂剧作家而言,制作楔子可能是偶然为之,并不一定是必需的,但这种偶然为之的事情,却被后来的杂剧作家所效仿,楔子的使用越来越多,逐渐成为元杂剧结构的组成部分。楔子一般短小精悍,虽也有曲词和宾白,但曲子不用成套,只用一两支,多为〔赏花时〕与〔端正好〕。楔子多置于剧前,起着序幕的作用,往往交代往事,埋伏线索。《元曲选》一百种剧本中有六十九种有楔子,其中四十九种的楔子在开头。楔子也可以置于折与折之间,近似于过场戏,不仅可以衔接剧情,还可以将戏剧冲突迅速推向高潮。元杂剧一般只有一个楔子,少数剧本会有两个楔子。按照元杂剧的体制,整部戏一般由正末或正旦主唱,所以通常情况下,旦本的楔子由正旦演唱,末本的楔子由正末演唱,但也可以灵活处理,像《窦娥冤》为旦本,楔子却由冲末演唱;《曲江池》也是旦本,却由正末来演唱楔子。

对于元杂剧体制上一本四折的形成原因,日本学者青木正儿在《中国近世戏曲史》中认为是"沿袭宋金杂剧院本由艳段、正杂剧(两段)、杂扮四段而成之旧例"。但是,艳段、正杂剧、杂扮的内容互不相干,只不过是几种节目凑在一起演出,而元杂剧的一本四折,却是折折相联,融为一体。其实一本四折的形式,首先应该是出于故事内部结构和音乐结构的需要。每个故事都有起因、发展、高潮和结局,一本四折正好对应这四个阶段;而且每一折都会用不同宫调的套曲来演唱,这样既能完整地表现故事情节,又能展现音乐唱腔上的变化。其次,从演员演出和观众观看的角度来看,四折的长度较为适中。大凡一个宫调以十支曲子来算,四折四个宫调就有四十支曲子,全剧也不会超过五十支曲子,按正常速度来演唱,演完四折,主唱演员得唱两小时左右。这种时长,既不会让主唱演员不堪重负,也不会让观众觉得太累。所以一本四折的剧本体制,是与一人主唱的表演方式相搭配的,也是演员和观众之间相互调适的最终结果。

题目和正名

元杂剧的剧本在最后会有"题目"和"正名"。例如《梧桐雨》的题目是"安禄山反叛兵戈举,陈玄礼拆散鸾凤侣",正名是"杨贵妃晓日荔枝香,唐明皇秋夜梧桐雨"。题目、正名照例写在全剧后面,也有置于剧首的例外情况。一般都是题目在前,正名在后,各为一句或两句,每句字数不拘,但必须对等,必须有节奏,有韵脚,让演员和观众容易记住;同时又要把那一句正名或两句正名中的后一句写在剧前,郑骞先生称之为"总题"。(《从诗到曲·元杂剧的结构》)像"唐明皇秋夜梧桐雨"这一句就是写在剧本前面的总题,我们平时所称"梧桐雨",其实是简称。

　　题目与正名有时会被写在勾栏门口的海报牌上,作为招揽观众的广告语来使用,这就不仅要求句式对仗、意思好记,还要求能突出重点关目、表现爱憎倾向。像《蝴蝶梦》的题目是"葛皇亲挟势行凶横,赵顽驴偷马残生送",正名是"王婆婆贤德抚前儿,包待制三勘蝴蝶梦",这里面不仅概括了全剧的主要内容,还表达了是非爱憎,很容易引起观众的情感共鸣,从而吸引他们买票观看。其实,题目或正名的最后一句往往还透露出该剧是旦本还是末本。像《岳阳楼》正名后一句"吕洞宾三醉岳阳楼",显示出主角是吕洞宾,此剧为末本;《倩女离魂》正名后一句"迷青琐倩女离魂",显示出主角是倩女,此剧为旦本。这也是观众决定是否买票时的重要参考信息。

元曲的历史分期与审美特征

钟嗣成在《录鬼簿》中将收录的元剧作家归并为三类:"前辈已死名公才人""方今已亡名公才人"及"方今知名才人"。虽然钟氏并非有意对元曲作历史分期,但其三分法已经呈现出阶段性的特点。只是钟嗣成受文献材料和自己见闻的限制,被其归入同期的曲家可能存在年辈上的误差。如费君祥和费唐臣本为父子,却都被排在了"前辈已死名公才人"之列;而马致远、孟汉卿、高文秀的辈分均晚于关汉卿,却也都与关老前辈排在一起;至于在"方今已亡名公才人"的序列中,曾与钟嗣成的父亲为"莫逆交"的宫天挺及郑光祖、金仁杰等人,年辈似与马致远相差无多,放在"前辈"作家中可能更为合适。当然,作家生年有寿夭之别,从事创作活动也有早有晚,有的甚至跨越了两个时期,这就给元曲的分期带来了不便。

后来王国维在《宋元戏曲史》中明确将元曲的发展历程划分为蒙古时代、一统时代和至正时代三个时期,为众多学者所接受。其中,第一个时期是元曲从兴起到繁荣鼎盛的阶段,关汉卿、王实甫、白朴、马致远等一大批优秀的元曲作家活跃于这一时期,他们的创作活动期大致是从蒙古灭金到元世祖至元年间,他们的籍贯以山西平阳、河北真定、山东东平和首都大都地区最为集中。第二个时期是从元世祖至元后期到元文宗至顺、元顺帝至元时期,也就是从"前至元"到"后至元"这一历史阶段。此间曲家多南下,侨居于杭州,王国维认为"除宫天挺、郑光祖、乔吉三家外,殆无足观,而其剧存者亦罕"。第三个时期是到了元朝末年,此时元曲已经衰落,无论是创作数量还是艺术成就,皆不可与元初同日而语。

目前学术界较为认同李修生先生在《元杂剧史》中提出的初、中、晚三期划定:"初期:自蒙古灭金至元世祖忽必烈至元三十一年(1234—1294);中期:自元成宗铁穆耳元贞元年至元文宗图帖睦尔至顺三年(1295—1332);晚期为元顺帝帖睦尔统治时期(1333—1368)。"从曲家人数和作品质量来看,初期无疑又是兴盛期,然而事物的发展不会一开始就进入兴盛期,所以在金后期,即金章宗(1190—1208)及其以后的一段时期,也就是产生董解元《西厢记诸宫调》的时期,应该是杂剧艺术的酝酿期。这样再加上进入元代以后的初、中、晚三期,我们就能较为清晰地看到杂剧艺术由酝酿、兴盛、过渡到衰退的发展轨迹。散曲的演进历程与杂剧大体同步,所以李修生先生提出的初、中、晚三期可以作为整个元曲的历史分期。

关于元曲的审美特征,王国维在《宋元戏曲史》中说:"元曲之佳处何在? 一言以蔽之,曰自然而已矣。"也就是说,曲家将自己的思想感情和对现实生活的真切感受,全都在作品中作真实流露;而元曲的语言,也是活泼生动,不事藻绘,所谓"珠玑语唾自然流"是也。情感的真实不做作以及语言的活泼不藻饰,构成了元曲的自然之美。其实,在"自然"之外,元曲还有酣畅的特点——无论散曲还是杂剧,抒情必然淋漓尽致,叙事必是波澜跌宕。这种竭尽人情、透彻无遗的酣畅之美,让读者往往有痛快淋漓的感觉。自然而又酣畅,可以作为元曲最主要的审美特征,也就是前人常常说的元曲的本色之美。

自然酣畅的本色之美，在抒情方式上主要体现为豪放率真、急切透辟。例如贯云石的〔正宫·小梁州〕：

朱颜绿鬓少年郎，都变做白发苍苍。尽教他花柳自芬芳，无心赏，不趁燕莺忙。　〔幺〕东家醉了东家唱，西家再醉何妨。醉的强，醒的强，百年浑是醉，三万六千场。

这是抒写人生短暂、不饮何为的传统主题。首二句"朱颜绿鬓少年郎，都变做白发苍苍"，便将曲家的人生感悟直接道出；"尽教"三句表达一种"无累"之情，由于接续在首二句之后，所以意思显豁而不晦。〔幺〕篇则沿承意脉，将曲家的豪放之情渲染到了极致。这种主题在宋词中也很常见，往往是以景起兴，借景抒情，追求内敛，最忌直露，而散曲在表达上却是唯恐意思不显、感情不烈，所以多用明朗化的语言来直接抒情，而很少使用含蓄蕴藉的比兴手法。这种豪放率真、急切透辟的抒情方式，正是元曲之本色，亦乃元曲与宋词之分界。

自然酣畅的本色之美，在曲词语言上主要体现为雅俗兼济、生动明快。例如杨显之的杂剧《临江驿潇湘秋夜雨》中第三折〔古水仙子〕唱道：

他、他、他，忒很毒，敢、敢、敢，昧己瞒心将我图。你、你、你，恶狠狠公隶监束，我、我、我，软揣揣罪人的苦楚。痛、痛、痛，嫩皮肤上棍棒数，冷、冷、冷，铁锁在项上拴住。可、可、可，干支剌送的人活地狱，屈、屈、屈，这烦恼待向谁行诉？（带云）哥哥，（唱）来、来、来，你是我的护身符。

全曲几乎纯为口语，生动明快，经过重叠、排比以后，绘声绘色地刻画出了含冤负屈、悲苦无告的女主人公形象。青木正儿认为："曲

山西省洪洞县明应王庙杂剧壁画（元泰定元年 1324）

词最俚质而无修饰者，为敦朴自然派，恰像用口语说话似的，极自然地作着曲词，而在这种地方，具有妙味。"（《元人杂剧概说》）"具有妙味"不错，但元曲的语言并非"俚质而无修饰者"。就像杨显之的这支〔古水仙子〕，"恰像用口语说话似的"，其实是用了重叠、排比等手法，这样才能让这段曲词雅俗共赏、具有妙味。所以周德清在《中原音韵·作词十法》中云"太文则迂，不文则俗；文而不文，俗而不俗"，可以作为对元曲语言本色美的注脚。

当然，元曲中也有清丽华巧者、端谨严密者、戏谑浮艳者、豪放不羁者，贯云石就曾在《〈阳春白雪〉序》中提出"滑雅""平熟""豪辣"

等概念来评述诸家曲风。但无论何种曲风,无论如何变化,却总离不开自然酣畅这一总体特征。

第二章

梨园领袖关汉卿

元代周德清在《中原音韵自序》中云:"乐府之盛之备之难,莫如今时。其盛,则自缙绅及间阎歌咏者众;其备,则自关、郑、白、马,一新制作,韵共守自然之音,字能通天下之语……"周德清将关、郑、白、马四家并称,后人奉之为"元曲四大家"。但是以《西厢记》而"天下夺魁"的王实甫未能入列,这引起了后人的争议。几经调整,清人李调元在《雨村曲话》中提出马、王、关、乔、郑、白为元曲六大家,得到了多数人的认可。像谭正璧《元曲六大家略传》即遵李氏之说,只是将六家的排序调整为关、王、白、马、郑、乔。我们就从素有"梨园领袖、杂剧班头"之称的关汉卿说起。

豪放率真的"铜豌豆":关汉卿的生平与思想

关汉卿是元代最杰出的戏曲家之一,他的作品汪洋恣肆,慷慨淋漓,是元代戏曲艺术走向高峰的标帜。但是有关他的传记资料,今日能见者却很少,以致关汉卿的生平显得有些模糊而充满争议。钟嗣成在《录鬼簿》中非常简略地记载:"关汉卿,大都人,太医院尹,号已斋叟。"其实,"汉卿"只是他的字,其名讳已经失载,这说明关汉卿在元代社会地位不高。除了自号"已斋"以外,其他文献中还可看到"一斋""乙斋""巳斋""己斋"等记录,其中"一斋""乙斋"是与"已斋"音近而误写,"巳""己"则是与"已"字形相近而误写。

说关汉卿是大都人,也有争议。朱右在《元史补遗》中记载:"关汉卿,解州人,工乐府,著北曲六十本。世称宋词元曲,然词在唐人已优为之,惟自元始,有南北十七宫调。"朱右,字伯贤,生于元仁宗延祐元年(1314),卒于明洪武九年(1376),曾因宋濂之荐参与《元史》的编纂。他能以一个正统史家的身份来为向来被人轻视的戏曲家立传,诚为可贵。正因如此,清人邵远平《元史类编》、蔡显《闲渔闲闲录》在谈及关汉卿里籍时都接受了朱右的记载,而雍正朝所修《山西通志》与乾隆朝所修《解州全志》也都将关汉卿收入本地的人物传中。但是,乾隆年间所修《祁州志》又说关汉卿是祁州人,这种说法在元明两代均未见有文献记载,所以目前学术界以"大都"说和"解州"说的支持者为多。解州,元代属中书省平阳路,而平阳正是金元杂剧的发祥地之一,素有"中国戏曲摇篮"之称;再从关汉卿创作的《单刀会》《玉镜台》等杂剧作品来看,以山西历史人物为主角者共有十三种,占其历史剧数量的四分之一以上,而且这些作品中多有晋地方言出现。但是《录鬼簿》说他是大都人,这是元人记元事,应当予以重视。而且朱右的《元史补遗》已经亡佚,关于关汉卿的记载是清人姚之骃在编《元明事类钞》时辑到的。另外,曹栋亭本《录鬼簿》载关汉卿与梁进之是"世交",而梁进之为大都人确凿无疑,那么关汉卿究竟是解州人还是大都人呢?

我们可以参照《录鬼簿》对白朴的记载。钟嗣成说白朴是"真定人",又在小传中注明白朴为"文举之子",此"文举"即金末先降宋、后降蒙的那个白华。据《金史·白华传》可知其为㵐州(今山西河曲)人,后至汴京为官,白朴于正大三年(1226)生于汴京,后来白朴随父亲在真定居住了二十多年,钟嗣成才会说白朴是真定人。可见《录鬼簿》对曲家的籍贯和生活地并没有严格的区分。所以我们是否可以这样理解：解州很可能是关汉卿的原籍，而大都则是他的寓居之地。在大都生活期间，关汉卿与梁进之成了好朋友。对于曹本所言"世交"，不可作机械理解，因为天一阁本《录鬼簿》就没有这两个字，而是作"与汉卿友"。

关于"太医院尹"，从二十世纪五十年代开始也有人表示质疑。虽然曹栋亭本《录鬼簿》载关汉卿为"太医院尹"，但天一阁钞本、孟称舜刻本和《说集》本《录鬼簿》都作"太医院户"。最为关键的是，《金史·百官志》和《元史·百官志》中均无"院尹"一职，而元代确有"医户"，是一种专业户籍，可以享受减免差役、赋税等优惠，由太医院管理，所以不少人认为"尹"是"户"的误字，关汉卿应是"医户"出身。但是明人胡侍、李开先、王骥德、蒋一葵等人的著述中都作"太医院尹"，可见他们所见文献上皆无"院户"之说。而且元末熊自得在《析津志》（"析津"即大都）里明确将关汉卿列入"名宦传"。"名宦"者，有名望之官宦也，不大会将一个享受减免差役、赋税等优惠的医户列在其中。此外，从元代文献来看，元人称户籍一般会直接单称"某户"，前面不加限定词，像从事医业者，就直接称"医户"，不大会加"太医院"之类的限定词。那么关汉卿到底是"太医院尹"，还是普通的"医户"呢？

要知道，《录鬼簿》是一部记录戏曲史料的民间著作，带有采访笔录的性质，其中的民俗意味不容忽视。对于官职，民众往往会有自己的理解和称谓，就像"大学士"在民间一般都被称为宰相，所以对"太医院尹"的理解不能胶柱鼓瑟。在中国古代文化传统中，"尹"之义为官正，《尔雅·释言》云："尹，正也。"邢昺《疏》曰："正，长也。"金、元都有州尹、县尹的称谓，其中"尹"就是表示"正"的意思。这样的话，我们是否可以将"太医院尹"理解为"太医院正职"的俗称呢？然而《元史·百官志》中的太医院正职是正二品的高官，即使至元二十年（1283）太医院改为尚医监，正职亦为正四品职官，与六部侍郎同。

如果关汉卿担任过此职,《元史》不会不载,《青楼集序》中也不会说他是"不屑仕进"的"金之遗民"。再看《金史·百官志》,太医院正职是提点,五品的技术官职,并非台省要职。所以我们偏向认为关汉卿可能担任过金朝的太医院正职,由于品级不高,地位不显,又无值得一书的特殊功勋或技艺,故而《金史》没有给他立传。也正因为他在金朝做过医官,《元史》不予立传也属正常。他以"遗民"身份在入元以后"不屑仕进",却能进入《析津志》的"名宦传",也都能讲得通了。

根据有限的史料和相关作品,我们大致可以推断,关汉卿年轻时在金朝做过太医院尹,应该时间不长;金亡后,他主要生活在大都,是"玉京书会"的"才人",以编演杂剧为生。考虑到大德三年(1299)扬州、淮安大旱还被他写进剧本,所以关汉卿应卒于大德四年(1300)之后,享年九十岁左右,这在曲家中绝对称得上是高寿了。

关汉卿常常出入勾栏瓦肆和青楼妓馆,指导艺人们的演出,帮他们修改剧本,为他们讲解剧情梗概和主旨;他还面敷粉墨,亲自参与杂剧演出。在此过程中,他不仅与杨显之、梁进之、费君祥等曲家成为莫逆之交,还与当时知名的戏曲演员们——例如被《青楼集》誉为"杂剧为当今独步"的女艺人珠帘秀——结下了深厚的情意,因此,关汉卿被当时梨园界奉为"班头领袖"。入元以后,他已过中年,曾去开封、洛阳一带游历。他在散套〔南吕·一枝花〕《不伏老》中自云"恰不道、人到中年万事休",又说"我玩的是梁园月,饮的是东京酒,赏的是洛阳花,攀的是章台柳"。在关汉卿的杂剧里,有不少故事就发生在开封、洛阳、郑州一带,可以看出他对这些地方非常熟悉。到了晚年,关汉卿曾南游扬州、杭州。他曾作〔南吕·一枝花〕《杭州景》来描摹杭州的湖光山色与城市繁荣,《单刀会》《窦娥冤》也很可能作于杭州,而《望江亭》则应作于扬州。关汉卿晚年还创作了十首〔大德歌〕,"大德"是元成宗的年号,可知他的创作活动一直持续到了大德年间。

关汉卿像（李斛绘，中国美术馆藏）

与其他多数文人一样，关汉卿始终处于社会中下层，处在一种进则无门、退又不甘的境地；但和很多失意文人不同的是，他生性开朗，多才多艺，甚至是浪荡不羁、玩世不恭。所以他能够主动面向底层，流连市井，在现实生活中锻炼出一副铮铮铁骨和一股凛然正气，并将自己满腹的才华与民间文化相结合，用自己如椽的巨笔写尽了世道的黑暗不平与弱小人物的悲欢离合。他在散曲《不伏老》中自称"我是个蒸不烂、煮不熟、捶不扁、炒不爆、响珰珰一粒铜豌豆"，又宣称"则除是阎王亲自唤，神鬼自来勾，三魂归地府，七魄丧冥幽。天那，那其间才不向烟花路儿上走"。这种浪子风流与斗士精神正是关汉卿一生的真实写照，在整个元代文坛上显得气度不凡而超群拔俗。

任性适意、生气勃勃：关汉卿的散曲创作

现在归属在关汉卿名下的散曲作品共有七十二首,其中小令五十七篇(包括联章体组曲〔中吕·普天乐〕《崔张十六事》中的十六支曲子)、套数十三篇、残曲两支。这一数量在元代散曲作家中已属前列。

关汉卿在散曲中尽情抒写个体的生命意识,歌颂充满活力的男女爱情,所以他的散曲显得任性适意而又生气勃勃。例如那套最出名的〔南吕·一枝花〕《不伏老》:

攀出墙朵朵花,折临路枝枝柳。花攀红蕊嫩,柳折翠条柔,浪子风流。凭着我折柳攀花手,直煞得花残柳败休。半生来折柳攀花,一世里眠花卧柳。

〔梁州〕我是个普天下郎君领袖,盖世界浪子班头。愿朱颜不改常依旧,花中消遣,酒内忘忧。分茶撷竹,打马藏阄;通五音六律滑熟,甚闲愁到我心头。伴的是银筝女银台前理银筝笑倚银屏,伴的是玉天仙携玉手并玉肩同登玉楼,伴的是金钗客歌金缕捧金樽满泛金瓯。你道我老也,暂休?占排场风月功名首,更玲珑又剔透。我是个锦阵花营都帅头,曾玩府游州!

〔隔尾〕子弟每是个茅草冈、沙土窝初生的兔羔儿乍向围场上走，我是个经笼罩、受索网苍翎毛老野鸡蹅踏的阵马儿熟。经了些窝弓冷箭镘枪头，不曾落人后。恰不道人到中年万事休，我怎肯虚度了春秋？

〔尾〕我是个蒸不烂、煮不熟、捶不扁、炒不爆、响珰珰一粒铜豌豆，恁子弟每谁教你钻入他锄不断、斫不下、解不开、顿不脱、慢腾腾千层锦套头。我玩的是梁园月，饮的是东京酒，赏的是洛阳花，攀的是章台柳。我也会围棋、会蹴鞠、会打围、会插科、会歌舞、会吹弹、会咽作、会吟诗、会双陆。你便是落了我牙、歪了我嘴、瘸了我腿、折了我手，天赐与我这几般儿歹症候，尚兀自不肯休。则除是阎王亲自唤，神鬼自来勾；三魂归地府，七魄丧冥幽。天那，那其间才不向烟花路儿上走！

曲中这个"浪子"形象，固然有关汉卿本人的影子，也可视作以他为代表的书会才人这一群体的人格写照。全套四支曲子，围绕"不伏老"这一主题，层层晕染，将"浪子"形象刻画得神采奕奕。尽管浪子心中会有愁苦和愤懑，但更多的却是自矜与自强，尤其是〔尾〕曲，将浪子的豪情与自矜推到了顶点，表明了在"烟花路上"至死不悔的信念。虽然古代文人不以"赢得青楼薄幸名"为耻，但也很少有人以此为荣，然而曲中的浪子，却以"普天下郎君领袖，盖世界浪子班头"的身份来傲视天下，挑战传统，塑造了一种全新的人格象征。关汉卿对这种新的人格象征予以极力赞赏，对这种"至死也风流"的精神予以高度肯定，其实正是他自己那种"贵在适意"的人生观的表露——只要适意，人生便有光彩和活力。这种带有"玩世"意味的人生观，迥别于传统文人所秉持的人格观念和所追求的人生境界，从而构成了一种全新的文学精神，对元代散曲影响至深。

关汉卿散曲中描写最多的还是充满活力的男女爱情，他将双方的行为举止、心理活动刻画得细腻入微，显得大胆炽烈、生气勃勃。例如〔仙吕·一半儿〕《题情》四首：

> 云鬟雾鬓胜堆鸦，浅露金莲簌绛纱。不比等闲墙外花。骂你个俏冤家，一半儿难当一半儿耍。
>
> 碧纱窗外静无人，跪在床前忙要亲。骂了个负心回转身。虽是我话儿嗔，一半儿推辞一半儿肯。
>
> 银台灯灭篆烟残，独入罗帏淹泪眼。乍孤眠好教人情兴懒。薄设设被儿单，一半儿温和一半儿寒。
>
> 多情多绪小冤家，迤逗的人来憔悴煞。说来的话先瞒过咱。怎知他，一半儿真实一半儿假。

这位男主人公具有很好的洞察力，他不仅注意到了女主人公来约会时在穿着打扮上的细微变化，而且从"骂你个俏冤家"等话语中已经知道，对方的嗔怒其实是对他急切思念的表现，所以男子急欲亲昵，女子却故作娇嗔、半推半就。关汉卿将这两人打情骂俏的场面和别后相思的情态描写得生动热烈，如在眼前。郑振铎先生认为这四首曲子"足当《子夜》《读曲》里的最隽美的珠玉"。(《插图本中国文学史》)

但也不是每一段情遇都会有美好的结局，尤其是青楼中的女子，所遇以朝三暮四者为多，关汉卿就用一种代言独白的方式，将她们的爱与恨表达得极其生动。如〔双调·碧玉箫〕第五首云：

> 你性随邪，迷恋不来也。我心痴呆，等到月儿斜。你欢娱受用别，我凄凉为甚迭。休谎说，不索寻吴越。咱，负心的教天灭！

这种心理独白的代言方式在传统诗词中很少见，但在民歌俚曲中却很常见。与一般的旁观叙述不同，关汉卿在这里让女主人公直接以独白的方式来指责男子的不忠，这样就让曲中人物与读者直接发生交流，从而使读者在阅读中更容易被带入，更容易被感染。同时，代言体的艺术形式要求曲家必须模拟主人公的语言和语气，所以关汉卿大量采用方言口语入曲，将这名女子有些负气的心理刻画得入木三分。在元初的曲家中，关汉卿运用方言口语的能力与表现人物心理状态的能力是最为高超的。

由于关汉卿长期混迹于市井勾栏、球场歌馆等场所，所以接触到了社会底层的各类女性，在散曲中对她们做出很多描写，为我们了解元代女性的真实形象和生活状况提供了很好的材料。例如〔越调·斗鹌鹑〕，描写了"女校尉"在蹴鞠场上的飒爽英姿：

〔紫花儿〕打的个桶子膁特顺，暗足窝妆腰，不揪拐回头。不要那看的每侧面，子弟每凝眸。非是我胡诌，上下泛前后左右瞅，过论的圆就。三鲍敲失落，五花气从头。

〔天净沙〕平生肥马轻裘，何须锦带吴钩？百岁光阴转首，休闲生受，叹功名似水上浮沤。

〔寨儿令〕得自由，莫刚求。茶余饭饱邀故友，谢馆秦楼，散闷消愁，惟蹴蹋最风流。演习得踢打温柔，施逞得解数滑熟。引脚蹙龙斩眼，担枪拐凤摇头。一左一右，折叠拐鹁胜游。

所谓"女校尉"，就是宋元时期专门踢球而且球技高超的女艺人。蹴鞠，一名击鞠，是我国古代的一种踢球运动，汉人刘向《别录》记载："蹴鞠者，传言黄帝所作，或曰起战国时。蹴鞠，兵执也，所以练武士，知有才也。"所以技艺高超者被称为"校尉"。本来用于练武的"蹴鞠"，很快在民间转化为一种游戏技艺。宋人王云程曾有《蹴鞠图谱》传世。曲中所云"桶子膁""暗足窝""不揪拐""担枪拐""折叠拐"等,都是专门的踢球技法。女校尉们在球场上左右开弓,前后照应,穿梭自如,从容镇定,显示出一种昂扬的活力与精神。关氏笔下还出现过下层婢女的形象,如〔中吕·朝天子〕《从嫁媵婢》:

> 鬟鸦,脸霞,屈杀了将陪嫁。规模全是大人家,不在红娘下。巧笑迎人,文谈回话,真如解语花。若咱,得他,倒了葡萄架。

"解语花"本是唐明皇对杨贵妃的赞美,后被用来指美丽聪慧的女子。这首曲子只用寥寥数语,就将一个活泼可爱、谈吐得体、善解人意、惹人喜爱的婢女形象勾画了出来。这些婢女、歌伎和女校尉,都是社会底层的女性,向来为上层文人所轻视,即使偶尔涉及,也只是用作文人自我表现的情感载体,或是作为善恶观念的象征,但关汉卿却能如此真诚地描写她们、赞美她们、同情她们,使在上层文人笔下长期失落的底层女性形象得到了个性化的呈现,这正是关氏散曲的一大价值。

关氏散曲还有不少是描摹自然景观的。所谓"仁者乐山,智者乐水",对自然山水的关注是中国文人审美风尚的重要组成部分,有时甚至被推向极端,像东晋著名的玄言诗人孙绰就讽刺别人说:"此子神情都不关山水,而能作诗?"(《世说新语·赏誉篇》)关汉卿虽不作诗,但以自然风光为描写对象的散曲却有不少,其中都流露着他崇尚自然的人生态度。例如〔双调·碧玉箫〕中的第九首:

> 秋景堪题,红叶满山溪。松径偏宜,黄菊绕东篱。正清樽斟波醅,有白衣劝酒杯。官品极,到底成何济。归,学取他渊明醉。

前六句描写秋景,从远到近地选取了红叶、松径、黄菊等意象,自然让人想起陶渊明"三径就荒,松菊犹存"的归隐和"采菊东篱下,悠

然见南山"的自在。后四句直抒胸臆,说明自己要以陶渊明为楷模,
远离官场,远离污浊,去过那酒中乾坤大、醉里日月长的逍遥日子。
关汉卿在这幅清秋醉饮图中融入了自己富贵浮云、笑傲功名的人生
感触,既给人以美感,也给人以启发。

关汉卿将他任性适意、自由无拘的性格投射到了散曲之中,让读
者在作品中感受到了勃勃的生气和真趣。他的个性与才情,使得关
氏散曲在元代曲坛拔出众流,卓然独立,后人以之为元代散曲"第一
人",(郑振铎《中国文学史》)关汉卿真正是当之无愧。

《窦娥冤》《救风尘》《单刀会》
与关汉卿的杂剧创作

关汉卿一生创作了六十多种杂剧,现存十八种,是元代创作杂剧数量最多的一位戏曲家。根据题材内容,关氏杂剧大致可以分为三类:第一类是像《窦娥冤》《蝴蝶梦》《鲁斋郎》这样的公案剧;第二类是以《救风尘》《望江亭》《拜月亭》为代表的爱情剧;第三类是像《单刀会》《西蜀梦》《哭存孝》一类的历史剧。

《窦娥冤》

公案剧中的《窦娥冤》是元杂剧中最为优秀的悲剧作品之一,如王国维所云"即列之于世界大悲剧中,亦无愧色也"(《宋元戏曲史》)。《窦娥冤》可能也是元杂剧中最为后人熟知的一部作品,我们今天在表达自己遭受委屈时,还会说:"我比窦娥还冤!"

《窦娥冤》虽然取材于汉代流传下来的"东海孝妇"的故事,但剧中反映的时代生活和人物遭遇,却是以元代的社会现实为依据。窦娥三岁丧母,家境贫寒,父亲窦天章虽是个"幼习儒业,饱有文章"的书生,却无力持家。在窦娥七岁时,窦天章向蔡婆婆借了二十两银子的高利贷，一年后连本带利要还四十两（这种高利贷如羊出羔，今年而二，明年而四，当时人称为"羊羔利"）。窦天章无力偿还，又想进京赶考，苦于没有路费，寡居的蔡婆婆看中窦娥，提出让窦娥给她的独子做童养媳，这样便债务勾销，还赠送窦天章十两银子做路费，窦天章只好忍痛接受了蔡婆婆的条件。蔡婆婆是个小市民兼高利贷的放贷者，贪婪和爱占便宜是其本性，但为人还比较善良，也是真心喜欢窦娥，答应"做亲女儿一般看承"，这就为后来她与窦娥相依为命打下了情感基础。

　　窦娥十七岁时与蔡婆婆的儿子完婚，但婚后不久，丈夫因病去世，她就成了寡妇。窦娥对自己不幸的命运深感困惑和苦闷，但还是下决心将这个家庭支撑起来："我将这婆侍养，我将这服孝守，我言词须应口。"如果说先前被卖给蔡婆婆做童养媳，小窦娥无力反抗，纯属被动，而现在要支撑家庭、奉养婆婆，则是窦娥的主动行为。"我言词须应口"，说明她应该在丈夫死前许下过诺言，这也成为她不可改变的生活意志。然而，生活偏偏要和这个安守本分的苦命媳妇过不去。没过多久，蔡婆婆去城外讨债，无力还债的赛卢医起了杀心（"卢医"原指古代名医扁鹊，因其家于卢国而称"卢医"）。蔡婆婆在危难之际意外地被张驴儿父子救出，可是张氏父子是一对流氓无赖，竟想借机霸占蔡氏婆媳。蔡婆婆软弱暧昧，半推半就地应承了张氏父子蛮横无理的"入赘"要求；窦娥则非常严厉地拒绝了张驴儿的非分之想，并将他推倒在地。由于蔡婆婆是一家之主，她的软弱暧昧导致窦娥抗争失败，张驴儿父子公然搬了进来共同居住。剧情发展到这里，冲突双方处于一种僵持状态。邪恶的张驴儿首先打破了这种僵局，他趁蔡婆婆生病，胁迫赛卢医为其准备毒药，想伺机毒死蔡氏，然后逼迫窦娥就范。赛卢医起初不肯卖毒药给张驴儿，因为《元史·刑法志》中明确规定："诸有毒之药，非医人辄相卖买，致伤人命者，买者卖者皆处死。"但由于曾经要勒死蔡婆婆的把柄被张驴儿抓着，赛卢医只得将毒药交给张驴儿,然后逃之夭夭。可是阴差阳错,张驴儿的父亲误喝了被下了毒的羊肚汤,一命呜呼,张驴儿竟然嫁祸窦娥,想以此要挟她屈从自己。涉世未深的窦娥自以为一身清白,不怕与他对簿公堂,谁料想昏庸残暴的楚州太守桃杌是非不分,滥用酷刑,将无辜的窦娥打得"一杖下,一道血,一层皮"!窦娥昏死了三次,每次苏醒后坚决不认下毒的罪状,一直在呼喊着:"我这小妇人,毒药来从何处也?天那,怎么的覆盆不照太阳晖!"桃杌无计可施,竟然命令衙役要拷打蔡婆婆,窦娥为了不让婆婆受苦,并且幻想官府还会覆勘案件,便忍受着剧痛、屈辱和不公,含冤招认。也就是说,窦娥为了救婆婆而作出了巨大的自我牺牲。

最终窦娥被判死刑。残酷的现实无情地击碎了她的抗争与幻想,当被捆绑着送上断头台时,窦娥终于发出了满腔的怒火和怨气:

〔滚绣球〕有日月朝暮悬,有鬼神掌着生死权。天地也,只合把清浊分辨,可怎生糊突了盗跖颜渊?为善的受贫穷更命短,造恶的享富贵又寿延。天地也,做得个怕硬欺软,却元来也这般顺水推船。地也,你不分好歹何为地?天也,你错勘贤愚枉做天!哎,只落得两泪涟涟。

临刑前她还发下三桩誓愿:血飞白练、六月飞雪、楚州大旱三年。在生命的最后时刻,窦娥只能指苍天为证,以发誓、诅咒的形式来表明自己的清白与无辜。血飞白练、六月飞雪这些违背自然的状况,昭示了窦娥的冤狱同样有悖于常理,亢旱三年则是苍天对容忍冤案发生的这个区域的惩罚——既然悲剧是由社会造成的,那么社会应为此付出代价。等窦娥发完誓愿被杀以后,顿时浮云蔽日,阴风怒号,白雪纷飞,将浓厚的悲剧气氛推向了极致。

其实到第三折末尾,悲剧的冲突已经终结,悲剧人物形象和悲剧效果也已达到了预期的目的,但作者意犹未尽,创作了第四折,让已任"两淮提刑肃政廉访使"的窦天章在窦娥冤魂的一再警示下,为自己的女儿平反了冤案。窦娥的鬼魂实际上是她复仇意志的化身,是她生前刚烈性格的延伸,表明悲剧主人公复仇意志坚定,甚至超越了生死。至于最终恶人得到惩治的结局,用黑格尔的话来说,这是悲剧主人公毁灭以后所得到的"永恒的正义"。(《美学》)

窦娥是一位悲剧人物。一方面,她恪守伦理道德,孝顺婆婆,遵守妇道,面临酷刑还不忘保护懦弱的婆婆——这是她性格的底色;另一方面,面对恶势力和不公平,她又进行了不屈的抗争,最终不惜以生命来控诉社会的黑暗——这是她性格的核心。孝顺和抗争的对立统一,正是窦娥悲剧性格之所在,也是她身上最闪光、最打动人的地方。说到底,荒谬的社会现实把仅仅是要维护自身人格尊严的窦娥推上了断头台,她就是元代社会被侮辱和被损害的妇女的典型。所以,《窦娥冤》就是强权制度下的一位贞烈女子的人格悲剧和命运悲剧。

如果将窦娥置于悲剧的历史长廊中来看的话,可以发现她的身上汇聚了中国古典悲剧的几个特质。首先,悲剧冲突双方是绝对的善与绝对的恶。按照黑格尔在《美学》中的说法,悲剧的冲突双方应该有各自的辩护理由,但是中国古典悲剧并非如此,窦娥作为道德理念的化身,是绝对的善;其对立面张驴儿父子、桃杌太守以及赛卢医等,都是暴虐无道,贪鄙顽劣,属于绝对的恶,并无可以为之辩护的理由。其次,小人物能以主人公的身份登上悲剧舞台。西方戏剧理论认为,悲剧是严肃地描写高贵的人物,喜剧则轻松地描写平民百姓。(阿·尼柯尔《西欧戏剧理论》)窦娥是一个普通人家的童养媳,渺小卑微至极,却能慷慨赴死,感天动地,以小人物的身份上演了一出崇高的悲剧。再次,窦娥身上显示出悲剧主人公也会有柔弱与坚毅的两面性。西方古典悲剧主人公多为男性的王公贵族,所以具有坚强刚毅的性格,很少有柔弱的一面。然而窦娥就是一个社会底层的年轻寡妇,一个柔弱的女子,一开场她就说:"满腹闲愁,数年禁受,天知否?""急煎煎按不住意中焦,闷沉沉展不彻眉尖皱。"这是真实人性的流露,并不妨碍她成为与恶势力相抗争的坚毅女性。这种性格的两面性,显示出悲剧人物的真实与典型。

虽然说《窦娥冤》是一部伟大的悲剧作品,但若仔细推敲其中的情节,会发现问题多多。张驴儿父子虽然从赛卢医手下救了蔡婆一命,但又以勒死蔡婆为要挟,企图强娶蔡婆与窦娥,乃是与赛卢医一样的流氓恶棍,蔡婆却认他们父子为"救命恩人",这在情理上说不通。张驴儿想要毒死蔡婆也没有道理,他们想上门入赘,蔡婆不是反对者而是支持者,毒死了她,事情岂不是更难办? 桃杌太守贪赃枉法,"但告状的便是衣食父母",而张驴儿父子是无业游民穷光蛋,蔡婆则是有钱放贷的人家,判窦娥死刑,也不符合故事逻辑。这些或许就是王国维所谓的"关目之拙劣"。然而,元杂剧并不因为"关目拙劣"而受影响,当时的观众们依然看得津津有味。其间原因就在于:西方戏剧重视情节的逻辑性,中国戏曲重视人物的抒情性。阅读《窦娥冤》就能发现,元杂剧的戏剧结构以情感而不是情节作为基本元素,全剧的高潮乃是人物激烈的情感波澜和心理矛盾的冲突。所以在叙述故事时,没有什么情节上的悬念和反转,作者手段的高下,就是看能否调动观众的"情感期待"。例如,窦娥刑场就戮的情节,观众早已猜到,他们期待的不是有什么反转,而是窦娥对冤屈的情感反应。由此可见,元杂剧乃至中国古典戏曲的根本指向是人物的情感世界,这与以情节、动作为基本要素的西方戏剧截然不同。

《救风尘》

与《窦娥冤》的悲剧性不同,爱情剧中的《救风尘》则是一部以底层妇女完全胜利而告终的喜剧。故事讲汴梁城里的青楼女子宋引章与穷书生安秀实相好,不料涉世未深的宋引章又被郑州同知的儿子、富商周舍所迷,准备嫁给周舍。安秀才急忙来找宋引章的结义姐姐赵盼儿,想请她帮忙劝说。赵盼儿虽也是歌伎出身,为人却颇有智慧,极富远见,她以自己在风月场中的人生经验劝说宋引章,告诫她:"做子弟的做不的丈夫。"子弟是指风月场上的浮浪子弟,这种男子花言巧语,逢场作戏,断不能作为终生依靠。可是年轻执拗的宋引章坚信自己的眼力,认为自己挑了个有钱有势又有情的好夫婿,所以对赵盼儿的劝告一句也听不进去,甚至说出"我便有那该死的罪,我也不来央告你"的无理话语。事情不出赵盼儿所料,周舍原是个中山狼式的流氓,一个玩弄女性的老手,当他把为人单纯的宋引章带回郑州后,先打了五十杀威棒,此后朝打暮骂,百般虐待。在生命垂危之际,宋引章只好偷偷写信,托隔壁的货郎捎给赵盼儿,请求相救。侠肝义胆的赵盼儿不计前嫌,给宋引章回信一封,教之以计谋,然后立即动身赶往郑州,准备以风月手段来对付周舍这个淫恶之徒。

抵达郑州后,赵盼儿将自己打扮得"别样儿娇柔",又收拾了两箱衣物,外加特意准备的红罗、熟羊、美酒,让人请来周舍,假意温存,并"剖明心迹":当初阻拦宋引章嫁给他,是因为自己也恋着他;这回来郑州,就是带着妆奁要来嫁给他。周舍大喜。就在此时,宋引章按照赵盼儿的计谋,找到客栈,大闹起来。赵盼儿趁机火上加油,向周舍提出,要想娶她,必须先休掉宋引章。狡猾奸诈的周舍犯了嘀咕:"且慢着,那个妇人是我平日间打怕的,若与了一纸休书,那妇人就一道烟去了。这婆娘她若是不嫁我呵,可不弄得尖担两头脱?"他便逼迫赵盼儿发誓赌咒,盼儿应声答道:"我不嫁你呵,我着堂子里马踏杀,灯草打折臁儿骨。"周舍信以为真,要去买酒、买羊、买红罗来给赵盼儿下聘礼,盼儿则摆出事先准备好的熟羊、美酒与红罗,并对周舍说:"你争什么那?你的便是我的,我的就是你的。"这番倒贴妆奁的操作，彻底迷惑住了周舍。他立即回家，写下休书，将宋引章推出家门。

宋引章拿着休书赶到客店和赵盼儿一起逃走，周舍到客店来接盼儿，才知上当，随即追赶。等追上二人，周舍喝问宋引章："你是我的老婆，如何逃走？"引章回答："你与了我休书！"周舍诡称休书上只有四个指印，无效。宋引章信以为真，拿出休书来查看，此时周舍劈手抢过休书，塞进嘴里一口咬碎。他回过头来又质问赵盼儿，为何收了聘礼、发下誓言却要变卦。盼儿说：好酒、熟羊、红定都是自己带来的，算不得聘礼；娼家的誓言，那是不能算数的。周舍气急败坏，拉二人去告官。岂料赵盼儿早就调换了休书，周舍咬碎的是假休书。郑州太守审明原委，将宋引章断给了安秀才，周舍则被杖打六十，罚与平民一体当差。

曾永义先生曾说元杂剧以士子与妓女为题材的剧本可以分作三类：一类是敷演其间的风流情趣事，如关汉卿的《谢天香》、戴善甫的《风光好》等；一类是敷演其间恋情虽被鸨母所阻但终至团圆事，如关汉卿的《金线池》、石君宝的《紫云亭》等；一类是敷演士子、歌伎与富豪大贾间的三角恋情，如马致远的《青衫泪》、无名氏的《百花亭》等。（《关汉卿和他的〈救风尘〉杂剧》）这三类杂剧应该是没有功名、没有富贵的书会才人们为了自我陶醉而建构的空中楼阁。但《救风尘》不一样，剧中的安秀实软弱无能，甚至有猥琐寒酸之态，正是元代士子活生生的写照；宋引章见识浅鄙，唯逸乐是图，则是元代歌伎的典型；周舍的风月手段、狡猾无赖，应是元代富豪中的代表；至于侠肝义胆、机智勇敢的赵盼儿，则是元代妓女中不世出的传奇人物。所以《救风尘》是一部带有写实性质的杂剧。

全剧的主人公赵盼儿，凭借自己的美貌与智慧，机智地与周舍相周旋，设下巧计，把他一步步引入陷阱。剧中那些假装争风吃醋、发誓赌咒的情节，令观众忍俊不禁；而当周舍最终落入圈套、两头落空、受到惩罚时,一场尖锐紧张的冲突便在令人欢快的喜剧气氛中落下帷幕。关汉卿塑造赵盼儿这个带有侠女气质的妓女形象,是想让观众在笑声中感觉到:弱小的正义力量可以战胜强大的邪恶势力,只要敢于斗争、随机应变,命运可以掌握在自己手中。

周舍这个形象也不应忽视。从他一开始骗要宋引章,接着觊觎赵盼儿,最终"弄得尖担两头脱",落得"杖六十,与民一体当差"的下场,可以说关汉卿在周舍身上花费了不少嘲讽的笔墨。这是个被讽刺的喜剧人物,在舞台效果上接近于小丑,负责调弄和搞笑。像第二折一开头,周舍有一段长科白:

(周舍同外旦上,云)自家周舍是也。我骑马一世,驴背上失了一脚。我为娶这妇人呵,整整磨了半截舌头,才成得事。如今着这妇人上了轿,我骑了马,离了汴京,来到郑州。让他轿子在头里走,怕那一般的舍人说:"周舍娶了宋引章。"被人笑话。则见那轿子一晃一晃的,我向前打那抬轿的小厮,道:"你这等欺我!"举起鞭子就打。问他道:"你走便走,晃怎么?"那小厮道:"不干我事,奶奶在里边不知做甚么?"我揭起轿帘一看,则见他精赤条条的在里面打筋斗。来到家中,我说:"你套一床被我盖。"我到房里,只见被子倒高似床,我便叫:"那妇人在哪里?"则听的被子里答应道:"周舍,我在被子里面哩。"我道:"在被子里面做什么?"她道:"我套绵子,把我翻在里头了。"我拿起棍来,恰待要打,她道:"周舍,打我不打紧,休打了隔壁王婆婆。"我道:"好也,把邻舍都翻在被里面!"

"骑马一世,驴背上失了一脚",如同我们现在常说的"经过了大风大浪,却栽在了小水沟里"一样,周舍是说自己玩了一辈子女人,如今却拿宋引章没办法。"磨了半截舌头",就是磨破嘴皮子的意思,却更加生动形象,令人发噱。嘴皮子只是"破"而已,舌头却被磨短了半截,多么形象的夸张！这段科白如同一段单口相声,台下观众在现场必然笑得前仰后合。如果没有周舍在台上的插科打诨、胡言乱语,现场的喜剧效果可能就会出不来。所以关汉卿笔下的周舍,就是巴赫金所谓的"狂欢节小丑"。

《单刀会》

《单刀会》是关汉卿历史剧中的代表作,是他专门为关羽谱写的一曲声情激越的英雄赞歌。"关羽戏"在元代很盛行,像《关云长单刀劈四寇》《关云长千里独行》《关大王月下斩貂蝉》《寿亭侯怒斩关平》《寿亭侯五关斩将》等,其中以关汉卿的《关大王独赴单刀会》成就最高。

《单刀会》的故事情节并不复杂,第一折先交代故事背景,刘备在联合孙权共同抗曹时向东吴借了战略要地荆州,久不归还,并派关羽在此镇守。东吴鲁肃为索回荆州,制定了三条计策:第一计,在宴会中以礼索回荆州;第二计,软禁关羽,待其诚心献还荆州;第三计,伏兵囚住关羽,要挟蜀国归还荆州。鲁肃特意请来乔公,商议此事。不料乔公劈头指出:"这荆州断然不可取!"还连连称赞关羽诛颜良、斩文丑、过五关斩六将,有万夫不当之勇。作者借乔公之口,用一曲〔金盏儿〕唱出了关羽威武的形象和豪迈的气概:"他上阵处赤力力三绺美髯飘,雄赳赳一丈虎躯摇,恰便似六丁神簇捧定一个活神道。那敌军若是见了,唬的他七魄散、五魂消……便有百万军,当不住他不剌剌千里追风骑;你便有千员将,闪不过明明偃月三停刀。"第二折写鲁肃拜访司马徽,想找这位"傲杀人间万户侯"的隐士来商议如何索取荆州。谁知司马徽得知来意后极力反对,说关羽"酒性躁,不中撩斗,你则绽口儿休题着索取荆州""他若是宝剑离匣,你则准备着头,枉送了你那八十一座军州"。

前两折是借东吴乔玄与隐士司马徽的嘴来夸赞关羽的英勇威猛，通过他们的渲染和铺垫，关羽尚未出场，却已产生了先声夺人的艺术效果。这样不让主人公及早登场的写法，在古典小说中不乏其例，像《三国演义》中的"三顾茅庐"就与《单刀会》有异曲同工之妙，但在戏曲剧本中很少见到这样的安排。"势"已蓄足，关羽一登场便浑身是"戏"。第三折写关羽在接受鲁肃的"请书"时，已经看出这场"筵宴不寻常"，根本"是个杀人的战场"，却依然雍容镇定，慨然应约，显示出他无所畏惧的气概与气贯长虹的豪情。第四折是单刀赴会，从正面描写关羽和鲁肃间的冲突。这是戏剧冲突最尖锐的部分，关汉卿却用延宕之法，有意在强烈的矛盾冲突即将揭开时，先来一个回旋，让关羽在赴会途中，面对大江，抒发起了历史的感慨：

〔双调·新水令〕大江东去浪千叠，引着这数十人驾着这小舟一叶。又不比九重龙凤阙，可正是千丈虎狼穴。大丈夫心别，我觑这单刀会似赛村社。

〔驻马听〕水涌山叠，年少周郎何处也？不觉的灰飞烟灭。可怜黄盖转伤嗟，破曹的樯橹一时绝，鏖兵的江水犹然热，好教我情惨切！（云）这也不是江水，（唱）二十年流不尽的英雄血！

关羽不以"千丈虎狼穴"为意，而是以诗人般的情怀去欣赏江景，去缅怀叱咤风云的英雄岁月，去追忆威武雄壮的历史场景，这是何等豪迈的英雄气概！弃舟登岸，在鲁肃设计的"鸿门宴"上，关羽反客为主，慷慨陈词，理直气壮地质问对方："俺哥哥合承受汉家基业，则你这东吴国的孙权，和俺刘家却是甚枝叶？"一口一个"汉家"，直问得鲁肃张口结舌，无言以对。很显然，关汉卿借关羽之口所发表的"汉家正统"论，不仅仅是符合一般民众的蜀汉正统观，还带有一种特定历史条件下的民族情绪。最终,关羽一手持剑,一手抓住鲁肃,逼退东吴伏兵,得以化险为夷,胜利而归。

多格并存、开拓创新：关汉卿的艺术特色

关氏散曲，有人视之俗，有人称之雅。例如〔双调·沉醉东风〕其五：

> 面比花枝解语，眉横柳叶长疏。想着雨和云，朝还暮，但开口只是长吁。纸鹞儿休将人厮应付，肯不肯怀儿里便许。

此曲将传统爱情诗词中所讳言的性的因素披露无遗，用贯云石的评价便是"使人不忍对殢"。（《〈阳春白雪〉序》）可是再读〔双调·碧玉箫〕其七：

> 膝上琴横，哀愁动离情。指下风生，潇洒弄清声。锁窗前月色明，雕阑外夜气清。指法轻，助起骚人兴。听，正漏断人初静。

将此曲与前曲列在一起，几乎难以相信是出于同一人之手笔。朱权说关汉卿是"可上可下之才"，（《太和正音谱》）恐怕就是有感于关氏作品之雅俗并存。又有人说关氏散曲"豪放泼辣"，也有人认为他是"清

丽派"的代表,其实,创作风格上的多格并存正是关氏散曲的鲜明特色。我们可以说,关汉卿在元初曲家中最富有生气,最富于创造精神,元散曲的若干不同风格和特有的机趣,在关氏散曲中均可找到其例。诚如李昌集先生所言,关汉卿的散曲就是整个元散曲的缩影:豪放泼辣、温和典雅,诸格皆存;淡淡的伤感、急切透辟的"理趣"、诙谐有趣的滑稽,在关氏散曲中无不有杰出的表现。(《中国古代散曲史》)

另外,在散曲史上大量创作散套,并将之运用得十分纯熟的又首推关汉卿。他将剧作的表现手法引入散曲,创作出了重情节、重人物的长篇套曲。例如散套〔双调·新水令〕:

玉骢丝鞚锦鞍鞴,系垂杨小庭深院。明媚景,艳阳天。急管繁弦,东楼上恣欢宴。

〔庆东原〕或向幽窗下,或向曲槛前,春纤相对摇纨扇。闲凭着玉肩,双歌《采莲》,斗抚冰弦。遂却少年心,称了于飞愿。

〔早乡词〕九秋天,三径边,绽黄花遍撒金钱。露春纤把花笑捻,捧金杯酒频劝,畅好是风流如五柳庄前。

〔挂打沽〕浅浅江梅驿使传,乱剪碎鹅毛片。旋剖温橙列着玳筵,玉液着金瓶旋。酒晕红,新妆面,人道是穷冬,我道是虚言。

〔石竹子〕夜夜嬉游赛上元,朝朝宴乐赏禁烟。密爱幽欢不能恋,无奈被名缰利锁牵。

〔山石榴〕阻鸾凰,分莺燕。马头咫尺天涯远,易去难相见。

〔幺〕心间愁万千,不能言。当时月枕歌春恋,到如今翻作《阳关》怨。

〔醉也摩挲〕真个索去也么天,真个索去也么天!再要团圆,动是经年,思量杀俺也么天!

〔相公爱〕晚宿在孤村闷怎生眠,伴人离愁月当轩。月圆,人几时圆？不似他南楼上斗婵娟。

〔胡十八〕天配合俏姻眷，分拆开并头莲。思量席上与樽前，天生的自然，那些儿体面。也是俺心上有，常常的梦中见。

〔一锭银〕心友每相邀列着管弦，却子待欢解动凄然。十分酒十分悲怨，却不道怎生般消遣。

〔阿那忽〕酒劝到根前，只办的推延。桃花去年人面，偏怎生冷落了今年。

〔不拜门〕酒入愁肠闷怎生言，疏竹萧萧西风战。如年，如年似长夜天，正是恰黄昏庭院。

〔金盏子〕咱无缘，风流十全。尽可怜，芙蓉面。腕松着金钏，髻贴着翠钿，脸朵着秋莲。眼去眉来相思恋，春山摇，秋波转。

〔大拜门〕玉兔鹘牌悬，怀揣着帝宣，称了俺男儿深愿。忙加玉鞭，急催骏馺骁，恨不圣到俺那佳人家门前。

〔也不罗〕只听得乐声喧，列着华筵，聚集诸亲眷。首先一盏拦门劝，走马身劳倦。

〔喜人心〕人丛里遥见，半遮着罗扇，可喜的风流业冤，两叶眉儿未展。百般的陪告，一创的求和，只管里熬煎。他越将个庞儿变，咱百般的难分辨。

〔风流体〕胡猜咱、胡猜咱居帝辇，和别人、和别人相留恋。上放着、上放着赐福天，你不知、你不知神明见。

〔忽都白〕我半载来孤眠，信口胡言，枉了把我冤也么冤。打听的真实，有人曾见，母亲根前，恁儿情愿，一任当刑宪，死而心无怨。

〔唐兀歹〕不付能告求的绣帏里头眠，痛惜轻怜。斩眼不觉得绿窗儿外月明却又早转，畅好是疾明也么天！

〔尾〕腰肢困摆垂杨软，舌尖笑吐丁香喘。绣帐里无人，并枕低言：畅道美满姻缘，风流缱绻。天若肯为人，为人是今生愿。尽老同眠也者，也强如雁底关河路儿远。

关汉卿用二十一支曲子讲述了一对恋人悲欢离合的故事,从〔庆东原〕开始换头,总共换了二十次头。开头说一对小情侣从产生情愫,到幸福结合。所谓"遂却少年心,称了于飞愿","于飞"是引用《诗经·大雅》中的"凤凰于飞,翙翙其羽",指夫妻幸福和谐。然而随着男子离家求仕,两人又开始饱尝离别相思之苦,从〔石竹子〕到〔金盏子〕,作者用多支曲子来反复渲染男女之间的相思之情。等男子科考得中后,他"怀揣着帝宣",高悬着"玉兔鹘牌",快马加鞭,"恨不圣到俺那佳人家门前"。"圣到"就是神速到达,说明男子归家心切。善于讲故事的关汉卿笔锋一转,制造了一场波折,原来是女子怀疑他另有新欢了。男子在〔喜人心〕里极力为自己辩解,却又感觉有口难辩,于是在〔忽都白〕里急到起誓:"恁儿情愿,一任当刑宪,死而心无怨。"《西厢记》中张生面对郑恒造谣、老夫人动怒、小姐误会时,也急切发誓:"小生若求了媳妇,则目下身便殂。""若有此事,天不盖,地不载,害老大小疔疮。"真可谓异曲而同趣。在经历一场波折后,这对恋人终于和好如初,又同床共枕,情话绵绵了。这支散套有故事、有人物、有波折,这是之前散曲中所未有过的。其他再如〔黄钟·侍香金童〕"春闺院宇"、〔双调·新水令〕"楚台云雨会巫峡"等套数,也都在讲述故事、描绘场面,尽显戏曲家本色。所以无论在散曲的风格上,还是体制上,关汉卿都有开拓创新,堪称散曲史上的"导夫先路"者。

贾仲明的〔凌波仙〕吊词称关汉卿是"驱梨园领袖、总编修帅首、捻杂剧班头",如此崇高的地位,主要来自关氏杂剧的艺术成就。首先,关氏杂剧中的人物形象生动鲜明,个性极强。戏剧与诗文不同,主要是通过塑造感人的艺术形象来表达思想感情,人物形象乃是戏剧创作和演出的核心。关汉卿深得其中壶奥,塑造了温柔多情的闺阁淑女、饱尝艰辛的青楼女子、叱咤风云的英雄烈士,以及市井小民、权豪恶霸、地痞流氓等各具特色的人物形象,令人印象深刻,津津乐道。哪怕是同一类人物,关汉卿都能凸显他们不同的个性。例如同为权豪势要的典型,鲁斋郎是个明抢豪夺、无法无天、骄横跋扈的恶棍,而葛彪则是个凶狠愚蠢、欺软怕硬、外强中干的家伙。关汉卿塑造人物形象的基本方法,就是将主人公置于错综复杂的矛盾冲突之中,凸显人物在典型环境中的典型性格。例如在《窦娥冤》中,主要矛盾是窦娥与张驴儿、贪官桃杌之间的冲突,次要矛盾是窦娥与蔡婆婆、窦天章之间的纠葛。通过主要矛盾与次要矛盾的设置,窦娥身上那种坚贞不屈而又不失孝顺的性格特征被表现得淋漓尽致,尤其是"刑场"那一折,在她所恪守的道德信念与践踏这种道德信念的丑恶现实之间的激烈碰撞中,窦娥的形象得到了升华。

其次,关汉卿的杂剧语言明快洗练、本色当行,并能切合特定的人物身份与戏剧情境。戏曲不仅是视觉艺术,也是听觉艺术,在一唱而过之间,首先要让观众听懂,加上元杂剧面对的受众大多为不识字的市民阶层,所以演员所唱戏文必须通俗易懂,这就是所谓的"本色当行"。关汉卿长期生活在社会底层,对街巷口语、民间俗语非常熟悉,他将这种底层的语言稍加提炼,写入剧中,收到了通俗晓畅而又形象生动的艺术效果。例如《救风尘》第一折中,赵盼儿劝宋引章不要嫁给周舍,宋引章却说:"一年四季,夏天我好的一觉响睡,他替你妹子打着扇,冬天替你妹子温的铺盖儿暖了,着你妹子歇息。但你妹子那里人情去,穿的那一套衣服,戴的那一副头面,替你妹子提领系、整钗镮。只为他这等知重你妹子,因此上一心要嫁他。"赵盼儿听罢,笑微微唱道:

〔胜葫芦〕你道这子弟情肠甜似蜜,但娶到他家里,多无半载周年相抛弃。早努牙突嘴,拳椎脚踢,打的你哭啼啼。

〔么篇〕恁时节船到江心补漏迟,烦恼怨他谁。事要前思免后悔。我也劝你不得,有朝一日,准备着搭救你块望夫石。

不论曲词还是宾白,都用日常口语,真切朴实,又能显示出二人性格的不同:宋引章单纯轻信,出语天真幼稚;赵盼儿阅历丰富,讲话一针见血。语言的"本色当行"还表现在关氏杂剧的滑稽与风趣上。例如《鲁斋郎》中,李四被鲁斋郎强夺了妻子,当他向张珪诉说不幸时,张珪立刻摆出为朋友两肋插刀的架势,问:"谁欺负你来,我便着人拿去,谁不知我张珪的名儿!"等李四说出是那鲁斋郎时,张珪立马捂住嘴,说:"哎哟,唬杀我也!早是在我这里,若在别处,性命也送了你的。我与你些盘缠,你回许州去罢,这言语你再也休提!"张珪前后言行构成了明显的反差,让人觉得滑稽可笑。滑稽与风趣的语言,可以吸引更多的普通观众,是戏剧作品通俗化的一种表现,也是关氏杂剧语言本色当行的一种表现。诚如王国维所说,关汉卿的戏剧语言"曲尽人情,字字本色"(《宋元戏曲史》),可以作为戏剧语言成熟的一种标志。

第三,关氏杂剧结构巧妙合理,关目变化多端,非常富有戏剧性。在元杂剧"一本四折"的体制制约下,关汉卿的杂剧总体呈现"开端—发展—高潮—结局"的框架,但具体落实到每一个剧目,又各呈其妙。有的是依照生活的事理逻辑编排剧情,将高潮置于第三折,此后随事收结,如《西蜀梦》《望江亭》等;有的是高潮后置,将剧情高潮安排在第四折,呈现一种曲终奏雅的效果,如《单刀会》《救风尘》等;还有的则将剧情高潮与情感高潮分置,呈现一种双高潮的结构,最典型的就是《窦娥冤》,第二折窦娥被判死刑,这是剧情的高潮,第三折怨气冲天,则是情感的高潮。

在剧情的推进上,关汉卿多以主线为主,辅线助推,有时候则是主线与辅线交织在一起。在关目的设计上,常用悬念法、误会法、巧合法、突转法等手段来使剧情引人入胜。例如《拜月亭》,故事以蒋世隆和王瑞兰爱情婚姻的波折为主线,先用楔子交代背景,然后安排了巧遇、拆散、拜月、团圆这四场戏,场面配置得很匀称。同时,作者又安排了蒋世隆的妹妹蒋瑞莲和陀满兴福的婚姻作为副线,两条线索交织在一起,剧情就显得错综复杂而又线索分明,关目照应得十分自然。此外,全剧运用情节上的巧合,使得看起来很匀称的四场戏起伏转折,波澜层叠,产生了强烈的戏剧效果。蒋世隆和妹妹蒋瑞莲、王夫人和女儿王瑞兰失散,蒋世隆遇王瑞兰,王夫人得蒋瑞莲,是巧合;蒋世隆和王瑞兰途中遭劫,寨主正是蒋世隆的义弟陀满兴福,又是巧合;王瑞兰的父亲王镇,投宿客店时遇到女儿,也是巧合;王瑞兰对月拜祷的话被蒋瑞莲听到,还是巧合;王镇要招赘的新科状元正是当年被他嫌弃的蒋世隆,更是巧合。这种"无巧不成书"的奇妙安排,使得全剧结构开阖跌宕,关目新奇生动。关汉卿是想让强烈的戏剧冲突把观众牢牢地吸引在剧场里,这正是关氏杂剧作为"场上之曲"的鲜明特征。

总之,关汉卿是元初最富有生气、最富于创造精神的曲家,他的散曲作品和杂剧作品都是最大限度地接近社会现实,在创作上则是"一空依傍,自铸伟词"(王国维《宋元戏曲史》),以本色当行的艺术成就推动元曲走向成熟。

第三章

鹏抟九霄白仁甫（朴）

郝经《青楼集序》云:"我皇元初并海宇,而金之遗民,若杜散人、白兰谷、关已斋辈,皆不屑仕进,乃嘲风弄月,流连光景。"兰谷,是白朴的号,我们可知,白朴的年辈大约与关汉卿相近。白朴凭借《梧桐雨》《墙头马上》等作品,在元初曲坛别树一帜,与关汉卿、马致远等人一起被誉为元曲之大家。

避世过客、寄情词曲:白朴的生平与作品

元代曲家的生平事迹每每不彰,尤以前期作家为甚。白朴却是一个例外,《金史》《元史》以及元好问、袁桷等人为他祖父、祖母撰写的墓志及神道碑,记载了白朴的生平事迹与家世情况。而其词集《天籁集》与王博文所撰序文,更为我们探索白朴的生活与思想提供了第一手的材料。

白朴,原名恒,后改名朴,字太素,又字仁甫,号兰谷。他生于公元1226年,即金哀宗正大三年,而其卒年却没有明确记载。根据《天籁集》中〔水龙吟〕的小序:"丙午秋到维扬,途中值雨,甚快然。"可知此词是丙午秋在扬州或去扬州的途中所作。而"丙午",或是元定宗元年(1246),或是元成宗大德十年(1306)。从相关史料来看,虽然宋、元两国在灭金一事上做过短暂

的盟友,但宋人对元军一直是持有戒心的,刚灭金国,宋朝随即"命王旻守随州,王安国守枣阳,蒋成守光化,杨恢守均,并益兵饬备,经理唐、邓屯田"(《宋史》卷四十一),并采纳名将赵范的建议,在扬州屯驻重兵,并委大臣专任督师。所以当元军在灭金第二年开始大举侵宋时,扬州就成为屏卫江淮的军事要地,成为元军南下的一个障碍。考诸《宋史》和《元史》,在 1276 年扬州制置副使朱焕献城投降之前,都未见元军攻陷扬州的记载。也就是说,在宋、元交战的几十年中,扬州一直为宋军固守,在这种情况下,身为敌国之民的白朴是不大可能于 1246 年去扬州游玩的。而元成宗大德十年(1306),元朝早已统一南北,扬州一带又恢复了安定繁荣的局面,而且白朴于 1280 年徙居南京,他的弟弟白恪也正在江南一带做官,此时他才有可能怀着闲情逸致去扬州游玩,甚至在途中遇雨还有"甚快然"的意趣。据此可知,元成宗大德十年(1306)白朴还在世,此时他已八十一岁。

　　白朴祖籍山西隩州(今山西河曲县附近),父亲白华,字文举,是金朝贞祐三年(1215)的进士。这一年金朝首都中都(今北京)被蒙古军队攻破,而金皇室已于前一年迁往汴京(今开封),所以白华是在汴京考中的进士。白朴出生时,白华正任职枢密院,当时的金朝已经岌岌可危。金哀宗天兴元年(1232),蒙古军队围攻汴京,金兵用飞火枪、震天雷等武器据城坚守。半年后,汴京粮尽,金朝君臣准备"东征"。所谓东征,其实就是逃难,当时决定了留守和扈从的官员,白华随驾"东征",家属却被留在了汴京。第二年,留守汴京的元帅崔立献城投降,并纵兵捕杀金朝旧臣和随驾官员的家属,搜掠财物,抢夺妇女,送入蒙古军中;蒙古军队进城后,虽未屠城,却也要大肆掠夺一番。白朴的母亲便是死于这场灾难之中,白朴这时才八岁,被他父亲的好友元好问携带出城,北渡黄河,逃离战火。这段经历对白朴的思想与性格产生了很大的影响,挚友王博文就在《天籁集序》中指出:"未几,生长见闻,学问博览,然自幼经丧乱,仓皇失母,便有山川满月之叹。逮亡国，恒郁郁不乐，以故放浪形骸，期于适意。中统初，开府史公将以所业荐之于朝，再三逊谢，栖迟衡门，视荣利蔑如也。"幼年的创伤记忆，导致白朴后来在新王朝一直"不屑仕进"。逃亡途中，白朴受到了元好问的悉心照顾，他中途染疫，元好问昼夜抱持，六天以后，小白朴终于在元好问的臂弯中出汗自愈。白华后来赠诗给元好问表示感激，其中有云："顾我真成丧家狗，赖君曾护落巢儿。"这绝非虚语。

金亡后，白华在邓州降宋，但是南宋采取苟且偷安的鸵鸟政策，不敢重用金朝的抗蒙力量，对金朝降将不予信任，所以在南宋边防军中南人和北人的矛盾很激烈。在蒙古军队的强大攻势下，白华又在均州随范用吉（也是降宋的金人）一起投降蒙古。他辗转回到北方，找到了好友元好问和儿子白朴，一起"游依"于元朝重臣史天泽。当时史天泽是真定、大名、河间、济南、东平五路万户，驻所在真定（今保定）。在史天泽的治理下，真定地区安定繁荣，许多文士都来投奔，除元好问、白华外，还有王若虚、杨果、王恽、张德辉等人。白朴终于可以在安定的环境里生活、读书，并且得到了很多著名文士的教导与栽培，学业上可谓突飞猛进。有一次元好问来白家做客，与白朴谈诗论文，大为惊喜，作诗称赞他："元白通家旧，诸郎汝独贤。"元好问与白朴也可称为"元白"，虽然没有元稹、白居易的"元白"那样闻名遐迩，却是真正的忘年之交、生死之交、莫逆之交。

长大后的白朴博学多识，备受史天泽赏识。中统二年（1261），史天泽任河南等路宣抚使兼江淮经略使，进拜中书右丞相；是年三月，忽必烈下诏"举文学才识可以从政及茂才异等，列名上闻，以听擢用"（《元史·世祖本纪》）。史天泽力荐白朴出仕，但白朴再三逊谢，不愿做官。尽管白朴与史天泽、张柔等朝廷政要有着广泛接触，对蒙古灭金以后北方地区的社会稳定、经济复苏持肯定的态度，但并未因此磨去故国沦亡与家庭巨变所留下的深重创伤。所以他借鉴了元好问与元廷之间那种不即不离的机变方式——与蒙元政权的上层人物保持交往，却不介入权力运行——以此来维护人格的独立和精神的自由。

在与权力保持距离的同时，白朴却和侯克中、李文蔚等真定曲家关系甚密，共同从事杂剧创作；还与勾栏歌伎有密切交往，为她们写诗写剧本。诚如他自己在〔风流子〕中所说："花月少年场，嬉游伴、底事不能忘。杨柳送歌，暗分春色，夭桃凝笑，烂赏天香。绮筵上，酒杯金潋滟，诗卷墨淋浪。闲袅玉鞭，管弦珂里，醉携红袖，灯火夜行。"所以，贾仲明为白朴所作挽曲中有"拈花摘叶风诗性，得青楼薄倖名"之句。虽然白朴喜欢这种"放浪形骸，期于适意"的生活方式，但与关汉卿、杨显之等人的滑稽戏谑、玩世不恭又有明显的不同，他身上具有遭受世变摧折的名门秀士的个性特征。

中年以后，白朴又南下游历，到过江州、岳阳等地，五十五岁时徙居建康（今南京），这时，御史台的朋友又召他从政，白朴作〔沁园春〕（自古贤能）谢绝。在这首词的小序里，他说："监察师巨源将辟予为政，因读嵇康《与山涛书》，有契于予心者，就谱此词以谢。"嵇康是因为不满司马氏擅权的政局和虚伪的礼教而隐居竹林，白朴引其为同调，他的思想与心态由此可见一斑。在南方，白朴与当时著名曲家胡祗遹、王恽、卢挚等人均有往来与唱和，过着一种"诗酒优游"的名士生活。至元二十四年（1287），白朴的弟弟白恪任浙西提刑按察使，他又迁往平江（今苏州）。白朴的后裔直到明初仍住在苏州，所以他很可能是在苏州度过了人生的最后时光。

白朴的文学作品，诗文多不存，词作有《天籁集》传世，散曲原无专集流传，后来清人杨友敬在康熙四十九年（1710）刻《天籁集》时，将从《朝野新声》《阳春白雪》等书中辑出的白氏散曲附于集后，名曰《天籁集摭遗》，共计小令二十八首、散套三首。隋树森先生在编《全元散曲》时又辑补了八首小令和一首散套。白朴的杂剧作品，《录鬼簿》记载有十五种,王国维的《曲录》则著录十六种,比《录鬼簿》多出《李克用射箭双雕》。今存《唐明皇秋夜梧桐雨》《鸳鸯简墙头马上》两种,另存《董秀英花月东墙记》一种,作者尚有争议。

隐逸情怀、写景写爱：白朴的散曲创作

　　白朴的散曲俊逸有神，几乎首首都是精品，甚至有学者认为白朴在散曲上的艺术成就要高于杂剧。就题材而言，白氏散曲主要集中在避世隐逸、写景咏物、男女风情这三大块。

　　白朴幼经战乱，失去母亲，所以一直不愿意出仕元朝，宁可放浪形骸，纵情诗酒。试读其〔双调·庆东原〕：

　　忘忧草，含笑花，劝君闻早冠宜挂。那里也能言陆贾？那里也良谋子牙？那里也豪气张华？千古是非心，一夕渔樵话。

　　这支曲子劝人早日离开官场，只有抛弃那些功名浮华，才能真正忘忧。白朴认为，即使像汉代陆贾、西周姜尚、西晋张华那样青史留名的大人物，最终又能如何？只不过成为渔子和樵夫闲话时的谈资。"那里也"三字是衬字，连续三个"那里也"的追问构成一个很有气势的鼎足对，这既是作者对历史的叩问，也是对世人的警醒：英雄人杰尚且都淹没在历史长河中，何况我辈庸人乎？元散曲中的避世主题，在白朴曲中表现得非常明显，再如那首被《中原音韵》列在"定格"第一首的〔仙吕·寄生草〕《饮》："长醉后方何碍，不醒时有甚思？糟腌两个功名字，醅渰千古兴亡事，曲埋万丈虹霓志。不达时皆笑屈原非，但知音尽说陶潜是。"其实白朴酒量有限，他在〔水龙吟〕的词序里说："仆饮量素悭，不知其趣。"那为何还要醉饮呢？从表面看，白朴是想用酒精腌去、渰没、埋掉所有的雄心壮志，事实上他是想用酒精来摆脱无法实现这些理想的烦扰。为何无法实现人生理想？当然是世道的原因。末二句非屈原而是陶潜，也是特殊世道中的特殊价值观：与其像屈原一样愚忠殉国，不如像陶渊明那样找个地方隐居起来，诗酒人生。白朴散曲多为精品，不妨再来读〔中吕·阳春曲〕《知几》四首：

知荣知辱牢缄口，谁是谁非暗点头。诗书丛里且淹留。闲袖手，贫煞也风流。

今朝有酒今朝醉，且尽樽前有限杯。回头沧海又尘飞。日月疾，白发故人稀。

不因酒困因诗困，常被吟魂恼醉魂。四时风月一闲身。无用人，诗酒乐天真。

张良辞汉全身计，范蠡归湖远害机。乐山乐水总相宜。君细推，今古几人知。

作者在贤愚颠倒的社会现实中认不清谁是谁非，却从张良辞汉、范蠡归湖等历史往事中看到了兔死狗烹的险恶，所以他要采取"牢缄口""暗点头"的处世态度，走一条"诗书丛里且淹留""今朝有酒今朝醉"的避世之路。从乐山乐水、乐诗乐酒、乐四时风月的情怀来看，白朴的避世方式带有一种传统士大夫的闲风雅韵，与关汉卿的"玩世"生活有着雅俗之别。

白朴还是个写景咏物的高手。他用"自然之眼"去观察大自然，描绘大自然，对四季变化尤为敏感，曾经用〔越调·天净沙〕和〔双调·得胜乐〕两个曲牌作了十二首曲子来描绘春、夏、秋、冬的不同景致，其中以〔越调·天净沙〕第一组曲子最为出色：

春

春山暖日和风，阑干楼阁帘栊。杨柳秋千院中。啼莺舞燕，小桥流水飞红。

夏

云收雨过波添，楼高水冷瓜甜。绿树阴垂画檐。纱橱藤簟，玉人罗扇轻缣。

秋

孤村落日残霞，轻烟老树寒鸦。一点飞鸿影下。青山绿水，白草红叶黄花。

冬

一声画角谯门，半庭新月黄昏。雪里山前水滨。竹篱茅舍，淡烟衰草孤村。

春天是丽日和风、流水飞红、燕舞莺啼，一派勃勃生机，那位没有出现的主人公，应该是位玉人，她站在楼阁之上、阑干之旁、帘栊之下，欣赏着动人的春景。夏天是雨过云收、水冷瓜甜、轻摇罗扇，没有湿热烦躁，反倒是一个凉爽清静的世界，尤其是罗扇在玉人手中，似乎不必摇动，已给人一种静谧的清爽。秋景写得尤其优美，就像一幅讲究布局的山水画。远处是孤村、落日、残霞，近处是轻烟、老树、寒鸦，作者再借"一点飞鸿"将静止的画面变成了活景。结尾两句，将青、绿、白、红、黄各种颜色调和在这幅秋景图中，一反前人诗词中残花败叶的萧瑟秋景，呈现出青山碧水相映、枫叶菊花相衬的明丽景象。其实,景物的色彩都是作者内心情感的一种折射,透过这一派明媚的秋景,可以窥见白朴远离官场、诗酒娱情的精神世界。冬景的写法与秋景一样,都是通过一组自然景物的意象组合来构成一幅富有情感内涵的画面。开篇首句,描摹出暮色中远处谯门的轮廓,以及萦绕在谯门内外那哀伤的角声。接着将视线转向四方:一轮新月冉冉升起,月光斜照着半个庭院,山坡上覆盖着白雪,山前还有一条蜿蜒流淌的小溪;水边的竹篱茅舍升起几缕淡烟,在暮霭中慢慢地飘向远方。冷月、淡烟、衰草、孤村,这些冬日景象的组合,构成了一幅清寒寥落的画面;远处的画角声,虽然打破了冬日黄昏的寂静,却也平添了一种肃杀的气氛。这说明作者的内心在宁静高洁之中含有一丝淡淡的凄冷。

描写男女风情是元散曲中必不可少的一种题材,白氏散曲中这类作品写得生动活泼,精彩传神。如其〔中吕·阳春曲〕《题情》六首中的后三首:

从来好事天生俭,自古瓜儿苦后甜。奶娘催逼紧拘钳。甚是严,越间阻越情忺。

笑将红袖遮银烛,不放才郎夜看书。相偎相抱取欢娱。止不过迭应举,及第待何如。

百忙里铰甚鞋儿样?寂寞罗帏冷篆香。向前搂定可憎娘。止不过赶嫁妆,便误了又何妨?

古代闺中少女常由乳母、丫鬟伴随服侍,乳母同时肩负教育与监督的责任,是个"行监坐守"的角色。因此,乳母常与恋爱中的少女产生冲突,"拘钳"二字便点出了女主人公爱情受阻的根源。一边是奶娘催逼着赶紧回闺房,不让她与情人会面;一边是女主人公春心萌动,心猿意马。最终她以瓜儿先苦后甜来告诉对方,虽然两人的爱情好事多磨,但相爱的决心毫不动摇。后两首则描写两人相会的场景,有俏皮的捣乱,有情急的嗔怪,有声口,有场面,写得活灵活现,生动传神。再如《题情》六首中的第一首:

　　轻拈斑管书心事,细折银笺写恨词。可怜不惯害相思,则被你个肯字儿,迟逗我许多时。

　　这一首写别后相思,女主人公能书会文,敢爱敢恨,而其"恨",是因为对方明明"肯"了却不来,让她空欢喜、空相思,这种"恨",其实就是爱。这种相思题材在诗词中也很常见,像李商隐的《无题》有云:"春心莫共花争发,一寸相思一寸灰。"再如李清照在〔一剪梅〕中云:"花自飘零水自流,一种相思,两处闲愁。"诗和词都是用含蓄的手法将缠绵悱恻的相思表现为一种普遍的心理律动,从而引发读者的共鸣。而像白朴的这种散曲小令,相形之下真的是又"白"又"朴",然而唯其直白朴素,才能显示出元曲之风味。

《梧桐雨》《墙头马上》与白朴的杂剧创作

《梧桐雨》

　　《梧桐雨》是描写李隆基、杨玉环爱情故事和政治遭遇的历史剧。自从安史之乱以后,李、杨故事就被人们利用各种文艺样式进行描写、敷演,其中最著名的应属白居易的《长恨歌》,"梧桐雨"便是取自《长恨歌》中"秋雨梧桐叶落时"的诗句。元初关汉卿、庾吉甫等人也有这方面的杂剧作品,然而只有白朴的《梧桐雨》得以流传下来。

　　唐明皇与杨玉环的故事,新、旧《唐书》与《资治通鉴》均有记载,《梧桐雨》所述与史实还比较接近。开头楔子,写唐明皇在太平之日倦于政事,耽于声色,为了占有儿媳妇寿王妃杨玉环,竟然煞费心思地将她先度为女道士,再册封为贵妃。此外,唐明皇还"目不识人",边将安禄山丧师失机,按律当斩,只因伶牙俐齿,又会跳胡旋舞,唐明皇不仅没追究他的责任,还将其赐给杨玉环做"义子",并要加封为平章政事,由于张九龄、杨国忠的反对,才改任为渔阳节度使。接着第一折便是展现李、杨的爱情底细与时局变化。杨贵妃得宠后，全家荣显，哥哥杨国忠被封为丞相，姊妹三人都封做夫人。然而杨玉环一方面与唐明皇在长生殿共度七夕，携手并肩，情意绵绵，两人还盟约："今生偕老，百年以后，世世永为夫妇。"另一方面她又与安禄山发生私情，这为后面的安史之乱埋下了导火索。当唐明皇一心只想着与杨贵妃在宫中享乐时，却传来了安禄山叛军已破潼关、逼近长安的警报。危急关头，唐明皇竟和李林甫相互埋怨了起来，李林甫怪皇帝"只为女宠盛，逞夫昌，惹起这刀兵来了"，皇帝却说："你道我因歌舞坏江山，你常好是占奸。"最终要兵没兵，要将没将，皇帝和宰相都无计可施，只能决定逃往西蜀。所以这第二折是剧情的转折，也是戏剧气氛的突变，李、杨二人开始由醉生梦死一步一步走向痛苦的深渊。

第三折写唐明皇在凌晨率眷属和扈从官军仓皇出逃，沿途百姓拦驾陈情，质问皇帝："宫阙，陛下家居；陵寝，陛下祖墓。今舍此欲何之？"唐明皇只是说："寡人不得已，暂避兵耳。"百姓眼看皇帝留不住，便请求让太子殿下留下统兵破贼，并表示"愿率子弟，从殿下东破贼，取长安"。唐明皇此时只想逃命，不假思索地便将传国玉玺交付太子李亨，说是"剿除了贼徒，救了国家，更避甚称孤道寡"。但行至马嵬坡，发生了哗变，官军杀死奸相杨国忠，并要求处死杨玉环。唐明皇一开始还想维护皇帝的尊严，怒斥龙武将军陈玄礼"休没高下"。但当高力士提醒他"将士安则陛下安"，指出他需要在自己的平安和杨玉环的生命之间做出选择时，他就只能说："妃子，不济事了，大军心变，寡人自不能保。"最终无奈之下赐杨玉环一条白练，让她自缢。"黄埃散漫悲风飒，碧云黯淡斜阳下"，经过马嵬坡之变，唐明皇的权力、荣华、爱情，全都烟消云散。

第四折基本上是唐明皇的独角戏，写他在安史之乱平息以后回到长安，此时太子李亨已即天子位，他只能退养西宫。在冷落和寂寞中，唐明皇更加思念杨贵妃，从早到晚，他都对着杨贵妃的画像；刚刚入睡,就梦见玉环来请他到长生殿赴宴,往日的柔情蜜意和荣华繁盛刚刚浮现在眼前,不料就被窗外敲打着梧桐败叶的潇潇夜雨惊醒。梦醒后,眼前只有高墙冷阶、孤灯残酒,耳边唯闻凄风苦雨、宫漏寒蛩。失望之余,孤独感更加强烈。第四折在剧情上没有什么发展,但在情绪上掀起了一个高潮,其中有忆旧,有伤逝,有相思,有愧悔,有幻灭,而核心则是对包括杨玉环在内的已经失去而不可复得的一切美好东西的怀念与哀伤。最终全剧在阴冷、凄恻的氛围中落下了帷幕。

剧中的唐明皇,既是造成国家败乱的罪魁,又是故国的化身,所以白朴对他既有批判,又有同情,尤其对李、杨之间的爱情悲剧,作者予以深切的同情。李修生先生在《元杂剧史》中认为:作品虽然触及到统治者骄奢淫逸的生活和权奸把持朝政的现实,但着意描写的却是唐明皇的风流才情。例如第一折中对两人的长生殿盟誓就写得情真意切:

〔赚煞尾〕长如一双钿盒盛,休似两股金钗另,愿世世姻缘注定。在天呵做鸳鸯常比并,在地呵做连理枝生。月澄澄,银汉无声,说尽千秋万古情。咱各办着志诚,你道谁为显证?有今夜度天河相见女牛星。

但是也有人认为,李、杨之间没有真正的爱情,特别是杨贵妃对唐明皇,并无真情可言。与《长恨歌》《长生殿》不一样,《梧桐雨》强调了杨贵妃原为寿王妃的事实,并且几次写到她与安禄山之间的私情,甚至在七夕夜还在想念安禄山。她与唐明皇盟誓,实际上只是要巩固自己的荣华富贵;而安禄山起兵的目的,也是"单要抱贵妃一个,非专为锦绣江山"。从这种角度来解读,《梧桐雨》就不是一部爱情悲剧,而是一部历史悲剧,唐明皇就是安、杨私情而导致异族入侵的

唐明皇秋夜梧桐雨(明刊本《元曲选》)

受害者。从这种意义上讲,唐明皇的遭遇和元初士人有着某种相似之处,白朴通过描写唐明皇的人生悲剧,实则要抒发家国兴亡的感慨。在第四折中,唐明皇在唱词里所流露出来的那种荣枯难料、兴亡无定的幻灭感,其实正是以白朴为代表的元初文人的心理特征。

当然,也有人认为不能对剧中的杨贵妃予以苛求,她只是一个受侮辱、受损害而又陷于污泥不能自拔的妇女形象。她出身小官吏之家,因貌美智巧、能歌善舞,初被选为寿王妃,后被玄宗看中而册封为贵妃。这样一个年轻貌美的女子,却要每天侍奉一个年逾花甲、曾经是自己公爹的男人,尽管朝歌暮宴、锦衣玉食,但她精神上的空虚与痛苦是难以排遣的。所以当她见到年轻而又能"奉承人意",并会跳胡旋舞的安禄山,便大胆地发生了私情。马嵬坡兵变时,杨玉环被指为误国之因,被赐自缢,六军马踏其尸,情景甚为悲惨。但是,作者通过高力士之口说得明白:"贵妃诚无罪,然将士已杀国忠,贵妃在陛下左右,岂敢自安""杀了国忠,祸连贵妃"。这就表明,杨贵妃是无辜的,她的死,完全是唐明皇的昏庸误国、懦弱无能所导致。这样一来,《梧桐雨》就成了杨贵妃的人生悲剧,而其根源就在于以唐明皇为代表的统治阶层的骄奢淫逸和昏庸腐朽。

其实,一部好的作品往往可以让人们进行多元化的解读,《梧桐雨》思想主题的复杂多元,正是其艺术内涵极为丰满的一种表现。然而不管何种视角的解读,有一点可以达成共识——《梧桐雨》是一部悲剧。在讲究和谐、追求圆满的文化传统下,中国的戏剧作品多以大团圆的结局来收场,即使一些极具悲剧意蕴的作品,最终也要给悲剧主人公以"缺圆的补足",像《窦娥冤》末尾的申冤昭雪、《赵氏孤儿》以报仇雪恨来告终等,都是这种文化心理的体现。《梧桐雨》的结局没有出现"由逆境转入顺境"的转变,也没有以"善有善报、恶有恶报"的方式来解决戏剧矛盾,而是让老弱孤寡的唐明皇在秋风凄雨中哀断肝肠,这真是一悲到底式的结局。所以王国维将其列为中国悲剧代表之一,不是没有道理。

《墙头马上》

与《梧桐雨》相反,白朴的另一部代表作品《墙头马上》则是一出爱情喜剧。此剧题材,应与白居易的新乐府诗《井底引银瓶》有关,诗中有云：

> 妾弄青梅凭短墙，君骑白马傍垂杨。
>
> 墙头马上遥相顾，一见知君即断肠。
>
> 知君断肠共君语，君指南山松柏树。
>
> 感君松柏化为心，暗合双鬟逐君去。
>
> 到君家舍五六年，君家大人频有言。
>
> 聘则为妻奔是妾，不堪主祀奉蘋蘩。
>
> 终知君家不可住，其奈出门无去处。

虽然白居易的这首乐府诗也是有所指，但他并未指出主人公的姓名，白朴则附会为裴行俭之子裴少俊的故事，所以该剧题目为"李千金月下花前"，正名则为"裴少俊墙头马上"。只是白居易的乐府诗是为了"止淫奔"，在结尾给出了"寄言痴小人家女，慎勿将身轻许人"的告诫；而《墙头马上》正好相反，白朴通过李千金之口说明婚姻乃是天赐的，所以这是一曲歌颂婚姻自由的赞歌。

故事说工部尚书裴行俭之子裴少俊代父出差，前往洛阳采购奇花异草，骑马路过李家花园时，正遇洛阳总管李世杰之女李千金立于花园墙头，二人一见钟情。裴少俊在简帖上赋诗一首，让随从给李千金送去，千金看后当即回复，约少俊当晚在花园相会。不料两人幽会一事，被李府佣妇李嬷嬷看破。在春情乍泄、猝不及防间，李千金与裴少俊双双跪地，恳请李嬷嬷"放我两个私走了罢"。谁知嬷嬷以"这里不是嬴奸买俏去处"来冷言拒绝，并认定裴少俊是逾墙骗奸的恶徒，还责骂丫鬟梅香是勾引外贼的"奴胎"。这让自尊心极强的李千金羞愤难当，她不再低声下气地卑怯求饶，开始理直气壮地为自己的行为辩解，大胆宣称这段美满的姻缘是自己争取来的，即使拼上性命也在所不惜，说罢还解下搂带裙刀，以自杀相逼。这一招还真将老于世故的李嬷嬷吓得手足无措。她想,如果千金真被逼得自杀,那么"亲的则是亲,若夫人变了心,可不枉送了我这老性命"。于是她给出两条路:一是放少俊求官去,得意时再来迎娶千金;二是放两人一起私奔,等少俊得了官,两人再回来认亲。其实,第一条路是先仕后婚,婚服从于仕,仕高于婚;第二条路是先婚后仕,仕服从于婚,婚高于仕。李千金毫不犹豫地选择了第二条路,对李嬷嬷说:"只是走的好!"便和裴少俊一起私奔去了长安。

到了长安以后,由于不是明媒正娶,李千金只能藏身裴府后花园,一晃便是七年。这期间她生下一双儿女,男孩叫端端,女孩叫重阳。李千金既享受了夫唱妇随、儿女双全的天伦之乐,也饱尝了抛亲别家、与世隔绝的苦悲辛酸。她把全部的爱奉献给丈夫和儿女,期盼裴少俊能"平步上万里龙庭双凤阙",回报她"五花官诰七香车",也不枉当年"一天锦绣佳风月"。但不曾想,一场突如其来的变故打破了她的生活愿景。清明节这一天,裴少俊的父亲偶尔在后花园闲行时发现了两个孩子,虽然老院公极力为之遮掩,却还是引起了老尚书的怀疑。当裴尚书见到李千金并一再追问时,千金便向他承认:"妾身是少俊的妻室。"岂料裴尚书勃然大怒,连声喝问:"谁是媒人?下了多少钱财?谁主婚来?"并且不容分辩地认定李千金是"娼优酒肆之家""共人淫奔",扬言要将她送官问罪。此时李千金既不亮明自己是洛阳总管之女的身份,也不提她和裴少俊曾有婚议,而是坦然大方地据理抗争。裴尚书责骂她:"败坏风俗,做的个男游九郡,女嫁三夫。"她则理直气壮地回答:"我则是裴少俊一个。"裴尚书又搬出礼教的等级规制来贬斥她,说什么"聘则为妻,奔则为妾",她却大声说出:"这姻缘也是天赐的!"裴尚书恼羞成怒,提出:"你若天赐的姻缘,问天买卦。"所谓"问天买卦",就是让李千金将玉簪在石头上磨成针儿一般细,将丝线系住一个银瓶去井里汲水,如果玉簪和丝线都不断,便是天赐姻缘;如果瓶坠簪折,便回自己家去吧。这显然是在刁难李千金。尽管她万分小心，"轻拈掇，慢拿捻"，最终还是没能成功。如此，裴尚书便有理由逼迫裴少俊留下一双儿女，写下休书，将李千金赶出大门。墙头结缘、相守七载的一段姻缘就这样被生生拆散了。

后来裴少俊状元及第，被授洛阳县尹之职，便来到李府，想和千金重归于好。他脱掉官服，穿上秀才的衣服，也不知是想欲扬先抑，把惊喜留在后面呢，还是想戏弄一下当年的妻子，反正当他提出"依旧和你相好，重做夫妻"时，遭到了李千金的一顿抢白，弄得他无言以对，十分尴尬。裴少俊只好亮出底牌，说明自己已经中第得官，就在此地做县尹，李千金不为所动，她恨裴家当年狠心休弃，怪丈夫懦弱寡情，执意不肯复合。裴少俊不知所措，只能把责任往父亲身上推。此时裴尚书也得知了李千金是皇帝宗室、洛阳总管李世杰的女儿，赶忙亲自带着夫人和孙子、孙女，牵羊担酒来与千金赔礼相认。这种前倨后恭、自己否定自己的表现，产生了很强的喜剧效果。可是李千金斩钉截铁地回答他们："你休了我，我断然不认。"然而端端和重阳抱着母亲哭求，终于软化了李千金的心，这才与裴家相认，与裴少俊夫妻团圆。全剧悲喜相生，最终在喜剧的氛围中落下了帷幕。

可以看出，李千金是一位大胆追求爱情、敢于冲破礼教束缚、努力掌握自己命运的女子。这种类型的女性形象，在古典戏剧中并不多见。当崔莺莺面对"花落水流红"时，生出的是"闲愁万种"，无语怨东风；而同为名门淑媛的李千金，却当春思婿，声称："我若还招得个风流女婿，怎肯教费工夫学画远山眉。宁可教银釭高照，锦帐低垂；菡萏花深鸳并宿，梧桐枝隐凤双栖。"当她初见裴少俊，看上了"一个好秀才"以后，骤然间心跳耳热，神不守舍，甚至采取主动的姿态，央求梅香为她传送简帖，这可真是墙头相望，两相爱悦，直来直去，毫不扭捏。当两人好事被李嬷嬷看破时，她一会儿下跪求情，一会儿慷慨陈词，一会儿撒赖放泼，并且决心离家私奔。为了爱情，李千金什

裴少俊墙头马上（明刊本《元曲选》）

么也不怕，什么都敢做。显然，白朴在她身上融入了市井女性敢爱敢恨、泼辣率真的性格特征。或者说，李千金就是白朴所熟悉的那些青楼名伶与市井女子的聚合体，当然其中也映现着在战乱中沦入风尘的贵家淑媛的身影。当被裴尚书发现并辱骂时，她为了维护自己的人格而予以严正的反击；当裴少俊高中状元，要求重做夫妇时，她为了尊严而毅然拒绝。这说明李千金虽然渴望爱情，但在爱情之外同样也注重维护自己的人格和尊严。所以,李千金是一个大胆追求爱情而又倔强不屈、敢于抗争的女性。与《拜月亭》里的王瑞兰和《西厢记》里的崔莺莺等千金小姐相比,李千金在爱情理想与婚姻观念上跟她们基本一致,但在感情方式和行为方式上则明显更具反抗精神和叛逆色彩。她身上既有大家闺秀的影子,又有市井女性的气息,这是因为白朴出身士大夫家庭,从小受到正统的儒家思想教育,所以他笔下的李千金当然会向往门当户对的婚姻和锦衣玉食的前程;但白朴又长期混迹勾栏,与底层的市民、歌伎多有交往,所以李千金身上又会有市井女子的机敏和泼辣。这就使李千金在元杂剧诸多追求爱情自由的女性形象中占有一席独特的地位。

明末孟称舜在《新镌古今名剧·柳枝集》的眉批中云:“《梧桐雨》摹写明皇玉环得意、失意之状,悲艳动人;《墙头马上》说佳人求偶处,亦自奕奕神动,真大家手笔也。”《梧桐雨》《墙头马上》都是以爱情为题材,但一为悲剧,一为喜剧;一个着重表现人物心理,一个着重表现戏剧冲突;一个语言绚丽多彩,一个曲词自然生动,显示出白朴多方面的艺术才能和多样化的艺术风格。

开文采派之先河：白朴的艺术成就

郝经曾称赞元好问在艺术上"巧缛而不见斧凿，新丽而绝去浮靡"（《遗山先生墓铭》），白朴少时曾与元好问一起生活，受其影响，白朴的散曲和剧曲也都是典雅而不堆砌，凝练而不拘谨，清丽自然，俊逸有神，可以说是开元初曲坛文采派之先河。

白朴在散曲里喜欢用颜色词，构成一幅具有美感的画面，从而营造出一种意境。像〔双调·沉醉东风〕《渔父》：

> 黄芦岸白蘋渡口，绿杨堤红蓼滩头。虽无刎颈交，却有忘机友。点秋江白鹭沙鸥。傲杀人间万户侯，不识字烟波钓叟。

这首曲子是写渔父生活的自由自在，历来为人所激赏，明人蒋一葵《尧山堂外纪》称此曲"有味而佳"。芦苇摇曳，蘋草低垂，杨堤蓼滩，人闲物静，又有黄、白、绿、红诸色点缀其间，这明丽的自然山水，给人一种愉悦快乐的向往之感。曲中用了"刎颈交""忘机友"这两个典故，前者多认为出自《史记·廉颇蔺相如列传》,以廉、蔺二人"将相和"的故事而演化成为生死朋友的代称。其实"刎颈交"还与另一个历史故事有关:伍子胥因父、兄被杀而要逃离楚国,过江时得一渔父相助,渔父为使伍子胥没有后顾之忧,义而自杀,史上亦称"刎颈交"。不管出自哪个故事,"刎颈交"都带有政治关系的色彩。"忘机友"则出自《列子·黄帝篇》,说"海上之人"没有机心时,鸥鸟会与之玩耍,但当他父亲让他第二天捉几只回来时,鸥鸟便在天上飞舞不肯下来了,因为他有了机心。所谓"忘机友",就是指道家那种摒除机心、远离世俗、自然无为的思想境界,这与"刎颈交"正好相对。

白朴还经常化用前人诗句入散曲,如〔中吕·阳春曲〕中"闲袖手、贫煞也风流",就是化用苏轼〔沁园春〕中"袖手何妨闲处看"与元好问〔阮郎归〕中"诗家贫杀也风流"之语;再如〔双调·得胜乐〕中"听落叶西风渭水",显然是化用唐人贾岛"秋风生渭水,落叶满长安"之句。喜欢用典和化用前人诗句,正是白朴散曲雅化的一种标志,虽然他用的多是熟典和名句,但较关汉卿那种本色派而言,已显得非常雅致了。

白朴的散曲虽然以清丽典雅为主要特色,却也有朴茂平实的一面,白朴能将两者融为一体,呈现一种华朴兼济的风貌,〔双调·乔木查〕《对景》就是这方面的典型:

海棠初雨歇,杨柳轻烟惹,碧草茸茸铺四野。俄然回首处,乱红堆雪。

〔幺〕恰春光也,梅子黄时节,映日榴花红似血。胡葵开满院,碎剪宫缬。

〔挂搭沽序〕倏忽早庭梧坠,荷盖缺。院宇砧韵切,蝉声咽,露白霜结。水冷风高,长天雁字斜,秋香次第开彻。

〔幺〕不觉的冰澌结,彤云布,朔风凛冽。乱扑吟窗,谢女堪题,柳絮飞玉砌。长郊万里，粉污遥山千叠。去路赊，渔叟散，披蓑去，江上清绝。幽悄闲庭院，舞榭歌楼酒力怯，人在水晶宫阙。

〔幺〕岁华如流水，消磨尽，自古豪杰。盖世功名总是空，方信花开易谢，始知人生多别。忆故园，漫叹嗟，旧游池馆，翻做了狐踪兔穴。休痴休呆，蜗角蝇头，名亲共利切。富贵似花上蝶，春宵梦说。

〔尾声〕少年枕上欢，杯中酒好天良夜，休辜负了锦堂风月。

前四支曲子写四季景色，文辞华赡，清丽婉约，而且用了"俄然""恰""倏忽""不觉的"四个时间副词，来突出春秋代序、光阴荏苒之迅疾，为后文"岁华如流水"的感喟打下基础。后面两支曲子是对景抒怀，由四季变换而生发出韶华易逝、盛衰无常的感慨，写得质朴无华而又旷放超迈，并且带有一些理趣。这种将写景、抒情、言理综合在一起的写法，对散套内在结构的形成产生了深远的影响。全篇由景到情，转接自然，这种结构很像宋词中前景后情的双片结构，由此也可管窥白朴的填词创作对散曲创作的影响。

白朴的剧曲同样讲求文采，多用雅丽俊美的语句来抒情或者是烘托气氛，很少有戏谑语，这在元初杂剧中比较少见。最能展现白朴剧曲之文采者，莫过于《梧桐雨》第四折中写唐明皇秋夜闻雨的那些曲子：

〔蛮姑儿〕懊恼，窨约。惊我来的又不是楼头过雁，砌下寒蛩，檐前玉马，架上金鸡；是兀那窗儿外梧桐上雨潇潇。一声声洒残叶，一点点滴寒梢，会把愁人定虐。

〔叨叨令〕一会价紧呵，似玉盘中万颗珍珠落；一会价响呵，似玳筵前几簇笙歌闹；一会价清呵，似翠岩头一派寒泉瀑；一会价猛呵，似绣旗下数面征鼙操。兀的不恼杀人也么哥！兀的不恼杀人也么哥！则被他诸般儿雨声相聒噪。

〔三煞〕润濛濛杨柳雨，凄凄院宇侵帘幕。细丝丝梅子雨，妆点江

元曲史话

092

干满楼阁。杏花雨红湿阑干,梨花雨玉容寂寞,荷花雨翠盖翩翻,豆花雨绿叶萧条。都不似你惊魂破梦,助恨添愁,彻夜连宵。莫不是水仙弄娇,蘸杨柳洒风飘。

〔黄钟煞〕顺西风低把纱窗哨,送寒气频将绣户敲。莫不是天故将人愁闷搅!度铃声响栈道,似花奴羯鼓调,如伯牙《水仙操》。洗黄花,润篱落;渍苍苔,倒墙角。渲湖山,漱石窍;浸枯荷,溢池沼。沾残蝶粉渐消,洒流萤焰不着。绿窗前促织叫,声相近雁影高。催邻砧处处捣,助新凉分外早。斟量来这一宵,雨和人紧厮熬,伴铜壶点点敲,雨更多泪不少。雨湿寒梢,泪染龙袍,不肯相饶,共隔着一树梧桐直滴到晓。

以夜雨梧桐来写愁思,并非白朴首创,如唐人温庭筠〔更漏子〕就写道:"梧桐树,三更雨,不道离情正苦。一叶叶,一声声,空阶滴到明。"温词是一首小令,虽有意境,却无法铺叙;白朴则是调动了各种艺术手法,多方位、全景式地来铺叙"雨打梧桐"这一意象。他以楼头过雁、砌下寒蛩、檐前玉马、架上金鸡来作反衬,以杨柳雨、梅子雨、杏花雨、梨花雨、荷花雨、豆花雨来作对比,以珍珠落玉盘、笙歌闹玳筵、翠岩寒泉瀑、绣旗征辔操来作比喻,极力营造出一种凄怆冷落的意境,以此来反映唐明皇孤寂惆怅而又饱含相思、带些悔恨的复杂心境。这几支曲子辞藻清丽,对句工整,反复渲染,曲折尽致,既是一支支哀婉的悲歌,又像一首首感人的抒情诗,既浑朴自然,又富有文采,堪称元初曲坛文采派之代表。后来明代吴世美的《惊鸿记》、屠隆的《彩毫记》,都曾参酌《梧桐雨》之文采,尤其是清代洪昇的《长生殿》,其中"密誓""惊变""埋玉""雨梦"四出戏,均以《梧桐雨》的四折为蓝本,有些曲词甚至都是沿袭白朴的原文。《梧桐雨》以优美的笔墨、深沉的意境、醇厚的诗味,赢得了后人的高度认同和艺术模仿,所以王国维会将其誉为"元曲冠冕"。(《人间词话》)

明初朱权在《太和正音谱》里说白朴之曲"如鹏抟九霄,风骨磊魂,词源滂沛,若大鹏之起北溟,奋翼凌乎九霄,有一举万里之志",在元代曲家中"宜冠于首"。这其中虽然不乏朱权之溢美,但也指出了在元初文学的建构过程中,白朴的确是继承金代文学传统、开创元曲文采一派的重要人物。他既创作了伟大的悲剧,也创作了成功的喜剧,他的《梧桐雨》可以说是确立了以曲为主的中国诗剧模式。白朴被列为元曲四大家或六大家之列,完全是名副其实、实至名归。

第四章

朝阳鸣凤马致远

经过关汉卿、白朴等人的耕耘与奠基，元曲进入了繁荣发展时期，出现了先前很少见到的神仙道化剧和文人事迹剧，文采派也逐渐占据了曲坛的主导地位，马致远便是其中的代表人物。朱权在《太和正音谱》中将他列在首位，并说："马东篱之词如朝阳鸣凤。其词典雅清丽……有振鬣长鸣、万马皆瘖之意，又若神凤飞鸣于九霄，岂可与凡鸟共语哉？宜列群英之上。"马致远能在诸曲家中位列榜首，并非由于年辈较长，而是在朱权眼中，马氏之曲成就最高。

"曲状元"的生平与作品

马致远，以字行，名不详，晚号东篱，大都（今北京）人。但孙楷第先生在《元曲家考略》里提出，至元、泰定间河北广平县也有个马致远，曾在江浙为官，后改官江西，此人很可能就是曲家马致远。然而这个广平的马致远在至治三年（1323）还在做官，且有升迁和政绩，这与曲家马致远作品中怀才不遇、辞官归隐的思想及经历不符。而说马致远是大都人，源自钟嗣成的《录鬼簿》，应该可信。《录鬼簿》记载："马致远，大都人，号东篱，任江浙行省务官。"天一阁所藏增补本《录鬼簿》记为"江浙省务提举"。据《元史》记载，至元二十二年(1285)江淮行省辖区被调整后改称江浙行省。而所谓"务官",就是掌管税收的官吏;所谓"江浙省务提举",其实也是指务官。有人将"提举"解释为"儒学提举",是当时的学官,其实不对,因为蒙古时期耶律楚材奏请窝阔台任用儒者为课税使,后又举行"戊戌选",儒者充当税务官几成传统,所以不能将"提举"认定为学官。

马致远的年辈晚于关汉卿、白朴,早于张可久,因为张可久在〔双调·庆东原〕《次马致远先辈韵九篇》中称他为"先辈"。至于生卒年,只能大致推断。卒年较好判断,马致远写过〔中吕·粉蝶儿〕"至治华夷"的套曲,这是为元英宗至治改元(1321)而作,而周德清在泰定元年(1324)自序《中原音韵》时称马致远已死,综合这两条材料,可知马致远当卒于1321年至1323年间。生年则缺少直接材料。马致远曾在散曲〔双调·拨不断〕中自言"九重天,二十年,龙楼凤阁都曾见",又在〔黄钟·女冠子〕中自云"且念鲰生自年幼,写诗曾献上龙楼",此处"龙楼"一般都解释为宫阙或京城,其实不妥,因为献诗必有对象。马致远向谁献诗呢?《汉书·成帝本纪》里曾记太子宫门有"龙楼门",后来"龙楼"就成为一个典故,喻指太子,所以,马致远应是向太子献诗。这个太子就是真金,忽必烈的第二子,在至元十年(1273)被立为皇太子,兼中书令,判枢密院事。他尊崇儒学,常与儒臣讲论经典,当时东宫僚友中有不少著名文士,如王恂、王恽、许衡等。再结合前一句"且念鲰生自年幼",邓绍基先生认为马致远应该是在二十岁左右到京城向太子献诗的,很可能是忽必烈至元八年(1271)由大蒙古国改称元王朝之际。(《关于马致远的生平》,《文献》2013年第1期)如此,马致远生于1250年前后。如果这个判断不错的话,那么马致远享年当是七十五岁左右。

马致远向太子献诗,当然是想求官,可见青年时代的他也是功名路上人。当时元世祖忽必烈"遵用汉法",多次准备恢复科举,虽然因部分蒙古贵族与权豪势要的反对,没有成功,但还是注意兴建学校,并要求地方举荐贤才。然而马致远的求官之路并不顺利，他在大都生活了大约二十年，虽然"龙楼凤阁都曾见"，最终却未求得一官半职。他在〔南吕·金字经〕里说："夜来西风里，九天雕鹗飞，困煞中原一布衣。悲，故人知未知？登楼意，恨无上天梯。"应该就是这一阶段的心境写照。一直到元灭南宋、统一中国以后，马致远终于得以出任江浙行省务官。虽然只是一个掌管税收的低级官职，却足以让马致远看到当时官场的黑暗与龌龊，"看密匝匝蚁排兵，乱纷纷蜂酿蜜，急攘攘蝇争血"（〔双调·夜行船〕）。加上蒙元政权奉行重种族、重货利、重实用的统治政策，这一切都打破了他的宏图幻想，从而产生了归隐之意。"两鬓皤，中年过，图甚区区苦张罗，人间宠辱都参破"（〔南吕·四块玉〕），"半世逢场作戏，险些儿误了终焉计。白发劝东篱，西村最好幽栖"（〔般涉调·哨遍〕），这些都是人过中年的马致远对官场生活产生厌倦的思想流露。从自号"东篱"来看，他应是效法陶渊明，主动离开官场去放浪江湖的。归隐后的马致远在全真教"识心见性，除情去欲"的教义影响下，归真返璞，行乐诗酒，过着"剪裁冰雪，追陪风月"的避世生活，真是"兀的不快活煞"（〔大石调·青杏子〕）。他漫游浙江、江西、湖南等地，并且再度回到大都，参加了当时非常著名的元贞书会，与花李郎、红字李二等民间艺人合作，编写了《黄粱梦》等剧目。马致远在晚年应该又回到了江南，但葬于何处，已不可知。

马致远的创作较为高产，论散曲，有小令一百多支、套数二十多篇、残套七篇，明人辑有《东篱乐府》；论杂剧，有《刘阮误入桃源洞》《风雪骑驴孟浩然》《王祖师三度马丹阳》等十五种，今存《半夜雷轰荐福碑》《江州司马青衫泪》《吕洞宾三醉岳阳楼》《破幽梦孤雁汉宫秋》《邯郸道省悟黄粱梦》《西华山陈抟高卧》《马丹阳三度任风子》这七种。当然，其中少量作品的归属权还存在争议，例如那首著名的〔越调·天净沙〕《秋思》，现在可见文献中，是元代无名氏编选的《梨园按试乐府新声》最先收录了这支曲子,但并未提及作者。元人周德清在《中原音韵》中盛赞此曲为"秋思之祖",也未说明作者是谁。周德清对马致远极其推崇,如果知道是马致远所作,应该会注明。到明代,《秋思》的归属权还有争议,像嘉靖年间的《词林摘艳》标此曲为无名氏所作,而万历年间蒋一葵的《尧山堂外纪》则首次将《秋思》的创作权归属于马致远。清人朱彝尊在编《词综》时继承了蒋一葵的观点,继续将《秋思》系于马致远名下。此后任中敏先生编《东篱乐府》、隋树森先生编《全元散曲》,都延续这种观点,《秋思》为马致远所作似乎成为定论。我们暂且搁置争议,依然认为是马致远创作了《秋思》这首千古名曲。

总之,不管是散曲还是杂剧,马致远的作品在曲坛影响极大,元人周德清始定"关、郑、白、马"四家为元曲之代表时,马致远便赫然在列,明人何良俊更是将马致远提至首位:"元人乐府称马东篱、郑德辉、关汉卿、白仁甫为四大家。"(《四友斋丛说》)看来"曲状元"的称谓,并非是贾仲明的阿谀之词。(〔凌波仙〕吊词)

咏历史叹世道、咏景物写闺情的《东篱乐府》

元代曲家中有很多人是以杂剧创作为主而兼作散曲,马致远的创作却是散曲与杂剧并重,他将满腹才情融入散曲,故其散曲包含了他的整个心灵世界。按题材,马氏散曲可分为咏史、叹世、写景、闺情这四大类。

马致远的咏史之作,常常是借评价古人的功过得失来表达自己对历史的见解和对现实的看法。如其〔南吕·四块玉〕《洞庭湖》:

> 画不成,西施女,他本倾城却倾吴。高哉范蠡乘舟去。那里是泛五湖?若纶竿不钓鱼,便索他学楚大夫。

春秋时期,吴越相争,越国战败,勾践命范蠡寻得美女西施,进献吴王,以此求和。吴王迷恋西施,不理朝政,越国却生聚教训,奋发图强,最终灭了吴国。范蠡功成身退,带着西施泛舟归隐去了。马致远咏唱这些历史故事,主要是为了称赞范蠡不慕功名的高明之举。末句"便索他学楚大夫","索"是落得的意思;"楚大夫"是指与范蠡一起辅佐勾践灭吴的文种,但他最后被勾践所杀。这是从反面指出,若不学范蠡渔隐五湖,就会像文种那样落一个兔死狗烹的悲惨下场。马致远表面上是在揭露越王勾践的刻薄寡恩,实则是在发泄对当朝统治者的不满情绪,同时也流露出一种全身避祸的心态。再如〔南吕·四块玉〕《凤凰坡》:

　　百尺台,堆黄壤,弄玉吹箫送萧郎。送萧郎共上青霄上。到如今国已亡,想当初事可伤,再几时有凤凰?

　　"萧郎弄玉"是《列仙传》里的一个传说,说的是秦穆公时期有位年轻人叫萧史,擅长吹箫,他的箫声能将孔雀、白鹤引到庭院中来。穆公的女儿弄玉仰慕萧史,穆公便将弄玉嫁给了萧史。婚后,萧史每日教弄玉吹凤鸣之声,过了一段时间,弄玉真的吹出了凤鸣声,引得凤凰来集其屋。穆公特意建造凤台,让夫妇俩在上面吹箫。后来萧史乘龙、弄玉乘凤,升天成仙而去。"乘龙快婿"便出自这个故事。人们多将这个故事用作爱情、婚姻之题,或作登仙超世之喻,而马致远却在其中掺入了李白《登金陵凤凰台》中"凤去台空江自流"的黍离之感。不过,马致远并非要抒发什么遗民之思,他所谓的"国已亡",更应理解为对汉人文化传统崩塌的悲哀,是对无法再走传统士人之路的悲愤,是对理想人生既渴望又失望的一种悲鸣。

　　叹世归隐,是元散曲中最常见的题材之一,马氏散曲中也有不小的篇幅,像〔南吕·四块玉〕《叹世》、〔双调·蟾宫曲〕《叹世》等,就是直接以"叹世"为题。其他像〔双调·清江引〕《野兴》八首,也都是典型的叹世之作,试读其一、其六、其八:

　　樵夫觉来山月底,钓叟来寻觅。你把柴斧抛,我把鱼船弃。寻取个稳便处闲坐地。

　　林泉隐居谁到此?有客清风至。会作山中相,不管人间事。争甚么半张名利纸。

　　东篱本是风月主，晚节园林趣。一枕葫芦架，几行垂杨树。是搭儿快活闲住处。

　　其实，这八首同题小令并非作于一时一地，但表现出的那种忘情物外、叹世隐逸的情怀却完全一致。砍柴的樵夫一觉醒来已是山月高悬，钓鱼的老叟又来找他聊天，一个扔了砍柴的斧，一个弃了钓鱼的船，找个清静的地方席地而坐是多么的悠闲。这里的樵夫、钓叟当然都是马致远自托身形、自寓心迹的化身。第二首中的"山中相"是用南朝陶弘景事。据《南史·陶弘景传》载，陶弘景隐居山中，皇帝请他出山为官，他不肯。皇帝遇到问题，只能派人去山中咨询，所以时人称陶弘景为"山中宰相"。马致远原本幻想能成为"人间相"，可是无情的现实让他只能成为"山中相"，还不是陶弘景那种能在山中遥控朝政的"山中相"，而是只能掌控自己心灵、管理山中草木的"山中相"。就像下一首自称"东篱本是风月主"，这"山中相""风月主"都是作者的自嘲，而这种自嘲中也蕴含着马致远在摆脱外物所役以后的大彻大悟。

　　马致远的写景小令中也带有远隔尘嚣、怡然自得的气息，最典型的要属〔双调·寿阳曲〕所写的潇湘八景。试读第一首《山市晴岚》：

　　花村外，草店西，晚霞明雨收天霁。四围山一竿残照里，锦屏风又添铺翠。

　　"花村外，草店西"，给人既在世俗中又在世俗外的感觉，而"晚霞明雨收天霁"则给人以雨后天晴、清新爽朗的感觉。夕阳落在酒旗之上，酒旗树在山坳之中，雨后的青山在夕阳的映照下升起了淡淡的雾气，一竿酒旗则在雾气中悠悠飘拂。这幅画面镶嵌在山坳中，使得整个山坳就像一面漂亮的屏风。整幅画面宁静淡雅，悠然自得。再如《远浦帆归》：

夕阳下，酒旆闲，两三航未曾着岸。落花水香茅舍晚，断桥头卖鱼人散。

此曲描绘了一幅江村渔归图。"夕阳下，酒旆闲"，透露出渔夫们闲适的生活气息。"两三航未曾着岸"，是说渔夫们打鱼归来，但马致远接下去没有描写他们靠岸卖鱼的热闹场景，只是用"卖鱼人散"来暗示刚才有过一阵鱼市交易，他的重点是要突出鱼市过后的安静和渔夫住所的幽静。从断桥头到茅舍，渔夫们与世无争，悠闲自得，整个渔村宁静而秀美，这不正是作者所要寻找的隐居生活吗？

闺情是元散曲中百写不厌的题材，因为闺中女子的失恋与下层文人的失意，有着某种情感上的共鸣。马氏散曲中有不少描绘相思女子的言情小令，像〔双调·寿阳曲〕：

云笼月，风弄铁，两般儿助人凄切。别银灯欲将心事写，长吁气一声欲灭。

层云笼罩着天上的月亮，晚风吹动着悬挂在屋檐下的铁马铜铃，云生月阑的景象和叮叮当当的响声使得屋里的女子更加感到孤单和凄凉。于是她剔亮银灯，要将自己所有的思念、悲苦和怨恨全都写出来，寄给远在他乡的心上人。然而千头万绪一时间竟然不知从何说起，反复思索，最终长叹一声，所吁之气险些将油灯吹灭。由此可以看出女子叹息之重，思念之深，多少爱与恨都包含在这一声长叹之中。元人卢挚〔双调·寿阳曲〕《夜忆》以"长吁气把灯吹灭"结尾，马致远此曲以"长吁气一声欲灭"收结，显得更加意味深长。周德清

《中原音韵》中有"诗头曲尾"之说，此曲末句堪称"豹尾"。当然，马致远笔下的女性也有大胆热烈的，像另一首〔双调·寿阳曲〕："从别后，音信绝，薄情种害煞人也。逢一个见一个因话不说，不信你耳轮儿不热。"一个热情大胆而又执着专一的民间女性形象跃然纸上，与汉乐府《上邪》中喊出"山无陵，江水为竭，冬雷震震夏雨雪，天地合，乃敢与君绝"的那位姑娘颇有几分相似。

除了咏史、叹世、写景、闺情这四大类以外，马氏散曲中还有一些杂咏，也都写得相当精彩。像〔中吕·喜春来〕《六艺》是分咏礼、乐、射、御、书、数这六种古代儒士必习的技艺，本来枯燥的题材，却被作者借题发挥，写得另有一番机趣；套曲〔般涉调·哨遍〕《张玉嵒草书》是用八支曲子来描写书法家张玉嵒的草书艺术，从张玉嵒的胸襟才气、师承渊源到笔画技法、情感变化，马致远极尽铺陈展衍之能事，简直就是一篇张卞嵒的艺术传论。特别是〔般涉调·耍孩儿〕《借马》一套，写一个小市民的内心纠结，极为生动有趣：

近来时买得匹蒲梢骑，气命儿般看承爱惜。逐宵上草料数十番，喂饲得膘息胖肥。但有些秽污却早忙刷洗，微有些辛勤便下骑。有那等无知辈，出言要借，对面难推。

〔七煞〕懒设设牵下槽，意迟迟背后随，气忿忿懒把鞍来鞴。我沉吟了半晌语不语，不晓事颓人知不知？他又不是不精细，道不得"他人弓莫挽，他人马休骑"。

〔六〕不骑呵西棚下凉处拴，骑时节拣地皮平处骑。将青青嫩草频频的喂。歇时节肚带松松放，怕坐的困尻包儿款款移。勤觑着鞍和辔，牢踏着宝镫，前口儿休提。

〔五〕饥时节喂些草，渴时节饮些水。着皮肤休使粗毡屈，三山骨休使鞭来打，砖瓦上休教稳着蹄。有口话你明明的记：饱时休走，饮了休驰。

〔四〕抛粪时教干处抛，尿绰时教净处尿，拴时节拣个牢固桩橛上系。路途上休要踏砖块，过水处不教践起泥。这马知人义，似云长赤兔，如益德乌骓。

〔三〕有汗时休去檐下拴，渲时休教侵着颏，软煮料草铡底细。上坡时款把身来耸，下坡时休教走得疾。休道人忒寒碎，休教鞭颩着马眼，休教鞭擦损毛衣。

〔二〕不借时恶了弟兄，不借时反了面皮。马儿行嘱咐叮咛记：鞍心马户将伊打，刷子去刀莫作疑。则叹的一声长吁气，哀哀怨怨，切切悲悲。

〔一〕早晨间借与他，日平西盼望你，倚门专等来家内。柔肠寸寸因他断，侧耳频频听你嘶。道一声"好去"，早两泪双垂。

〔尾〕没道理没道理，忒下的忒下的。恰才说来的话君专记，一口气不违借与了你。

整套曲写有人来向一位爱马如命的马主人借马，将马主人不得不借又极其不愿借的矛盾心情，描写得惟妙惟肖，活灵活现。但马致远并非是想挖苦马主人的"吝啬"，只是想从世俗人情中提取一些生活的情趣，让读者开怀一笑而已。

《汉宫秋》《黄粱梦》《荐福碑》
与马致远的杂剧创作

《汉宫秋》

　　《破幽梦孤雁汉宫秋》是马致远杂剧中的代表作品,写的是昭君出塞的故事,但与以往史书所载的昭君故事多有不同。这个故事最早见载于《汉书》中的《元帝纪》和《匈奴传》,《后汉书·南匈奴传》也有相关记载,本来是说汉元帝时国家昌盛,兵精将广,国力远胜匈奴,匈奴呼韩邪单于来朝,元帝准备赏赐给他五名宫女。秭归女子王嫱(昭君)入选宫中数月,不曾见过元帝一面,出于怨愤,便主动请命去匈奴。等呼韩邪单于来辞行时,元帝召五女以示之,昭君丰容盛饰,惊艳照人,顾影徘徊,耸动汉宫。元帝见之大惊,意欲留之,却又不能失信,昭君遂与呼韩邪单于去了匈奴。两年后呼韩邪单于去世,昭君又从胡俗,嫁与呼韩邪单于之子,胡汉和睦相处几十年,王昭君因此被赐号"宁胡阏氏"。从汉魏开始,诗歌乐曲和笔记小说中就屡屡出现昭君故事,并多有改编。例如署名蔡邕所撰的《琴操》,记载昭君远嫁匈奴,思念家乡,最终不愿再嫁单于之子而吞药自杀。晋人葛洪在《西京杂记》里记录这个故事时又增加了毛延寿等画工贪贿舞弊而被杀的情节。稍后一些的石崇在乐曲《王昭君辞》中以乌孙公主的形象来塑造王昭君，并且增加了昭君出塞时通过弹奏琵琶来抒发哀怨的情节。从唐代开始，昭君故事不仅被文人一再吟咏，而且在民间广为流传。唐代敦煌的《王昭君变文》又对昭君故事进行了改编，将昭君远嫁的原因说成是匈奴强大，汉朝不得不以和亲来换取和平；昭君被迫嫁到匈奴以后，思念乡国，单于为她举行盛大的歌舞和狩猎，也未能获其欢心，不久昭君抑郁而亡。

马致远是在历代正史、笔记小说、诗歌乐舞、民间讲唱文学的基础上，将历史材料与现实精神进行了艺术的统一，在改编中寄托着自己的思考和情感。《汉宫秋》是在胡强汉弱的虚构背景下展开故事叙述的。汉元帝在中大夫毛延寿的蛊惑下，下令全国征选美女，充实后宫，并让毛延寿将选中的美女画成图像，以便按图临幸。入选的王昭君不肯向毛延寿行贿，被他在画像上做了手脚，因而失去了见驾的机会。一个偶然的机会，元帝因闻琵琶声而见到了昭君，惊其美貌而封为明妃，宠爱备至。毛延寿恶迹败露，竟携美人图叛逃，唆使匈奴王以武力索要昭君。待匈奴使者以武力逼迫时，元帝方从温柔乡中惊醒，原指望文臣武将能为他保卫江山，不料满朝文武竟然畏敌如虎，丝毫不考虑国家的尊严，反而众口一词，怪元帝"宠昵王嫱，朝纲尽废，坏了国家"，逼着元帝送妃和番。元帝只得感叹："太平时卖你宰相功劳，有事处把俺佳人递流。你们干请了皇家俸，着甚的分破帝王忧？"在此情况下，昭君"怕江山有失"，挺身而出，愿以和亲来息刀兵。元帝无奈，只能忍痛送昭君去匈奴，两人在灞桥依依惜别。临行前，昭君留下汉家衣服，誓不辱汉；行至汉、匈交界的黑河边，她举酒南向浇奠，然后纵身投河，殉节而死。王昭君的刚烈行为使得呼韩邪单于醒悟过来，与汉朝重新和好，送回了叛逃的毛延寿，元帝将其斩首，祭奠昭君，然而元帝也只能沉浸在无尽的悲痛和思念之中。

王昭君是作者极力歌颂的形象。她正直淳朴，不愿为了荣华富贵而向奸臣行贿；她深爱元帝，为了元帝的江山社稷而自请和番；她贞烈刚毅，为了保持汉家气节而投河自尽。顺便指出文学史上一个有趣的现象：同为中国古代四大美人的西施和貂蝉，比起王昭君与杨玉环，在作品中的受重视程度相去甚远。特别是貂蝉，可谓备受冷遇，这与吕布形象不佳、王允的美人计虽然正义却也可怖有关。吴王逸乐亡国，西施也难逃祸水之讥。而昭君出塞自杀，玉环因兵变而死，都是美好的爱情被无情的现实击碎，都是感天动地的大悲剧。

我们还需看到：《汉宫秋》是末本戏，马致远创造性地以汉元帝为主角，各折情节都以元帝为叙事视点；王昭君虽为正旦，却已退为配角，只有科白，并无唱词。所以，马致远的重心在于塑造汉元帝这个先前为人所忽略的人物形象。相对于完美高尚的昭君形象，元帝显得比较复杂。从自然人的角度来看，元帝对昭君的情感是真挚的，认为昭君是自己"五百载该拨下的配偶"；但从社会人的角度来看，他贵为天子，却贪图安逸，胸无大志，致使朝纲混乱、国势日衰。当匈奴单于以武力威胁，索要昭君时，他只会斥文臣，骂武将，说"满朝中都做了毛延寿"。然而大臣们并不买他的账，反而逼迫他用爱妃去换和平。这样一来，身为九五之尊的汉元帝竟然无力保护心爱的妃子，落得个"无人搭救"的屈辱下场。从剧中很多地方可以看出，汉元帝往往是身不由己，做不了主。例如，他与昭君泪洒灞桥时，本想多留片刻，臣子们竟然强加干预，说："陛下，不必苦死留她，着她去了罢。"元帝连多看昭君一眼、多诉一声衷情的自由也没有。所以当臣子们以"女色祸国"的理由来逼迫他舍弃昭君时，他恨恨地说："虽然似昭君般成败都皆有，谁似这做天子的官差不自由！""不自由"三字，真切地唱出了一个空有尊贵名分却无法把握自己命运的人内心深处的悲凉和无奈。这就不能不使作者将愤懑、惋惜、屈辱、同情等复杂的情感因素都倾注在元帝身上。所以，《汉宫秋》里不能说没有民族意识

破幽梦孤雁汉宫秋（明刊本《元曲选》）

和兴亡之感,但作者更多地是借元帝之痛来书写个人在历史潮流面前的无能为力,以及无法主宰自己命运的人生悲哀。

前面在介绍《窦娥冤》时讨论过元杂剧的"关目拙劣"问题,这里再以《汉宫秋》中的汉元帝为例,来谈一下王国维所谓的"人物之矛盾"。历史上的汉元帝是一位颇有作为的君主,性格绝非像剧中这般软弱,当然,文学形象未必要与历史上的真实形象完全一致,剧作家可以有自己的艺术加工。但是，剧中的人物形象也应当符合其历史身份，也就是说，剧中的汉元帝应该要有君王的样子。可是《汉宫秋》里的元帝根本不像一个帝王。他在殿上与群臣争吵，哀叹连妃子都保不住，"谁似这作天子的官差不自由"，完全是一介平民、一个普通文人的口吻。尤其是第一折里，当王昭君向元帝提出："妾父母在成都，见隶民籍，望陛下恩典宽免，量与些恩荣咱。"元帝说"这个煞容易"，然后唱云："你便晨挑菜，夜看瓜，春种谷，夏浇麻，情取棘针门粉壁上除了差法，你向正阳门改嫁的倒荣华。俺官职颇高如村社长，这宅院刚大似县官衙。谢天地可怜穷女婿，再谁敢欺负俺丈人家！"全然一副市民口吻，哪里有一点帝王的影子？这便是所谓的"人物之矛盾"。为何会这样呢？因为元杂剧的作者必须迎合平民观众的理解力，必须让自己的作品为大众所理解接受。因此，他们是以平民的眼睛去看帝王，以平民的想象力去塑造帝王，有点像我们现在《康熙微服私访记》一类的电视剧，里面的康熙形象也是导演和编剧站在普通观众的角度虚构出来的。可以说，《汉宫秋》里的元帝形象其实是表面的帝王身份与内在的平民形象的有趣"叠合"，但是这种"叠合"缺乏内在的统一，与西方戏剧中所谓的"多重性格"并不相同。

110

《黄粱梦》

《邯郸道省悟黄粱梦》是马致远创作的一部神仙道化剧。元人夏庭芝在《青楼集志》中把杂剧分为驾头、闺怨、鸨儿、花旦、披秉、破衫儿、绿林、公吏、神仙道化、家长里短十类，神仙道化便是其中一类。后来朱权又在《太和正音谱》里将元代与明初杂剧分为十二科：神仙道化、隐居乐道、披袍秉笏、忠臣烈士、孝义廉节、叱奸骂谗、逐臣孤子、钹刀赶棒、风花雪月、悲欢离合、烟花粉黛、神头鬼面，"神仙道化"被列在首位。这种剧就是以道教中人或与道教相关的人物为戏剧主角,来表达对尘世功名的厌倦和对得道成仙的向往。日本汉学家青木正儿又将神仙道化剧细分为度脱剧和谪仙投胎剧。(《元人杂剧概说》)所谓"度脱",是指神仙向有仙分的凡人或精怪说法,点化迷津,使其归于正道,成为神仙。马致远是元杂剧中神仙道化剧的开创者之一,贾仲明在挽词中称他为"马神仙",正与此相关。

目前可见马致远的杂剧中有三部神仙道化剧:《邯郸道省悟黄粱梦》是写汉钟离点化有神仙之分的吕洞宾,《吕洞宾三醉岳阳楼》是写吕洞宾度脱素有仙缘的柳树精,《马丹阳三度任风子》是写马丹阳点化有半仙之分的任屠夫。另外,还有一部《王祖师三度马丹阳》已失传,是写王重阳度脱马丹阳。这几部神仙道化剧表现的都是全真教的教义。全真教产生于南宋初年的河北地区,当时北方有太一教、真大教、全真教三个较大的道派,其中以全真教流传最广、影响最大。在创建之初,全真教就是一批文人逸士怀着对异族入侵的反抗情绪而成立的一个隐居修道的组织,教主王重阳及其弟子马钰(丹阳子)、丘处机(长春子)等人都是士人出身。全真教以"三教圆融""识心见性""独全其真"为基本宗旨,不搞飞升炼化、祭醮禳禁、符箓烧炼,与汉代以来的天师道有很大的区别。金人刘祖谦《重阳仙迹记》记载:"终南山重阳祖师,始业儒,卒成道。凡接人初机,必先使读《孝经》《道德经》。又教之以孝谨纯一,其立说多引六经为证。在文登、宁海、莱川,常率其徒演法,建会者五,皆所以明正心诚意、少私寡欲之理,不主一相,不居一教也。"元好问《紫微观记》也说全真教"本于渊静之说,而无黄冠禳袚之妄;参以禅定之习,而无头陀缚绊之苦"。可见全真教的教义虽然来自道家,却能"不居一教",对儒家思想持开放态度,并且引入了禅宗的修炼方式,所以颇能契合传统士人儒道互补、三教融合的文化心理。自从丘处机西觐成吉思汗,被赐"仙翁"称号以后,全真教玄风大振,尤其受到了乱世中无所归依、焦躁彷徨的知识分子们的认同,怀才不遇的马致远也深受影响,创作了好几部蕴含全真教义的神仙道化剧。例如《黄粱梦》，表面看是取材于唐人沈既济的传奇《枕中记》，其实全真教徒为了自神其教，已经将其附会成为全真教主汉钟离度化吕洞宾的神话故事，王重阳的〔满庭芳〕就有"吕祖悟黄粱"之说。马致远根据全真教的神仙传说，与李时中、花李郎等人一起创作了《邯郸道省悟黄粱梦》这部著名的神仙道化剧。

故事开头说，东华帝君觉察下界河南府有个叫吕岩（字洞宾）的人有神仙之分，便派太极真人汉钟离前去点化。吕洞宾应举途中经邯郸道黄化店，与汉钟离相遇。钟离劝其割断尘缘，寻仙修道，洞宾不肯，认为自己取得功名以后"身穿锦缎轻纱，口食香甜美味"，并反问汉钟离："你出家人草履麻绦，餐松啖柏，有什么好处？"汉钟离回答他道："功名二字，如同那百尺高竿上调把戏一般，性命不保，脱不得酒色财气这四般儿。笛悠悠，鼓冬冬，人吵闹，在虚空。怎如的平地上来，平地上去，无灾无祸，可不自在多哩。"吕洞宾根本听不进去。这时骊山老母变化成的王婆正在炊黄粱为饭，吕洞宾困倦欲睡，汉钟离便让他在梦中历遍人世间的酒色财气。戒除嗜酒、好色、贪财、逞气四事，其实是全真教的基本教义之一，王重阳在度化马丹阳时就说过："凡人修道，先须依此一十二个字，断酒色财气、攀缘爱念、忧愁思虑。"（《重阳立教十五论》）在全真教徒眼中，酒色财气不利于性命双修，是成仙道路上的大障碍。而且，"断酒色财气"不像有的宗教理论那样空洞晦涩，很容易落实到剧情上，也较容易为各阶层的观众与读者所接受，《吕洞宾三醉岳阳楼》《马丹阳三度任风子》中也都有类似的剧情。

在梦中，吕洞宾中举后官拜兵马大元帅，奉命讨伐蔡州吴元济，岳父高太尉为他钱行，他饮了三杯酒，吐了两口血，当日便戒了酒。两军阵前，他收了对方三斗珍珠、一提黄金，卖了一阵，领军而还。回家后，发现妻子与人私通，奸夫逃走，他欲杀妻，但被院公劝住。没想到奸夫告发受贿卖阵之事，他被罢官充军，遂断了财与色。充军路上,他带着一对儿女历经千辛万苦,在山里遇到大风雪,险些被冻死,在樵夫的指引下来到猎户家。骊山老母化作猎户的母亲,声称自己的儿子性情暴躁,"无酒还好,吃了酒,便要杀人"。吕岩为了投宿,无奈地说:"便打我一顿,我也忍了,从今已后,我将气也不争了。"又过了"气"这一关。谁料想,他的一对儿女真的被猎人借着酒劲全部摔死,他与猎人争辩,猎人不由分说举刀便砍,他在即将被杀时惊醒。醒来后,王婆所炊黄粱饭尚未煮熟,吕洞宾回想起梦中的穷通厄泰、荣枯炎凉,再看看还未煮熟的黄粱饭,终于大彻大悟,皈依入道。

从度脱的方式来看,《黄粱梦》属于"入梦悟道"模式,即仙人登场、点化凡人、梦的启悟、归道成仙,这成为后来神仙道化剧里重要的度脱形式。在剧中,全真教义所要戒除的酒色财气,其实也是对险恶腐化的官场生活的一种折射,是对涉足其中的知识分子迷失本性的一种批判。全剧结束时,东华帝君封吕洞宾为纯阳子,并有一段判词:

> 你既省悟了,一梦中十八年,见了酒色财气,人我是非,贪嗔痴爱,风霜雨雪。前世面见分明,今日同归大道。位列仙班,赐号纯阳子。

113

这看上去是道家点化世人的寻常用语,实则显示出历经半世蹉跎的马致远对功名利禄的彻底否定。这部戏,梦境是虚的,而梦境中的宦海生涯却是以现实社会为依据。这种虚中有实的写法使得马致远的神仙道化剧并非全为遁世之词,某种程度上可以将之视为以神仙道化为题材的社会剧。与唐传奇《枕中记》相较,《枕中记》只是表现"富贵如过眼烟云"的虚幻思想,而《黄粱梦》则有对官场丑态的揭露和对现实的否定。

从具体方法来看,神仙在度脱时主要靠"诱"与"迫"。汉钟离先以成仙的好处来劝诱吕洞宾出家,声称成仙以后"驱的是六丁六甲神,七星七曜君。食紫芝草千年寿,看碧桃花几度春"。但是法力无边、长生不老的好处并不能打动吕洞宾的心,汉钟离便让吕洞宾在梦境里妻离子丧,惨遭追杀,最终吕洞宾不得不看穿红尘,随汉钟离去出家修仙。可以说吕洞宾的出家过程是被动的,带有明显的被逼与无奈,《岳阳楼》中的郭马儿、《任风子》中的任屠也都是在神仙法术的愚弄下遭到性命之虞,不得不在死亡与出家之间无奈地选择后者。其实这是剧作家自身的生命体验,也就是说,被度者与度脱者实际上是一个充满入世与出世矛盾的自我统一体。被度者吕洞宾是这个统一体中"学成满腹文章"而欲求取功名的积极入世的一方,度脱者钟离权则是看透"功名由命不由人"而借全真教退隐出世的一方。两者矛盾统一在马致远的身上:一个满腔热情想要有所作为的士人是不会轻易放弃建功立业的人生理想的,但是面对民族不平等、科举被长期废止的社会现状,又只能无奈地借助全真教义来寻求解脱。然而传统士大夫内心深处的用世之心使其终究无法实现真正的超脱,导致他在希望与失望、入世与出世、自我实现与自我放逐之间彷徨徘徊,不得安宁。马致远最终看破世事、隐居修道,都是在社会现实逼迫下的不得已而为之,这与剧中人物的被迫出家是一致的。

114

　　另外,读者或许对《黄粱梦》中吕洞宾的两个孩子被猎人摔死这一情节感到不理解,为什么一定要把孩子摔死呢?其实这是在表现全真教所宣扬的"妻儿冤亲"的观念。全真教虽然引入不少儒家思想,但毕竟是跳出尘世的宗教,故而对世俗的家庭生活持反对态度。王重阳曾云:"儿非儿,女非女,妻室恩情安可取。总是冤家敌面仇,争如勿结前头苦。"(《元元歌》)他将夫妻关系、父母与子女间的关系视为"冤家敌面仇",就是想劝说修炼者洒脱一些,不要为世俗的亲情关系所羁绊。马致远受这种思想的影响较深,所以《岳阳楼》《任风子》中都有"杀妻""摔子"的一幕。他在散曲〔南吕·四块玉〕《叹

邯郸道省悟黄粱梦（明刊本《元曲选》）

世》中所云："带月行，披星走。孤馆寒食故乡秋，妻儿胖了咱消瘦。
枕上忧，马上愁，死后休。""风内灯，石中火。从结灵胎便南柯，福田
休种儿孙祸。结三生清净缘，住一区安乐窝，倒大来闲快活。"也是
"妻儿冤亲"思想的表现。

《荐福碑》

　　《半夜雷轰荐福碑》是以知识分子命运为题材的一部杂剧。马致远依据宋人惠洪《冷斋夜话》中"雷轰荐福寺"的素材，又增加了一些关目情节，旨在表现文士命蹇、壮志难酬的失落苦闷。主人公张镐满腹经纶，却流落在潞州长子县张家庄的地主张浩家里做私塾先生。他的好朋友范仲淹出京采访贤士，来到张家庄，要将张镐的万言策带回京城呈给皇帝，为他谋取官职；又激励张镐进京参加科举考试，并写了三封信，让张镐去找这三个人，解决进京的路费问题。张镐怀揣第一封信来到洛阳找黄员外，没想到黄员外当夜去世，他不仅没得到资助，反而被黄员外的妻子辱骂了一番。他又拿着第二封信去黄州找团练副史刘仕林，结果在黄州城外就听到了因刘仕林去世而敲响的无常钟。张镐觉得是自己妨杀了二人，便不打算去扬州寻找太守宋公序了，而想回张家庄去等范仲淹进献万言策的结果。其实此时张镐已因万言策被皇帝封为吉阳县令，范仲淹派使者去张家庄通知他，未曾想被同音不同字的地主张浩冒名顶替，前去上任。途中正好遇到张镐，为灭口，地主张浩诬陷他拐带丫鬟，偷走财物，指使公差将其杀死。公差在获悉真相后放走了他。张镐路过龙王庙时，求神问卜，结果得了下下签，怒而题诗，大骂龙神。龙神也勃然大怒，一路赶来，要为难张镐。张镐寄宿在荐福寺，长老慧眼识才，准备将寺中颜真卿所书《荐福寺碑》拓一千份，教小和尚做成法帖，卖了钱送给张镐作进京赶考的盘缠。龙神得知后，当夜布雨，雷电交加，轰碎了石碑，这也将张镐最后一点希望给击得粉碎，急得他都想撞槐身死。正当张镐万念俱灰、痛不欲生时，范仲淹及时赶到，带他进京，考中状元，并被宋公序招为女婿，地主张浩也因事发被斩。

　　张镐的遭遇其实就是元代汉族士人的遭遇，张镐的呐喊代表了

半夜雷轰荐福碑（明刊本《元曲选》）

包括马致远在内的汉族士人的心声。像第一折里所唱："我本是那一介寒儒，半生埋没红尘路。则我这七尺身躯，可怎生无一个安身处！""这壁拦住贤路，那壁又挡住仕途。如今这越聪明越受聪明苦，越痴呆越享了痴呆福，越糊涂越有了糊涂富。则这有银的陶令不休官，无钱的子张学干禄。"陶渊明曾为彭泽令，不愿为五斗米折腰而退隐田园，这里是反用典故，指有钱的官吏谁肯像陶渊明那样休官退隐；子张是孔子的学生,曾向孔子请教取得功名利禄之事,用这个典故是要说明贫穷的读书人想求取功名利禄,却难以得到。通过聪明与糊涂的对照,有钱与没钱的对比,揭示出当时社会的荒谬与汉族士人的辛酸。其实第一折中张镐所唱十四支曲子,有十二支是在抒发这种不得志的窘迫和对社会不公的怨愤。如果从叙事文学的角度来看,张镐身上缺少人物特性,既没有虚伪、狡猾、凶残这样的反面特性,也缺乏智慧、勇敢、善良等正面特性,他给观众和读者的印象就是一个有才学的倒霉蛋。但是张镐的唱词能够引发大家的共鸣,这再次显示出元杂剧重抒情而轻叙事的特点,剧中主人公一般都是抒发感情的载体,而不是引发冲突、推进剧情的主体。

至于剧中范仲淹要以荐举的方式为张镐谋求官职,是因为元代长期不开科举,就以荐举制来选拔人才。元世祖曾多次颁布举贤诏书,如《举贤才诏》云:"廉干人员,不肯贿赂权臣,隐晦不仕,在近知名者,尚书省就便选用。在外居住者,所在官司,以名荐举。"元初一些大臣也以举贤荐能为己任,如张文谦,《元朝名臣事略》卷四载:"遭际以来,每以荐达士类为己任……一时闻人扬历中外者,多公所举。"但是荐举制缺乏客观的标准,能否得到像"范仲淹"这种大人君子的赏识与推荐,主要靠人际关系加运气,所以底层士人被举荐的机会非常渺茫,"功名"二字对他们来说只是天边的月亮和充饥的画饼。剧末当张镐高中状元时,范仲淹说:"兄弟峥嵘有日,奋发有时。若不是这一番举荐呵,岂有今日?"张镐却回答说:"不干哥哥事。"又唱道:"你休夸举荐心,我非得文章力……其实驱逼的我无存济,谁知可元来运通也有发迹。"张镐将自己的发迹归为"运",事实上折射出马致远的一种心态:自己无人举荐,未能发迹,那是运气不好。

雅俗双炼、清逸疏俊的诗化之美：
马致远的艺术成就

马致远是继白朴之后文采派的代表人物。他喜欢融诗文格调入散曲，尤其是他的小令，往往通过对事物极其简练的勾勒来创造一个意味深远的意境，很有唐诗风味。最典型的便是那首著名的〔越调·天净沙〕《秋思》：

枯藤老树昏鸦，小桥流水人家，古道西风瘦马。夕阳西下，断肠人在天涯。

这首小令总共五句二十八个字，描绘了九组剪影，并用游子的羁旅愁情作为线索，将它们串联起来，构成一幅幅凄惋清冷的秋景图。枯藤，代表衰朽；老树，代表衰弱；昏鸦，代表暮气沉沉，没有精神。这三个意象构成了第一幅画面，色调是灰色、昏暗的。"小桥流水人家"是第二幅画面：小桥是荒凉的，流淌在山间的小溪是清冷的，远离尘嚣的农舍是孤独的。第三幅画面是"古道西风瘦马"：荒远的古道、萧杀的秋风和羸弱的瘦马，都象征着游子的落魄，这又是一幅悲凉的景致。"夕阳西下"，是这几幅画面的总背景，日暮黄昏，

119

漫漫古道上只剩一人,自然引出最后一幅画面,"断肠人在天涯"。在夕阳西下、动物归巢的特殊时候,游子仍在漂泊天涯,他找不到灵魂的归宿,生命无所依托,这是人生最大的痛苦。由于"断肠"游子的出现,前几幅画面的悲凉景致就有了情感上的指向,景物与情感交融在一起,使得这首曲子不再是单纯描摹秋景,而是有了"思"的意味。前面介绍过白朴的一首〔天净沙〕,也是描写秋景:"孤村落日残霞,轻烟老树寒鸦。一点飞鸿影下。青山绿水,白草红叶黄花。"两相比较,白朴同样是写景高手,却比马致远的这首曲子缺了一丝"情",少了一点"思"。所以王国维盛赞此曲"深得唐人绝句妙境",(《人间词话》)周德清则将其视为"秋思之祖",(《中原音韵》)都是深具慧眼的评价。

马致远的套曲具有一种理性色彩,常常在深沉的反省中来表现对人生的领悟。这是在通俗的散曲中引入诗的理性,是散曲雅化的一种表现。试读其〔双调·夜行船〕:

百岁光阴一梦蝶,重回首往事堪嗟。今日春来,明朝花谢。急罚盏夜阑灯灭。

〔乔木查〕想秦宫汉阙,都做了衰草牛羊野。不恁么渔樵没话说。纵荒坟横断碑,不辨龙蛇。

〔庆宣和〕投至狐踪与兔穴,多少豪杰。鼎足虽坚半腰里折。魏耶?晋耶?

〔落梅风〕天教你富,莫太奢。没多时好天良夜。富家儿更做道你心似铁,争辜负了锦堂风月。

〔风入松〕眼前红日又西斜,疾似下坡车。不争镜里添白雪,上床与鞋履相别。休笑巢鸠计拙,葫芦提一向装呆。

〔拨不断〕利名竭,是非绝。红尘不向门前惹,绿树偏宜屋角遮,青山正补墙头缺。更那堪竹篱茅舍。

〔离亭宴煞〕蛩吟罢一觉才宁贴,鸡鸣时万事无休歇。何年是彻?看密匝匝蚁排兵,乱纷纷蜂酿蜜,急攘攘蝇争血。裴公绿野堂,陶令白莲社。爱秋来时那些:和露摘黄花,带霜分紫蟹,煮酒烧红叶。想人生有限杯,浑几个重阳节?人问我顽童记者:便北海探吾来,道东篱醉了也。

元代曲学家周德清对此曲推崇备至,认为"无一字不妥",称得上是"万中无一"的精品。(《中原音韵》)首曲〔夜行船〕以"百岁光阴一梦蝶"横空落笔,点破人生的短暂和虚幻,末句归结到饮酒行乐,貌似畅达,实则含有无限的悲恨,颇有几分"举杯消愁愁更愁"的意味。〔乔木查〕是借秦、汉王朝的更迭来说明盛衰无常,帝王们自以为了不起的功业被作者用调侃的语气说成了只不过是人们茶余饭后的谈资笑柄。〔庆宣和〕开头"投至"二字是"及至""等到"的意思,用这两个字将话题由帝王转到那些英雄豪杰身上,他们辅佐帝王,南征北战,可是死后坟墓依然成为狐兔之穴。就算在英雄如云的三国时期,强大的魏国灭了名将如云的蜀国,可最终却被晋取代,那最终的胜利者是魏还是晋呢?如果说〔乔木查〕〔庆宣和〕是对功名事业的否定,那么〔落梅风〕则转为对金钱富贵的鄙视。可笑那些"富家儿"爱钱如命,心硬似铁,却看不透人生好景不长,空使锦堂风月虚设。再往下两支曲子开始叙说作者的处世态度与人生哲学。〔风入松〕遥承第一支曲子,用通俗的比喻来说明人生的匆匆与生死之无常,并奉劝人们不要讥笑那不会筑巢的斑鸠鸟,它只是在装傻,稀里糊涂地过日子反而没有烦恼。〔拨不断〕进一步表明作者要跳出名缰利锁、断绝一切是非的人生态度。绿树、青山、茅舍所构成的清幽环境,其实是作者在污浊的社会中追求人格独立的一种表现。〔离亭宴煞〕总结全套,通过对比争名夺利与自在隐居这两种生活状态,表明自己向往、追求的是后一种生活。曲中提到的裴公,是指裴度,曾任唐宪宗时期的中书侍郎,见天下事不可为,便退居洛阳,修筑绿野草堂,常与白居易等人在里面饮酒赋诗。白莲社是庐山东林寺慧远和尚发起的一个佛教团体,当时陶渊明隐居在庐山下,慧远想邀请陶渊明入社,却遭到拒绝,陶渊明是真正做到了"心隐"。末句的"北海"是指孔融,曾任北海相,故人称孔北海。孔融是大名士,时常宾客盈门,他曾说:"座上客常满,樽中酒不空,吾之愿也。"由于他不能忘怀世事,最终因侮辱曹操而被杀。所以作者在最后嘱咐童仆:即使是孔融来访,我也不见,就说我喝醉了,正在睡觉。可见,马致远羡慕的是裴度、陶渊明式的隐居,每日只管饮酒,管他什么功名富贵和荣辱是非!

全套纵贯古今,左右开阖,从历史虚无到人生苦短,从社会污浊到归隐醉乡,把对社会人生的感悟表达得淋漓尽致。尤其是像"红尘不向门前惹,绿树偏宜屋角遮,青山正补墙头缺"这样出色的鼎足对,使得全篇的理性思索更加意味深长。而像"卜床与鞋履相别"这样的小语,同样发人深省。与关汉卿的〔双调·乔牌儿〕套相比,同样是感慨人生,但关氏最终的避世方式是"寻取个稳便处闲坐地""受用了一朝,一朝便宜",表现出一种世俗化的适意享乐;而马致远的避世方式则是"和露摘黄花,带霜分紫蟹,煮酒烧红叶",明显具有一种士大夫的闲雅风致。所以李昌集先生在《中国古代散曲史》中认为,以此套为标志,马致远的散套是整个散曲史上的一座高峰。他将纵横交错的视野、尖锐透辟的哲理、意蕴深长的意境、激越奔放的情感、放旷超脱的胸怀,交融成一个有机整体。在马东篱之前,达此境界者并无一人,在他之后,也不多见。从马致远开始,自抒胸怀的散套才大量出现,而这说明散曲正在进入文人化的新阶段。

马致远的杂剧并不以故事情节和矛盾冲突见长,他所注重的是剧曲的抒情性,这种以诗笔写剧的方式,同样是杂剧文人化倾向的表现。例如《汉宫秋》,主要就是用诗的语言、诗的意境来抒发人物的思想情感,某种程度上就是一部抒情诗剧。剧中虽然也有矛盾冲突,但这只是为人物的抒情提供故事背景，冲突本身并不是描写的重点。所以作者将王昭君与毛延寿的冲突、汉元帝与毛延寿的冲突都只用一两句道白进行交代，并没有展开叙述；像毛延寿点破美人图等关目，也只作暗场处理，一切都是在为人物的抒情制造机会，充分体现了元杂剧轻事重情的特点。例如第三折送别昭君，马致远就是用〔步步娇〕〔梅花酒〕等几支曲子来让元帝直抒胸臆，尽情倾吐离别的哀伤：

〔七弟兄〕说什么大王、不当、恋王嫱，兀良！怎禁他临去也回头望。那堪这散风雪旌节影悠扬，动关山鼓角声悲壮。

〔梅花酒〕呀！俺向着这迥野悲凉，草已添黄，兔早迎霜。犬褪得毛苍，人搠起缨枪，马负着行装，车运着糇粮，打猎起围场。他、他、他，伤心辞汉主；我、我、我，携手上河梁。他部从入穷荒，我銮舆返咸阳。返咸阳，过宫墙；过宫墙，绕回廊；绕回廊，近椒房；近椒房，月昏黄；月昏黄，夜生凉；夜生凉，泣寒螿；泣寒螿，绿纱窗；绿纱窗，不思量！

〔收江南〕呀！不思量，除是铁心肠。铁心肠也愁泪滴千行。美人图今夜挂昭阳，我那里供养，便是我高烧银烛照红妆。

〔鸳鸯煞〕我煞大臣行说一个推辞谎，又则怕笔尖儿那火编修讲。不见他花朵儿精神，怎趁那草地里风光？唱道伫立多时，徘徊半晌，猛听的塞雁南翔，呀呀的声嘹亮，却原来满目牛羊，是兀那载离恨的毡车半坡里响。

123

在昭君临去之际，一句"怎禁他临去也回头望"，唱出了汉元帝撕心裂肺的痛楚。昭君的车队越走越远，元帝不禁想到她在塞外的苦寒，仿佛看到了在漫天风雪里摇动的旌旗之影，听到了在荒漠里回荡的号角之声。而元帝自己，想到即将独自面对咸阳宫的宫墙、回廊、椒房以及月夜、寒螀、孤灯，不由得更加凄楚。在这几段抒情唱词之后，〔鸳鸯煞〕又将元帝的思绪拉回到灞桥。在凝神痴想中，他误将北去的毡车的声音当作了大雁南飞时传来的音信，这种错觉的背后正是元帝对昭君的一往情深与依依不舍。这几首曲词极为讲究，像"散风雪旌节影悠扬，动关山鼓角声悲壮"，对仗非常工整；再像"返咸阳，过宫墙；过宫墙，绕回廊；绕回廊，近椒房；近椒房，月昏黄；月昏黄，夜生凉；夜生凉，泣寒螀；泣寒螀，绿纱窗；绿纱窗，不思量"，这些短句以顶真的形式前后相连，读来节奏鲜明，令人回肠荡气。

从《汉宫秋》全剧的情节来看，第三折是高潮，并交代了结局，所以第四折应该是余波。深秋之夜，元帝面对一点寒灯，形影相吊，渐渐入睡，忽在梦中见到了从塞外逃回来的昭君，只是没一会儿又被追来的番兵给抓走了。此时孤雁的哀鸣将元帝惊醒，马致远再次以抒情的笔调、诗化的语言，将长空孤雁的悲鸣与汉元帝的孤独心境融为一体，掀起了"孤雁破幽梦"的情绪高潮。这和白朴《梧桐雨》的第四折抒写唐明皇怀念杨贵妃的凄惋幽怨之情极为相似，堪称姊妹篇。所以，以《汉宫秋》为代表的马氏杂剧，没有紧锣密鼓的情节，没有扣人心弦的对白，而是靠抒情诗般的独特魅力征服了历代读者。王国维曾指出："元剧最佳之处，不在其思想结构，而在其文章。其文章之妙，亦一言以蔽之，曰：有意境而已矣。何以谓之有意境？曰：写情则沁人心脾，写景则在人耳目，述事则如其口出者。"（《宋元戏曲史》）《汉宫秋》的第三、第四折堪称元剧中的"有意境"者。

王国维的"意境"说，还可以解释另外一个问题，即《汉宫秋》从关目情节、人物设置、故事矛盾乃至一些细节，都有模仿《梧桐雨》的痕迹，为何还能成为名作呢？如果从叙事文学的要素来看，两剧的大背景都是胡汉矛盾，胡强汉弱；主角均为帝王与妃子；故事结构都是先乐后悲，乐极而悲；矛盾冲突都在于国家命运前途与爱妃生死去留之间的两难选择；最终女主角也都是死亡的结局。在细节上也有不少相似,例如《梧桐雨》写杨贵妃被迫自缢时,唐明皇掩面救不得;《汉宫秋》写番兵拥走王昭君时,元帝是掩面留不得。再如杨玉环死后,唐明皇画其像来凭吊,王昭君别后,汉元帝是对着画像来思念;杨玉环后来进入唐明皇的梦中,王昭君也在元帝梦中归来。如果从叙事文学的角度来看,《汉宫秋》简直有偷意偷格之嫌。但是诚如王国维所云,"元剧最佳之处,不在其思想结构,而在其文章",元杂剧的特点在于重抒情而轻叙事,叙事都是为抒情服务的。昭君出塞、李杨故事为人熟知,关目、结构不容易翻新,然而不同时代、不同境遇的作者会在类似的故事中寄以不同的情感,出以不同的文采,营造不同的意境。换言之,中国戏曲的特质在于抒情,在于像诗一样有意境,至于关目、结构等叙事因素,虽"陋"却无碍。所以,《汉宫秋》虽然在关目、结构上对《梧桐雨》有所依傍,却能自抒其情,自铸伟词,自出意境,故而仍然不愧为元代杂剧的名作、中国戏曲的名篇!

总之,马致远的散曲和杂剧具有一种诗化之美,雅俗双炼的曲词和清逸疏俊的曲风,使他成为元曲文采派中剧、散兼长的杰出代表。这种诗化之美非常符合后世文人的欣赏标准,所以明人赞之为"朝阳鸣凤",甚至将其推上了元曲第一的宝座。诚如郑振铎先生指出的那样,马致远是第一个将自己的情思整个写入杂剧和散曲里的元曲作家,他由牢骚而厌世,由厌世而作超脱语,足以打动文人们的情怀。从他以后,元曲渐渐成为文人发泄自己苦闷的东西,而远离了民间。

(《中国俗文学史》)

第五章

花间美人王实甫

朱权《太和正音谱》云:"王实甫之词,如花间美人。铺叙委婉,深得骚人之趣。极有佳句,若玉环之出浴华清,绿珠之采莲洛浦。"王实甫凭借着"天下夺魁"的《西厢记》,在元代曲坛上有如"花间美人"般光彩照人。有人将他与关汉卿并列,两人一前一后,堪称元曲中的双子星座。

王实甫的生平创作
与未入"元曲四大家"之谜

有关王实甫的生平资料非常少,诸本《录鬼簿》都只记载他是大都人,唯有天一阁本《录鬼簿》在"大都人"三字前记有"德名信"三个字。一般认为这是"名德信"的倒误,也就是说,王实甫应该叫王德信,实甫是字。元末贾仲明在〔凌波仙〕挽词中又云:"风月营密匝匝列旌旗,莺花寨明飚飚排剑戟,翠红乡雄纠纠施谋智。作词章,风韵美。士林中等辈伏低。新杂剧,旧传奇,《西厢记》天下夺魁。"所谓"风月营""莺花寨""翠红乡",皆系教坊、勾栏、青楼之代称,可见王实甫也是一个出入勾栏、谙熟青楼演艺活动的"才人"。关于王实甫的活动与创作年代,各种说法歧异很大,其中王季思先生在《从〈莺莺传〉到〈西厢记〉》一文中推断《西厢记》应该写成于元代大德年间:

今本《西厢记》杂剧终场时"谢当今盛明唐圣主"这句话，金圣叹本作"谢当今垂帘双圣主"。《元史·后妃传》说元大德年间，成宗多病，政事都由布尔罕皇后决定。据陈寅恪先生的意见，这"垂帘双圣主"正是当时《西厢记》杂剧上演时对于元成宗和布尔罕皇后的祝颂。据此推断，《西厢记》杂剧的写成，很可能在元成宗大德年间。

如果王先生的推断不错，王实甫的创作活动年代也应在大德年间。而王国维以王实甫的另一部杂剧《四丞相高会丽春堂》写的是金朝完颜某事，剧末还有"早先声把烟尘扫荡，从今后四方八荒万邦，齐仰贺当今皇上"云云，认为王实甫应是由金入元之人。然而元朝人也可以写金朝完颜某事，不一定非得是金人来写，何况剧中对金皇还有微词呢。至于扫荡烟尘、八方仰贺的气概，倒像元朝统一以后的气象，金朝并未达到如此盛况。

另外，《丽春堂》第三折里完颜乐善所唱"驾一叶扁舟睡足，抖擞着绿蓑归去"以及"想天公也有安排我处"，与白无咎〔鹦鹉曲〕中"浪花中一叶扁舟，睡煞江南烟雨。觉来时满眼青山暮，抖擞绿蓑归去。算从前错怨天公，甚也有安排我处"等句子相似。而冯子振在创作〔鹦鹉曲〕时明确说道："白无咎有〔鹦鹉曲〕云……余壬寅岁留上京，有北京伶妇御园秀之属相从风雪中，恨此曲无续之者。且谓前后多亲炙士大夫，拘于韵度，如第一个'父'字，便难下语；又'甚也有安排我处'，'甚'字必须去声字，'我'字必须上声字，音律始谐，不然不可歌，此一节又难下语。诸公举酒，索余和之，以汴、吴、上都、天京风景试续之。"可知白无咎的〔鹦鹉曲〕在壬寅岁（即元成宗大德六年）已经风靡大都，那么应该是王实甫化用了白无咎〔鹦鹉曲〕中的这些句子。这可以佐证，王实甫的创作活动年代应在大德年间或者稍晚，王实甫的年辈也应和白无咎、冯子振相去不远，而比关汉卿、白朴稍晚一些。

《录鬼簿》著录王实甫所撰杂剧有十四种,今存《西厢记》《丽春堂》《破窑记》三种,《芙蓉亭》和《贩茶船》两种留有残折,其他均已散佚不见。《丽春堂》主要写金国皇帝在端午节宴请群臣时设"射柳会",胜出者有奖。丞相完颜乐善连中三箭,得到了御赐的锦袍玉带。右副统军使李圭,会作院本杂剧,却不通武艺,故而三箭不中。李圭心中不服,次日在皇帝御设的香山宴上提出与乐善打双陆(以骰子的点数来移动棋子的一种博戏)来决胜负。最后一局,李圭获胜,按规则便要用墨来涂抹到乐善脸上,乐善大怒,痛打李圭,搅散了筵席,乐善也因此被贬到济南。后因草寇作乱,朝廷又召乐善带兵收捕,草寇慑其威名,纷纷投降。乐善班师回朝,官复原职,皇帝在丽春堂设宴,命李圭来给乐善负荆请罪,二人重归于好。《破窑记》是写宋代吕蒙正与妻子刘月娥的故事。吕蒙正和寇准均有大才,却都一贫如洗,一同住在破窑之中。富豪刘仲实的女儿刘月娥年已十八,尚未许配,刘仲实架起彩楼,准备让女儿来抛绣球招婿。刘仲实本指望招一个富贵人家的子弟,而刘月娥只想找一个"心慈善、性温良、有志气、好文章"的郎君。结果绣球打中了寒儒吕蒙正。刘仲实嫌他太穷,想变卦退婚,月娥却不计较贫富,认为"心顺处便是天堂",坚持要嫁给吕蒙正。刘仲实大怒,将他俩赶出家门,二人无奈,只得住在破窑中。吕蒙正每天都会听着白马寺的钟声去领一份斋饭,以此糊口,刘仲实为了激发吕蒙正的上进心,暗中来到白马寺,要求长老斋后再鸣钟,让吕蒙正赶不上斋饭。刘仲实又带了衣服和食物去破窑看望月娥,月娥一概不受。正在此时,有人赠给寇准两锭银子,寇准便与吕蒙正一起进京应试。十年后,吕蒙正做了县官,寇准才告诉他,饭后钟与所赠银都是刘仲实所为,都是为了激励他们奋发图强,于是翁婿和好,父女团圆。当然,这两部杂剧写得并不算风韵美艳,知名度也不高,真正让王实甫获誉"花间美人"的,还是那部《西厢记》。

现传最早有关《西厢记》的记载,是元人周德清在《中原音韵序》

中的引用：

> 乐府之盛、之备、之难，莫如今时。其盛，则自缙绅及间阎歌咏者众。其备，则自关、郑、白、马，一新制作，韵共守自然之音，字能通天下之语，字畅语俊，韵促音调；观其所述，曰忠曰孝，有补于世。其难，则有六字三韵，"忽听、一声、猛惊"是也。诸公已矣，后学莫及！

也正是这段话，引起了人们的争议：周德清提出的关、郑、白、马元曲四家中，为何没有王实甫呢？明代曲学家王骥德就认为："世称曲手，必曰关、郑、白、马，顾不及王，要非定论。"（《曲律》）但若细细解读《中原音韵》里的这段话就会发现，周德清强调元曲之盛、之备、之难，三者是并列的关系。他在阐述元曲之难时，以六字三韵为例，举的就是《西厢记》第一本第三折里〔幺篇〕开头那句"我忽听、一声、猛惊，原来是扑剌剌宿鸟飞腾⋯⋯"。也就是说，周德清以关、郑、白、马作为元曲之备的代表，以《西厢记》作为元曲之难的典型。如此，王实甫作为《西厢记》的作者，应该是和关、郑、白、马并列的，最后所云"诸公已矣，后学莫及"中的"诸公"自然也是包括王实甫的。甚至可以认为，周德清只是将关、郑、白、马作为"乐府之备"的例证，并没有将其作为"元曲四大家"加以标榜的意味——在周德清那个时代，还没有到为元曲盖棺定论、评选大家的时候。

真正提出"元曲四大家"这个说法的，是明人何良俊，他在《四友斋丛说》中谈到元曲名家时说："元人乐府，称马东篱、郑德辉、关汉卿、白仁甫为四大家。"不知道何良俊有没有受到周德清的影响，他提出马、郑、关、白为元曲四大家，正与《中原音韵序》所列四家吻合，只是顺序不同而已。何良俊为何不列王实甫呢？他说："盖《西厢》全带脂粉，《琵琶》专弄学问，其本色语少。盖填词须用本色语，方是作家。"所谓本色语，就是要求语言朴实无华，通俗易懂。这是何良俊评价戏曲的重要标准。而才情富丽的王实甫将《西厢记》写得如"花间美人"般富艳精工，自然不符合何良俊的标准，也就进不了何氏的"元曲四大家"之列。何良俊首次明确提出"元曲四大家"这个说法以后，产生了很大的影响，明代王世贞、沈德符等人皆予以应和，而胡应麟、徐复祚等人则为王实甫鸣不平。像徐复祚在《花当阁丛谈》中直接说："北词……马东篱、张小山自应首冠，而王实甫之《西厢》，直欲

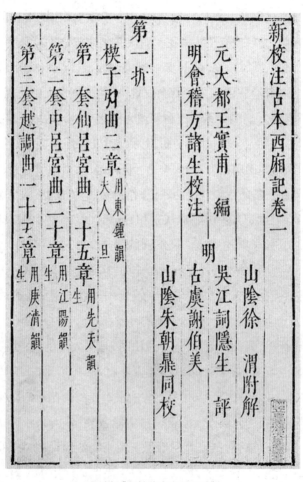

明刊本《新校注古本西厢记》

超而上之。"胡应麟则将关汉卿的杂剧与《西厢记》对比,认为"(关剧)虽字字本色,藻丽神俊大不及王",进而提出"王实甫《西厢记》为传奇冠"。(《少室山房笔丛》)可见,相较于何良俊认同辞藻本色,胡应麟更欣赏《西厢记》的藻丽神俊。所以,明人对于王实甫能否进入"元曲四大家"的争论,实质上是本色派与文采派之间的观念相争。

对于《中原音韵序》里的那段话,还有一点要予以讨论,即周德清为何引了《西厢记》的曲词,却不提王实甫的名字呢?这引发了很多猜想,有人认为《西厢记》是关汉卿写的,所以周德清才不重复提及关氏姓名。又有人作进一步申发:《西厢记》从开头到"碧云天,黄花地"是王实甫写的,后面是关汉卿补的;还有人倒过来,认为前面是关汉卿写的,后面才是王实甫写的。周德清的《中原音韵序》写于泰定元年(1324),虽然他没有直接点出《西厢记》的作者,但在六年以后,即至顺元年(1330),元人钟嗣成就在《录鬼簿》中明确记载《西厢记》的作者是王实甫,并将他列在"前辈已死名公才人有所编传奇行于世者"里,而其他作家名下并无《西厢记》的记录。明初朱权在《太和正音谱》里也明确记载王实甫是《西厢记》的作者。也就是说,从元代到明初,在离《西厢记》诞生最近的那段时期里,并没有人对作者问题提出过异议。周德清或许觉得插入作者名字,有碍行文语气;或许觉得大家都知道《西厢记》的作者,无需特别指出。虽然我们无法确知周德清不直接说出《西厢记》作者的缘由,但是《录鬼簿》与《太和正音谱》的记载是最早、最权威的,因此我们还是认为《西厢记》出自王实甫的手笔。

渊源有自的莺莺故事
与《西厢记》的内容梗概

  《西厢记》的故事源自唐人元稹的《莺莺传》,因为其中录了一首元稹的《会真诗》,后人又称其为《会真记》。故事讲述唐贞元年间张生旅居蒲州普救寺,崔莺莺随母亲郑氏亦居于此,适逢兵乱,张生请蒲州守将保护,崔家才得保全。郑氏设宴酬谢张生,并让他和莺莺以兄妹相称。张生惊于莺莺之美貌,请莺莺婢女红娘从中撮合。二人以诗酬答,感情日深,初则幽会,继则在西厢同住达一月之久。次年,张生进京应试,文战不胜,遂留于京,致书莺莺;莺莺复信,并赠送玉环,希望张生能够"如玉之贞",永以为好。久留京师的张生一意求官,日渐觉得莺莺会拖累他的前程,并说"大凡天之所命尤物也,不妖其身,必妖于人",最终抛弃了可怜的莺莺。《莺莺传》里说莺莺的母亲郑氏和张生的母亲是从姊妹,宋人王铚根据这一点以及元稹其他的诗文材料,认为张生的原型就是元稹,莺莺则是永宁尉崔鹏的女儿,是元稹的姨表妹。(《侯鲭录》卷五)陈寅恪先生也认为《莺莺传》是一部带有自传性质的作品,张生的原型应该是元稹本人,而莺莺则"必非高门"。(《元白诗笺证稿·读〈莺莺传〉》)陈寅恪先生的判断是有历史依据的,唐代的朝廷大臣喜欢从新科进士中挑选女婿,文人士子为了自己的前程也往往会抛弃前爱,投入高门。元稹少年时非常穷苦,考中进士后为了寻找政治靠山,便与尚书仆射韦夏卿的小女儿结婚;如果莺莺真的出于名门甲族,元稹就没有必要始乱终弃,另娶韦氏。

由于唐代文人并不避讳这类风流韵事,所以元稹的朋友杨巨源、李绅也分别写了《崔娘诗》和《莺莺歌》,后来王涣的《惆怅词》也是咏唱崔、张之间的故事。到了北宋,崔、张故事流传更广,秦观、毛滂都有以《莺莺传》为母题的"调笑转踏"。"调笑转踏"是一种歌舞曲,一般由一首七言八句的诗歌和一首〔调笑令〕组成,诗末二字和曲子开头二字相叠,内容基本相同。由于容量较小,秦观只写到待月西厢,毛滂写到了莺莺答书寄怀,都没有把故事讲完整。稍后赵令畤以鼓子词的形式作〔商调·蝶恋花〕,以连说带唱的形式,用十二支曲子以及各曲之间的道白,较为完整地讲述了崔、张故事,并且删去了《莺莺传》中张生诋毁莺莺为"尤物""妖孽"和为自己"忍情"开脱的那些部分,转而斥责张生"最恨多才情太浅,等闲不念离人怨",使崔、张故事呈现出一种新的感情基调。南宋时,民间说话中已有《莺莺传》的名目,周密《武林旧事》"官本杂剧段数"中也有〔莺莺六幺〕的记载。北方的金朝,董解元的《西厢记诸宫调》又对崔、张故事做出了重大改编。诸宫调也是一种说唱文学样式,就是在一段讲述之后,接唱一套或两套曲子,再讲再唱,宫调时有变换,词牌先后不同,不像鼓子词那样从头到尾唱的是同一宫调的同一词牌,比较单调。当时北方诸宫调的伴奏乐器主要是琵琶和筝,所以《西厢记诸宫调》又称《西厢搊弹词》或《弦索西厢》,一般也俗称"董《西厢》"。在《西厢记诸宫调》里,张生不再是始乱终弃的负心汉,而是对爱情异常忠贞的志诚种;老夫人则被作为封建家长代表来描写,并且出现了她的侄儿——郑恒这一反面形象。这样一来,故事的矛盾冲突就以张生、莺莺、红娘为一方,老夫人和郑恒为另一方;全剧的主题也就上升到了挣脱礼教桎梏、争取自主婚姻的高度。董解元的《西厢记诸宫调》将原本三千多字的《会真记》扩展到了五万字的篇幅,增加了许多生动的情节,并将原来的悲剧转变为喜剧,这为王实甫创作杂剧《西厢记》奠定了很好的基础。

虽然《西厢记诸宫调》已经在艺术上达到一个高峰,但在故事情节和人物处理上还是有些缺陷。例如孙飞虎兵围普救寺一直到白马将军出兵解围这一段,占了全部说唱将近六分之一的篇幅。或许这种"武打"戏更能吸引听众,却也会使张生和莺莺的爱情故事显得松散。又如,为了迎合底层听众的口味,有些地方说得太过,反而不贴合人物的身份。像莺莺第一次见了简帖,竟然发怒拿镜台去掷红娘;老夫人听了郑恒的话要悔婚时,莺莺直接去法聪房里找张生,并要和张生一起在法聪面前上吊,这些都不符合一个相国小姐的身份。到王实甫写杂剧《西厢记》时,这些地方才得到了合理的修改。所以,崔、张故事的艺术巅峰是"王《西厢》"。

王实甫在前人成果的基础上进行了大量的艺术加工与改造,写成了五本二十一折多本连演的杂剧《崔莺莺待月西厢记》。第一本是"张君瑞闹道场",四折一楔子。主要说前朝崔相国病逝,老夫人郑氏带着女儿莺莺、侍女红娘等人回老家博陵安葬相国灵柩。因道路阻碍,一行人便在河中府普救寺暂住,等待郑尚书之子、老夫人的侄儿、与莺莺定过亲的郑恒前来,一同扶柩回乡。书生张君瑞虽是礼部尚书之子,但父母已亡,只身赴长安赶考,途中来河中府看望好友、镇守蒲关的白马将军杜确,顺道游览普救寺。他在佛殿遇见莺莺,一见倾心,尤其是莺莺"临去秋波那一转",令他着了疯魔,不能自已。张生便以温习经史为由,借宿在寺中西厢房,寻找机会接近莺莺。得知老夫人要给相国亡灵做法事时,张生灵机一动,随即向方丈提出,备钱五千,也带他一份儿斋,追荐一下父母亡灵,其实他是想借机接近莺莺。当红娘从方丈室出来时,张生知道这是莺莺的丫鬟,便自报家门道:"小生姓张,名珙,字君瑞,本贯西洛人也,年方二十三岁,正月十七日子时建生",并特意表明自己"不曾娶妻"。不料却遭红娘一顿抢白,并警告他"俺夫人治家严肃""非呼召不敢辄入中堂"!红娘回去后告诉莺莺遇到一个"傻角",莺莺却已听懂了张生的意思,怦然心动,又装作漫不经心的样子,让红娘不要再去告诉老夫人了。当夜月朗风清,莺莺带着红娘到花园烧香祷告,张生隔墙高声吟诗:"月色溶溶夜,花阴寂寂春。如何临皓魄,不见月中人?"这是在投石问路,巧妙地向莺莺倾诉爱慕之意。莺莺心领神会,和诗酬韵:"兰闺久寂寞,无事度芳春。料得行吟者,应怜长叹人。"青春的觉醒和对爱情的渴望,使莺莺迈出了勇敢的一步,这令张生欣喜若狂。不久在做法事的道场上张生如愿见到了莺莺,他使出浑身解数,卖弄俊俏,上演了一连串的闹剧。莺莺自然也是不时地打量张生,心中暗暗思忖:"外像儿风流,青春年少;内性儿聪明,冠世才学。"张生发现莺莺在看他,不由得沾沾自喜。

第二本是"崔莺莺夜听琴",五折。正当崔、张二人的感情有所发展却又胶着不前时,一场意外从天而降。叛将孙飞虎听说莺莺有倾国倾城之容、西子太真之颜,便率五千人马围住普救寺,限老夫人三日之内交出莺莺,否则将火烧寺院,斩杀众人。危急之中,莺莺向母亲提出:"不拣何人,建立功勋,杀退贼军,扫荡妖氛,倒陪家门,情愿与英雄结婚姻,成秦晋。"老夫人觉得有理,便让长老法本当众宣布:不管僧俗,谁能退得贼兵,便倒陪房奁,将莺莺嫁与他为妻!张生大喜,自称有退兵之策。他修书一封,请武艺高强的惠明和尚突围送信,去请白马将军来解围。同时,老夫人派人传话稳住孙飞虎,说莺莺孝服在身,于将军不利,请宽限三日,待做完法事,脱了孝服,换上颜色衣服,便与将军送去。白马将军收到张生信后,速点五千人马,星夜赶往普救寺,击退了孙飞虎。老夫人命红娘请张生来赴宴,席间却以莺莺已许配郑恒为由,让张生与莺莺结为兄妹,并厚赠金帛,让他另择佳偶。老夫人的话犹如一桶冰水,兜头浇下,浇灭了张生的爱情火焰。莺莺也怪母亲"口不应心",但也不敢发作,无计可施。反而是红娘,看到张生的琴囊,便献上一计,让张生月夜操琴,向莺莺表达相思之情。莺莺月夜听琴,隔墙诉怨,两人的情感得到了进一步的交流。

第三本是"张君瑞害相思",四折一楔子。自听琴之后,因多日不见莺莺,张生相思成疾,莺莺让红娘前去探望,张生就央求红娘带给莺莺一封简帖,末有诗云:"相思恨转添,谩把瑶琴弄。乐事又逢春,芳心尔亦动。此情不可违,虚誉何须奉?莫负月华明,且怜花影重。"表达了渴望幽会的意思。红娘回来后将简帖放在莺莺的妆盒上,莺莺见了,假意训斥红娘,却又写诗一首,云:"待月西厢下,迎风户半开。隔墙花影动,疑是玉人来。"命红娘送给张生。张生猜出诗意是同意相会,却将"隔墙花影动,疑是玉人来"两句误解为是让他跳墙过去。夜晚,莺莺在后花园烧香时,张生翻墙而入。被刻骨的相思折磨得死去活来的张生,求爱的方式有些粗鲁,吓到了相府大小姐,遭到了莺莺的拒绝与斥责。莺莺的"赖简"对张生的打击不亚于老夫人的"赖婚",张生因而病情愈发严重。莺莺知道后,内心不安,再命红娘送去书信和药方,实际上是与张生重订幽会之期。

第四本是"草桥店梦莺莺",四折一楔子。莺莺经过徘徊和犹豫,终于冲破礼教羁绊和心理障碍,在红娘的帮助下,主动到张生房中与他幽会。二人得就枕席,此后夜夜相会。老夫人见莺莺最近神思恍惚,腰肢体态也与以前不同,不由心生怀疑,于是拷问红娘,与小姐去花园做了什么?勇敢机智的红娘抓住老夫人竭力维护"相国家谱""家丑不可外扬"的心理,索性将崔、张私合的过程一股脑儿说出,并指责老夫人言而无信、背义忘恩,且既已失信,却还留张生于院中,怨女旷夫,早晚窥视,当然要出事——将二人幽会私合的责任全部推在

明代刘龙田刊本《西厢记》插图

老夫人身上。老夫人权衡得失,只得暂时允许二人成婚,但以崔家三代不招白衣女婿为由,逼张生进京赴考。张生没有办法,只好"昨夜成亲,今日别离"。在十里长亭,莺莺、老夫人、法本长老等人为张生饯行,莺莺叮嘱张生勿忘夫妻之情,不论得官与否,及早归来。张生行至草桥店,梦中与莺莺相会,醒来后不胜惆怅。

第五本是"张君瑞庆团圞",四折一楔子。张生状元及第,在客馆等候授官,怕莺莺挂念,修书一封,命童子专程送去。莺莺接到书信,百感交集,回信赠物,盼其早归。张生奉旨入翰林院编修国史,因思念莺莺而生病。此时,郑恒赶到普救寺,谎称张生已被卫尚书招为东床佳婿。老夫人本来就倾向于崔、郑两大家族之间联姻,现在又有郑恒之言为借口,立即反悔,再次将莺莺许配给郑恒。正在郑恒准备成亲时,张生以河中府尹的身份衣锦归来,白马将军杜确也来祝贺,真相大白之下,郑恒羞愧难当,撞树自尽。张生与莺莺有情人终成了眷属。

《西厢记》的戏剧冲突与结构特点

　　王实甫的《西厢记》以五本二十一折的宏大结构来叙说崔、张之间的爱情故事。作者利用主、辅两条线索,将大大小小的矛盾事件组织成一个宏大的艺术整体:主线是以莺莺、张生、红娘为一方,与以老夫人(包括郑恒)为另一方的矛盾冲突;辅线较为隐蔽,是莺莺、张生、红娘三者之间的误会性冲突。两条线索相互制约、交错展开,构成了全剧一个接一个的戏剧冲突。

　　故事开头"惊艳"一折就已经表现出莺莺和张生的叛逆性:一个是违反家教,回顾陌生男子;一个是不顾圣贤之教,偷看相府小姐。而老夫人却是一个"治家严肃"的封建家长,从她对莺莺的要求——必须在佛殿无人时、在红娘的陪伴下,才允许莺莺去散散心——可以看出她必然是严厉反对年轻人自主婚姻的。崔、张二人与老夫人之间的矛盾,也就是两个叛逆青年和封建礼教间的矛盾,一开始已经伏下线索,只不过还没有激化。应该讲,在"白马解围"之前,老夫人的所作所为基本上还站得住脚,因为"治家严肃"毕竟无可厚非,更何况莺莺已经许配给郑恒为妻了。当孙飞虎兵围普救寺,要抢莺莺做压寨夫人时,老夫人走投无路,才让长老在法堂上公开宣布:不论僧俗,谁有退兵之策,就将莺莺嫁与他为妻。老夫人在做出这个许诺时,等于亲自撕毁了莺莺与郑恒的婚约,莺莺也就成了自由身,张生也就有了追求莺莺的正当理由,所以老夫人在以后的矛盾冲突中必然居于不利的地位。因此"白马解围",也就是所谓的"寺警"这一情节,乃是此剧之"主脑"。

全剧的主要矛盾在老夫人赖婚时全面爆发,崔、张争取自主婚姻与老夫人固守门第观念的尖锐冲突从潜伏状态进入了正面交锋的激化状态。莺莺和张生虽然在正面敌不过老夫人的家长权威,但在私下里经过不断磨合,在红娘的帮助下终于走到了一起。他们在实际过程中绕开了老夫人这一关,可到最终,还是要得到老夫人的点头,所以矛盾冲突还会继续。

"拷红"就是双方的再次交锋,只不过是由红娘代崔、张来向老夫人做申辩。经过一番唇枪舌剑的辩论,老夫人迫于"玷辱家门"的忧惧,不得已同意了二人的婚事。但是矛盾冲突并未结束,老夫人出于顽固的门第观念,以"三辈不招白衣女婿"为由,强令张生进京应试,并且放话:"得官呵,来见我;驳落呵,休来见我!"显而易见,张生如果落榜,老夫人一定会再度悔婚。虽然后来张生高中状元,但是郑恒的出现却使矛盾再度激化,莺莺和张生的婚姻再次受到威胁。看重门第的老夫人,宁可相信郑恒的谎言,也不愿去理会张生寄来的书信,甚至张生回来以后,向她陈说真相,她却依然坚持认为张生做了卫尚书的女婿。关键时刻还是红娘挺身而出,仗义执言,表面上质问郑恒,实则质问老夫人:"当日孙飞虎将半万贼兵来时,哥哥你在哪里?若不是那生呵,哪里得俺一家儿来?今日太平无事,却来争亲;倘被贼人掳去呵,哥哥如何去争?"此时白马将军及时赶到,对立双方当面折证,剑拔弩张,全剧的矛盾冲突被推上了最高潮。最后,郑恒的谎言被拆穿,一头撞死,老夫人也不能再赖,莺莺和张生这对有情人才成就了美好的姻缘。至此,一对青年男女追求婚姻自主与封建家长固守门第观念间的矛盾冲突得到了真正的解决。

应该讲，莺莺、张生与老夫人之间的矛盾冲突实际上是在妥协中得到解决的：老夫人虽然最终把莺莺嫁给了张生，但她维护门第、三代不招白衣女婿的要求得到了满足；张生与莺莺终成夫妻，但前提却是张生遵奉老夫人之命，应试得官。之所以以这种大团圆的形式来解决戏剧冲突，主要因为剧中提出的反对封建婚姻制度、追求具有爱情基础的自主婚姻，在王实甫那个时代是不可能实现的。王实甫有这个愿望，却拿不出解决问题的方法，最终只能用妥协的方式来换取"普天下有情的都成了眷属"这个愿望的实现。

如果王实甫只写这一条线索上的矛盾冲突，那么《西厢记》就是一部中规中矩的正剧。王实甫的高超之处在于，还用生动细腻的笔触，通过另一条辅线写出了莺莺、张生、红娘之间的内部矛盾。红娘既是老夫人派来监视莺莺的耳目，又是莺莺和张生之间绝不可少的牵线人，所以莺莺对她又是防备，又是依赖。红娘一方面热情支持莺莺追求自己的爱情，另一方面又对莺莺的"假意儿"颇为反感，不时地去戳穿莺莺的"假处"，故而她与莺莺之间的矛盾冲突充满了喜剧色彩。例如"闹简"一折，莺莺明明是将传递书简的重任交付给红娘，却又怕她嘴不稳，所以当红娘把张生的简帖放在妆盒上时，莺莺还是要假装责骂她："小贱人，这东西哪里将来的？我是相国的小姐，谁敢将这简帖来戏弄我，我几曾惯看这等东西？告过夫人，打下你个小贱人下截来！"红娘知道莺莺是在做假演戏，所谓"告过夫人"云云，无非是吓唬自己，想要自己守口如瓶，不让老夫人知道而已。红娘因而回答："小姐使将我去，他着将我来，我不识字，知他写着什么？"这是告诉莺莺：第一，我没有责任；第二，我不识字。但是红娘的心里肯定感到委屈，要借此教训一下莺莺的"假意儿"，因此声称要拿简帖儿去老夫人那里自首。这一招果然戳穿了莺莺的"假处"，只得赶紧揪住红娘，并用"我逗你耍来"这样的话语向红娘讨饶。这样的矛盾冲突不带有根本性，只是给观众带来哈哈一乐，给读者带来会心一笑。

张生和莺莺虽是一见钟情，却也有一个相互增进了解、不断磨合的过程。这其间，张生执着地追求莺莺，显得痴痴迷迷、六神无主；莺莺固然也爱张生，却心存顾忌，遮遮掩掩，两人之间由此产生了一些误会性的矛盾冲突。例如"闹简"以后，莺莺给张生写了一首诗："待月西厢下，迎风户半开。隔墙花影动，疑是玉人来。"这首诗写得比较隐晦，没有直接说明幽会的时间和地点，这符合莺莺的身份和性格。张生自以为是猜诗谜的行家里手，却偏偏猜错了诗意，才引出了后面月夜跳墙、莺莺变卦等一系列的冲突。这种误会性冲突带有一种喜剧效果，并会随着崔、张爱情的发展而得到化解。而当张生迫于老夫人的压力，不得不"昨夜成亲，今日别离"，进京应试，求取功名时，崔、张之间又呈现出一种隐性矛盾——张生中举后会不会始乱终弃？长亭送别时，莺莺除了抒发夫妻分离的痛苦以外，"年少呵轻远别，情薄呵易弃掷""但得一个并头莲，煞强如状元及第"云云，也是在表达自己的担忧。幸好张生忠于爱情，最终有情人成了眷属，这种隐性矛盾也就烟消云散了。

一主一辅，两条线索相互交错，将诸多矛盾冲突贯穿起来，不仅推动着故事情节的发展，而且将剧情的节奏与观众的情绪控制得很好。像"白马解围"之后，观众和张生一样，都觉得婚事可成，都舒解了"兵围"时的紧张心情；孰料老夫人变卦"赖婚"，又使观众高兴的心情转为惋惜遗憾，甚至是怨恨。作者笔锋一转，又将故事重心转到张生、莺莺、红娘这边来。通过"月夜听琴"，莺莺与张生互诉衷肠，感情反倒更深了一层，观众的心情也稍稍轻松一点；接下去"寄诗""闹简"等情节，让人感觉好事可成，不由得为他们高兴起来，结果莺莺"赖简"，又让人希望破灭，心情沮丧。然而在山穷水尽之际，红娘送来了莺莺"今宵端的雨云来"的诗简，不仅使得剧情柳暗花明，也让观众的心情再次明亮起来。当崔、张的爱情进入新的阶段，观众也随之

明代凌濛初刊本《西厢记》

沉浸在他们的欢乐之中，就在此时，作者又安排了"拷红"一场戏，让观众刚高兴不久的心情又紧张起来。经过红娘机智的斗争，老夫人终于承认了现实，答应了莺莺和张生的婚事，观众不由得长吁一口气，紧提的一颗心终于可以放下。可是老夫人又以"不招白衣女婿"

为由,逼着张生进京应试,观众心里自然会升起疑问:张生能考中吗?考中以后会不会抛弃莺莺?张生高中状元以及写信给莺莺报喜,解开了这些悬念,观众满心欢喜,认为到这里应该尘埃落定,不会再有意外了。可是作者偏要好事多磨,再起波澜,让张生滞留京师,又让郑恒赶到蒲州,观众不由得再次为崔、张的婚事担心起来。直到郑恒的谎言被揭穿,崔、张二人喜结良缘,观众这才得到一个期盼已久的完满结局。全剧的矛盾冲突一环扣着一环,一波接着一波,伏应接转,开阖变化,波澜横生,扣人心弦。

另外,《西厢记》五本二十一折的结构在元杂剧中也属罕见。元杂剧一般由四折构成一本,偶尔也有五折一本的,如纪君祥的《赵氏孤儿》;也有六折一本的记载,如张时起的《赛花月秋千记》。(见《录鬼簿》)《西厢记》长达五本二十一折,可以容纳更多的故事情节,反映更为复杂的社会生活,这个体量,应为元杂剧之最。此外,一本四折的元杂剧一般都由一人独唱到底,其他角色只有科白,没有唱词。关汉卿的《蝴蝶梦》是旦角主唱的旦本戏,第三折中丑角王三唱了〔端正好〕〔滚绣球〕两支曲子,这是比较少见的例外。在《西厢记》中,王实甫突破了这种限制,如第二本是莺莺主唱的旦本,其中第二折却由红娘主唱;第四本前三折,由张生、红娘、莺莺各唱一折,第四折则由张生与莺莺间唱。这种轮流间唱的形式,在现在的戏曲舞台上极为平常,可是在一人独唱的元杂剧时代,却是极大的革新,既减轻了演员的负担,又活跃了舞台气氛,增强了演出效果。总之,《西厢记》对矛盾冲突的安排、对情节结构的设置、对体制结构的开拓,都达到了中国古典戏曲艺术的巅峰。

《西厢记》的人物形象塑造

莺莺

　　《西厢记》中塑造得最细致、最深刻、最撼动人心的人物形象就是崔莺莺。相较而言,关汉卿笔下多为弱势女子:妓女、婢女、青年寡妇、逃难的女子……她们对婚姻的考虑常常与改变命运结合在一起,因此关汉卿的爱情剧往往会超出婚姻,与深刻的社会问题纠结在一起。白朴的《墙头马上》,是将市井女子的机敏、泼辣、大胆、果决融入大家闺秀李千金的性格中。而崔莺莺则是一位从外表到内心都属于书香门第的贵族小姐,王实甫也是真正在写那个时代的婚姻问题。《西厢记》细腻地写出了这位相府小姐由青春觉醒到期盼爱情幸福,再由朦胧的抗争到自觉走上叛逆道路的过程,尤其是对她恋爱心理和思想矛盾的精彩描写,使莺莺成为一个成功的艺术典型。

　　莺莺在一个杨柳飞烟、绿肥红瘦的暮春天气里出场,她因父母之命已经许配给郑恒,却无爱情可言。第五本中郑恒谎称张生已被卫尚书招为女婿,甚至还说:

"姑娘若不肯，著二三十个伴当抬上轿子，到下处脱了衣裳，赶将来，还你一个婆娘！"可见此人是个无赖，莺莺是他亲戚，自然知道底细。然而为了家族利益，崔、郑需要联姻，莺莺只能嫁给这样一个无赖，自然高兴不起来。所以在这个万物生长的季节里，她的苦闷和闲愁也随之滋生，不由得发出了"闲愁万种，无语怨东风"的悲叹。剧中描写莺莺的美貌，有一句说她"尽人调戏，亸着香肩，只将花笑拈"，很多人对此不理解。金圣叹解释道："'尽人调戏'者，天仙化人，目无下土，人自调戏，曾不知也。彼小家十五六女儿，初至门前便解不可尽人调戏，于是如藏如闪，作尽丑态。又岂知郭汾阳王爱女晨兴梳头，其执栉进巾，捧盘泻水，悉用神牙将哉！"（《贯华堂第六才子书西厢记》）也就是说，只有那些小户人家的女儿，知道有人在看她时，才会做出那种很不大方的模样，而真正的公侯将相家的千金小姐反倒是十分大方，根本不在意是不是有人在看她，所以神态自若，就像莺莺这"只将花笑拈"的神态，使人感到天真自然，可爱至极。

当美艳绝伦的莺莺在佛堂上遇到风流俊雅的张生，四目交投，已经互生好感；而莺莺"临去秋波那一转"，引得张生疯魔起来，实在是有违礼教、"目招心挑"（金圣叹语）的大胆行为。莺莺一出场，就为了"情"而忘了"礼"，但还没有敢冲破"礼"。当孙飞虎兵围普救寺，张生挺身而出，搬兵解围后，莺莺不禁唱出了"我相思为他，他相思为我，从今后两下里相思都较可"的爱情喜悦。谁知老夫人变卦赖婚，莺莺内心虽然同情张生，可表面上并不敢轻易表示。经过隔墙酬韵，莺莺对张生的才情风度愈发爱慕，也就对老夫人的管束愈发不满。她渴望与心爱的人亲近，可是长期的家庭教育和礼教熏陶，又让她不敢轻易越过雷池。追求自己的爱情还是恪守礼教的闺范，两者的激烈冲撞形成了她的矛盾性格：矜持、热烈、胆大、懦弱、真挚、伪饰等并存，使得她的一些行为在红娘看来就是带有种种的"假意儿"。明明是思念张生，让红娘前去探望，红娘带回书简放在妆盒上，她却对红娘发脾气:"我是相国的小姐,谁敢将这简帖来戏弄我,我几曾惯看这等东西?"明明是以诗明志,暗约张生月下相会,但当张生冒冒失失跳墙过来时,她又变卦,责怪张生:"你无故至此,若夫人闻知,有何理说!"其实这种种"假意儿",显示出莺莺在挣脱礼教羁绊、大胆追求爱情过程中的艰难。任何人的思想观念必然会受到社会环境和家庭教育的制约,莺莺要冲破礼教,其实就是要突破自我,也就意味着要突破从小接受的家庭教育和已有的思想观念,这谈何容易!所以她有时会一本正经,将自己隐蔽起来;有时会瞻前顾后,畏缩不前,导致她与张生的爱情在老夫人的阻挠之外又经历了一些波折。这些波折符合莺莺的身份和性格,也显示出他们的爱情结果来之不易。

经过反反复复的内心斗争,在红娘的帮助下,莺莺迈出了关键的一步,来到西厢与张生相会;即使后来被老夫人发现,她也没有丝毫的惶恐和后悔。此时她的思想已经勇敢而坚定。到最终,老夫人要张生"挣揣一个状元回来",莺莺却对张生说:"但得一个并头莲,煞强如状元及第。"老夫人严令张生,若不得官,"休来见我"。莺莺却说:"此一行得官不得官,疾便回来。"此时的莺莺已经完全否定了老夫人那种以门第为标准的宗法婚姻观念,她对张生的爱,纯洁透明,不掺杂荣华富贵的杂质。也正是为了追求这份真挚的爱情,莺莺才能突破自我,突破门第,突破礼教。就情感的底蕴而言,莺莺将男女间的爱情提升到了至纯至真、超越世俗功利的高度,仅此一点,莺莺这一艺术形象就具有不可取代的艺术价值。

张生

王实甫笔下的张生是带有元代"浪子才人"特性的"风魔""傻角儿",是一个把爱情凌驾于功名利禄之上的"志诚种"。张生是个很有才学却又淡泊名利的书生,出场时唱了一曲〔油葫芦〕,描述"带齐梁,分秦晋,隘幽燕。雪浪拍长空,天际秋云卷;竹索缆浮桥,水上苍龙偃"的黄河景色,显示出他的文采和气度。但当见到手捻花枝、风姿绰约的莺莺时,他竟然成了"不酸不醋的风魔汉",随即将功名二字丢进了爪哇国,为了莺莺,他决定"不去京师也罢"。后来在方丈室外遇见红娘,又自报姓名与生日,并说自己未曾娶妻。红娘抢白道:"谁问你来?"张生不答腔,直接问道:"敢问小姐常出来么?"饱读诗书的张生本来可以问得很婉转、很高明,但是他太痴迷莺莺了,才会问得如此冒失、如此直接。这一幕活脱脱展现出一个"风魔""傻角"的可爱形象。"白马解围"以后,张生天真地以为婚事可定,满心欢喜地去赴宴,没想到老夫人食言赖婚,他始而目瞪口呆,继而气急败坏,等缓过神来,又向老夫人慷慨陈词,据理力争,而且语含讥讽,弄得老夫人十分尴尬。老夫人准备多给钱帛,让他另娶高门,张生十分坚决地拒绝了这种利诱,一说"小生非图哺啜而来",又说"小生何慕金帛之色",可见他虽然并不富有,却不贪财,他对莺莺的爱完全出于赤诚真心。心灰意冷下,张生又要在红娘面前自尽,可当红娘说要替他想办法时,他立刻兴奋起来,说:"计将安在,小生当筑坛拜将!"并且真的向红娘下跪求援。作为一个读书人,他不曾向老夫人下跪求情,却向地位低贱的侍女下跪求援,说明为了爱情,他可以抛开一切礼教思想。红娘也是被这一跪所感动,这才开始真正地促和崔、张二人的婚姻好事。

莺莺在"闹简"以后又给张生写了一首"待月西厢下"的诗简,聪明的张生竟然被欣喜之情冲昏了头脑,错解了诗意,以为莺莺要让他跳墙去约会。可是考虑到读书人的身份,又考虑到跳墙可能不太安全,所以他有些犹豫,说:"小生读书人,怎跳得那花园过也?"最后红娘告诉他,如果不去,将使莺莺失望,他才勉强同意跳墙。作者在这一关目里将张生既傻且酸又迂的性格展现无遗。其实,这种傻、酸、迂,正是张生对爱情无比志诚的表现。"拷红"以后,老夫人被迫允婚,"董《西厢》"里的张生感激涕零,却又自愧白衣,主动提出要去考取功名;中第后,郑恒争婚,张生竟然认为与人争妇,"似涉非礼"。而王实甫则依据人物性格的发展逻辑,改为老夫人逼迫张生去考功名,张生自负才气,也想用功名来压一下老夫人嚣顽的气焰;得到功名后,面对郑恒的造谣诽谤,张生毫不妥协,据理力争,直使郑恒无地自容,老夫人智穷计拙。所以王实甫笔下的张生已经从《莺莺传》里那个所谓"善补过"的无耻文人,以及"董《西厢》"里那个有点卑下庸俗的读书人,演变为一个忠于爱情、敢于反抗的痴情书生。

红娘

红娘是《西厢记》里的特殊人物,虽然是奴婢身份,却是崔、张故事的关键人物。全剧二十一折中竟有八折是红娘主唱,特别是第三本《张君瑞害相思》,全部由红娘主唱。她出身低贱,心地善良,明辨是非,极富正义感。后面一直到曹雪芹的《红楼梦》才又塑造出具有如此艺术高度的奴婢形象。

红娘本是老夫人派到莺莺跟前,一方面照料小姐的生活,另一方面还肩负着监督莺莺的任务。刚开始,当张生在佛殿被莺莺的美艳所惊时,红娘马上警觉到了,催促道:"那壁有人,咱家去来。"后来张生向她自报家门,遭到了她的一顿抢白和教育,就是在提醒张生莫作妄想。此时红娘对莺莺持"保护"态度,对张生持"拒绝"态度。然而普救寺被围之后,张生挺身而出,一封书信搬来救兵,使莺莺全家得保平安,也由此获得红娘的钦敬。但没想到老夫人过河拆桥,直接赖婚,这种行径激起了所有人的不满,也包括红娘,她对崔、张恋情便由观望变作了同情,她的实际身份亦由监督者转变为支持者——主动在崔、张之间传书递简,穿针引线。此后,每当张生苦闷绝望时,红娘都为之出谋划策,帮他克服重重障碍;每当莺莺进退难定时,红娘都

151

在后面积极推动,使她不再踌躇。张生曾许诺要多给金帛来酬谢红娘,不料红娘却说:"是我爱你的金资?""我虽是个婆娘,有气志!"说明她的行为完全是出于正义感和对被礼教压迫者的同情心。

汤显祖说王实甫笔下的红娘有"二十分才、二十分识、二十分胆",(《汤海若先生批评〈西厢记〉》)而最能体现红娘胆识与机智的,莫过于"拷红"一折。这是一场力量对比悬殊的斗争。在那个时代里,红娘不仅在经济和政治上处于无权的位置,而且人身也得不到法律的保护。即使理在红娘一边,老夫人也可以为了泄愤而"打下你个小贱人下截来"。红娘冷静应对,指出老夫人不应失信于张生,不应把张生留在寺里,她将二人私合的根源归到了老夫人身上。红娘又抓住老夫人"家丑不可外扬"的心理弱点,指出如果"不息其事",必将辱没相国家谱。老夫人理屈词穷,束手无策,不得不接受了红娘给出的建议——恕其小过,成其大事。整场论辩,红娘一方面保持了丫鬟对主人的卑恭,另一方面又话不饶人,打掉了老夫人的威风,为莺莺和张生争取到了一个较好的结果。到剧末,纨绔子弟郑恒前来争婚,红娘仗义执言,质问郑恒:"当日孙飞虎将半万贼兵来时,哥哥你在哪里? ……今日太平无事,却来争亲;倘被贼人掳去呵,哥哥如何去争?"又唱道:"他凭师友君子务本,你倚父兄仗势欺人。""你值一分,他值百十分!"真是问得有理有力,骂得痛快淋漓,显示出小红娘的仗义和泼辣。红娘就是这样一个聪明机智、泼辣俏皮、善良热心、仗义正直的小丫鬟,在她的撮合帮助下,莺莺和张生这对有情人才成了眷属。明人王世贞说红娘是能"解两家之难"的"女中英雄"(《艺苑卮言》)倒也贴切。直到今日,我们还是将红娘视为爱情的使者,可见这个艺术形象的生命力之旺盛。

老夫人

最后说说老夫人。先探讨一个问题:老夫人年龄有多大? 元稹

《会真记》中只说"适有郑氏孀妇,将归长安",没说年龄。《会真记》还说莺莺十七岁、欢郎十余岁,如果郑氏是二十岁左右生了莺莺的话,此时应为四十岁不到,故而《会真记》自始至终都未称郑氏为"老夫人"。董解元的《西厢记诸宫调》只称"相国夫人",对年龄也未提及。王实甫在《西厢记》"白马解围"中却说老夫人"年六十岁"。如果这样,老夫人岂不是要四十三岁才生了莺莺?无论按古代习俗,还是按女性的生理条件,似乎都说不通。王实甫为何要将老夫人的年龄定为六十岁呢?蒋星煜先生提出三个理由:第一,我们现在有时也常使用"老封建"这个词语,可能古代也是如此,老年人总比青年人要保守些,因此便在郑氏的年龄上加码。把普救寺的长老法本设计成崔老相国剃度的和尚,相国夫人当然就是老夫人了。第二,按照元杂剧的体例,一本分折,结束时均有题目,正名各两句或一句。作为人名,张君瑞、崔莺莺是现成的对称,红娘也可以唤作"小红娘",而夫人前面冠以"老"字,正可与"小"相对。第三,传统戏曲十分讲究脚色分行。就《西厢记》而言,莺莺为正旦,红娘为贴旦,如果郑氏定为四十岁不到,则仍是旦儿。一个班社,不一定有三个年轻的旦角,如果用外旦或老旦扮之,那么郑氏必须定在六十岁左右。(《蒋星煜文集·〈西厢记〉研究与欣赏》)

我们一般都将老夫人作为封建势力、封建家长的代表,作为张生、莺莺、红娘的对立面来看待。但有两个问题需要辨析。第一,老夫人为何要一再赖掉莺莺与张生的婚姻?这种行为让人感觉是过河拆桥、近乎要赖,也就更加引发了众人对张生的同情。其实,老夫人这样做并非嫌贫爱富,而是另有社会原因——家族的利益。故事发生在唐代,唐人因袭魏、晋以来的门第观念,联姻时非常讲究门当户对。当时太原的王氏、范阳的卢氏、荥阳的郑氏、清河与博陵的两家崔氏、陇西与赵郡的两家李氏,这七姓是最大的世族,他们之间相互通婚,而耻与他姓为婚,就是为了维护家族的荣誉和利益。莺莺家是

153

博陵崔氏，老夫人娘家是荥阳郑氏，这才是老夫人要将莺莺嫁给郑恒的根本原因。老夫人一出场自报家门时说："老身姓郑，夫主姓崔，官拜前朝相国，不幸因病告殂。只生得个小姐，小字莺莺……先夫弃世之后，老身与女孩儿扶柩至博陵安葬，因路途有阻，不能得去。来到河中府，将这灵柩寄在普救寺内。这寺是先夫相国修造的……先夫在日，食前方丈，从者数百；今日至亲则这三四口儿，好生伤感也呵！"这种情况下，她更需要找尚书儿子、郑家公子来支撑门面。老夫人并非主观上想要制造莺莺的痛苦，但出于对家族利益的考虑，她无法接受一个白衣女婿，所以不惜背上背信弃义的恶名也要悔婚。

第二，老夫人是否爱莺莺？当然爱！老夫人封建意识根深蒂固，门第观念深入骨髓，但这并不妨碍她是一个疼爱女儿的母亲。虽然老夫人严格控制莺莺的行动，却又让她去佛殿闲耍；在赖婚以后并不曾驱赶张生离寺，也是怕莺莺接受不了，做出傻事来。后来崔、张私合，老夫人虽然大怒，却也不曾有实质性的惩罚。有人诟病老夫人在孙飞虎围寺时，首先考虑的是"不辱没了俺家谱"。当时事发突然，老夫人确实说过不能辱没家谱之类的话，但她先说的是："老身年六十岁，不为寿夭；奈孩儿年少，未得从夫，却如之奈何？"然后莺莺提出"三计"，头一计是"将我与贼汉为妻，庶可免一家儿性命"，随即遭到老夫人的反对，原因是"怎舍得你献与贼汉"！莺莺的第二计是"我不如白练套头儿寻个自尽"，也遭到老夫人激烈反对。第三计才是"不拣何人，建立功勋，杀退贼军，扫荡妖氛，倒陪家门，情愿与英雄结婚姻，成秦晋"，老夫人认为"此计较可"。所以老夫人并非只顾家谱清白而不顾女儿幸福，包括她的赖婚，都是想在莺莺的婚姻与家族的利益之间获得最大的平衡。

再从行为心理学的角度来看，女性相较男性来说更为善变，她们的行为既理性，又感性；既执着向前，又瞻前顾后；她们做事有自己的原则，可又不停地打破原则；她们似乎考虑长远利益，可又会只顾眼

《张生跳墙》，王叔晖绘

前利益。(冯绍群《行为心理学》)老夫人就是一直在相国家谱与莺莺幸福这两件事上左右摇摆,患得患失,看起来她确定了一个目标,可另一个选项一直在起作用,导致她犹豫不决,一再变卦,一直到另一个选项彻底消失,她才认命。时至今日,像老夫人这样的家长依然存在,人们的行为心理有时候很难发生改变。总之,老夫人既是一品夫人,又是宗法婚姻制度的维护者,也是疼爱莺莺的慈母,虽然只是一个配角,出场次数不是很多,却也立体生动,令人难忘。

155

《西厢记》的语言艺术和社会影响

朱权在《太和正音谱》中极力推崇王实甫的语言能力，称其"如花间美人"。的确，《西厢记》里的曲词优美如诗，王实甫以卓越的才华将杂剧曲词的抒情性特征发挥到了极致。例如《长亭送别》一折，作者采用了借景抒情、融情于物的表现手法，将莺莺的离愁别恨融入具体的景物，不仅情感真挚，而且形象生动。试读其中的几支曲子：

〔正宫·端正好〕碧云天，黄花地，西风紧，北雁南飞。晓来谁染霜林醉？总是离人泪。

〔滚绣球〕恨相见得迟，怨归去得疾。柳丝长玉骢难系，恨不倩疏林挂住斜晖。马儿迍迍的行，车儿快快的随，却告了相思回避，破题儿又早别离。听得道一声去也，松了金钏；遥望见十里长亭，减了玉肌。此恨谁知？

〔一煞〕青山隔送行，疏林不做美，淡烟暮霭相遮蔽。夕阳古道无人语，禾黍秋风听马嘶。我为甚么懒上车儿内，来时甚急，去后何迟？

〔收尾〕四围山色中，一鞭残照里。遍人间烦恼填胸臆，量这些大小车儿如何载得起？

张生即将远行，莺莺顿感愁肠百结，相思无限。作者没有让她把心中的情感直接宣泄出来，而是通过特定的景物和气氛来间接抒发。〔端正好〕作为第一支曲子，必须交代这场戏的背景，因为中国古代的戏曲没有布景，人物活动的环境只有通过剧中人物的唱念和活动来展现。"碧云天，黄花地，西风紧，北雁南飞"，作者选用四样景物描绘了一幅萧瑟黯淡的暮秋郊野风景图：蓝天上飘浮着几朵白云，憔悴的黄花萎积满地，萧瑟的秋风阵阵吹来，避寒的大雁往南飞去。这幅画面是通过莺莺的眼睛展现出来的，必然浸透着她的离愁别绪。"晓来谁染霜林醉？总是离人泪"，这是莺莺的自问自答。秋天的树叶经霜变红，这本是客观的自然现象，但在为了张生的远行而流了一夜泪水的莺莺看来，这些树叶是被离别之人的眼泪染红的。这就使自然界的客观景物与莺莺内心的主观情感妙合在一起。"染"字将主人公的心理感受细化为一种动态过程，而且让人似乎看到了莺莺的涟涟别泪。"醉"字既写出了树叶经霜变红的程度，更点出了主人公在离愁别绪的重压下那种不能自持的情态。这几首曲子都是融情入景，情景相生，并且能够巧妙地化用前人的名篇名句，如"碧云天，黄花地"便是化用了范仲淹〔苏幕遮〕里"碧云天，黄叶地"一句；〔收尾〕中"遍人间烦恼填胸臆，量这些大小车儿如何载得起"，则是对李清照〔武陵春〕中"只恐双溪舴艋舟，载不动，许多愁"意境的再创造。王实甫还能提炼现实生活中的白描俊语入曲，像第二支曲子〔滚绣球〕，雅句俗语水乳交融，天衣无缝，给人感觉既有诗词意趣，又不失元曲本色。

《西厢记》的语言还具有非常鲜明的个性化特点，无论是唱词还是宾白，都能切合剧中角色的身份、教养和性格。像莺莺是大家闺秀，有着很好的教养，所以她的唱词情感含蓄，风格华美，如其一开场唱道："可正是人值残春蒲郡东，门掩重关萧寺中；花落水流红，闲愁万种,无语怨东风。"虽然是抒发自己的青春苦闷,莺莺却表达得含蓄宛雅。作为丫鬟的红娘,语言则显得鲜活泼辣,例如张生精心打扮准备赴宴时,红娘嘲讽他的酸相,唱道:"来回顾影,文魔秀士,风欠酸丁。下功夫将额颅十分挣,迟和疾擦倒苍蝇,光油油耀花人眼睛,酸溜溜螫得人牙疼。"红娘的语言夹杂着俚语、俗语和生活用语,显得质朴本色而又活泼生动。再如老夫人在第一次赖婚时,并不是向两位年轻人公开说明,而是用一句"小姐近前拜了哥哥者",含蓄而又威严地向莺莺下达了命令。莺莺如果"拜了哥哥",那就是接受了老夫人的赖婚,目的也就达到了;如果不接受这种兄妹关系,那就是当众违抗母命,其罪不小。老夫人的老辣,在这一句话中显露无遗。所以明人徐复祚高度赞赏王实甫的语言驾驭能力,称赞《西厢记》的人物语言是"字字当行,言言本色"。(《三家村老曲谈》)

《西厢记》对人物动作的描写也很生动,富有内涵。像"张生跳墙"一幕,写得精彩绝伦,脍炙人口。张生看了莺莺的回简,决心跳墙践约。当人们看到张生攀墙一跳,看到莺莺惊呼有贼,看到红娘让张生跪下挨骂时,不禁捧腹大笑。这一幕喜剧性的动作,后来成为追求爱情时那种鲁莽行为的"共名"。这里顺便说一个问题:张生为什么

要跳墙?"佛殿奇逢"时张生遇到莺莺,莺莺秋波一转,进入角门;"隔墙酬和"时,张生从门外撞进来要见莺莺,红娘忽地把角门关上,张生只好望门兴叹。明明有角门,为何要跳墙?一方面是因为"跳墙"有一种爱情方面的文化传统。《诗经·郑风》里就说:"将仲子兮,无逾我墙,无折我树桑。岂敢爱之?畏我诸兄。仲可怀也,诸兄之言,亦可畏也。"墙,既是空间的隔离,也是礼教的阻隔。仲子要逾墙,就是要打破这种规矩,当然为女方父母、长兄以及社会舆论所不许。所以女主人公很想与心上人相会,却又迫于家庭压力,内心非常矛盾,最终还是希望他不要跳墙。后来孟子在《滕文公下》中指出:"丈夫生而愿为之有室,女子生而愿为之有家。父母之心,人皆有之。

不待父母之命、媒妁之言，钻穴隙相窥，逾墙相从，则父母国人皆贱之。"孟子特意将跳墙行为拿出来严加斥责，正好说明这种行为在爱情过程中具有相当的广泛性和代表性。王实甫写张生跳墙，也有这方面的文化渊源。

另一方面是王实甫出于刻画张生形象的需要，是一种苦心经营的艺术安排。张生理解莺莺的诗简为："'待月西厢下'，着我月上来；'迎风户半开'，她开门待我；'隔墙花影动，疑是玉人来'，着我跳过墙来！""玉人"一词，既可指女性，也可指男性。像红娘所说"原来是玉人帽侧乌纱"，就是指男的。这首诗的确是莺莺在表达想要约会的意思，但没有确定时间，更没有说非得跳墙过来。张生被爱情冲昏了头脑，误解了诗意，还一个人在房间里想：墙高，跳不跳？结果到了晚上，来到墙根，又忘了要跳；红娘打开角门，明明可以不跳，他又奋力一跳。当张生"作跳墙搂旦科"时，莺莺当然要吓得花容失色，观众也要为这个"傻角"的行为而喷饭。作者以误会法贯穿这场戏，围绕着"跳"这个动作，手法摇曳，令人捧腹，营造出了一种喜剧效果，同时也使张生的"风魔"形象更加可爱。

王实甫的《西厢记》自问世以来，一直受到人们的高度评价，或以之为"北词之首"，或以之为"北曲压卷"，或将其与《春秋》相提并论，或将其与《庄子》《史记》等书同列为"六才子书"。尤其是莺莺和张生的恋爱方式，对才子佳人剧的创作模式产生了重要影响，后来不少戏曲就是在模仿、套用《西厢记》的情节关目。像明代高濂《玉簪记》中潘必正情挑陈妙常，妙常写诗传情达意，妙常姑母催促潘必正早赴会试，潘、陈二人江畔离别等情节，显然带有《西厢记》的印记。而王实甫在《西厢记》中所倡导的"愿普天下有情的都成了眷属"的恋爱观，更是对后世戏曲的艺术精神产生了积极的影响。以汤显祖《牡丹亭》为代表的一些剧作重情反礼、以情抗礼，都是对《西厢记》主题思想的继承和超越。

对《西厢记》的引用、化用还渗透到小说的创作领域，《红楼梦》中就有不少《西厢记》的曲词，最典型的当属第二十三回：

那一日正当三月中浣，早饭后，宝玉携了一套《会真记》，走到沁芳闸桥边桃花底下一块石上坐着，展开《会真记》，从头细玩。正看到"落红成阵"时，只见一阵风过，把树头上桃花吹下一大半来，落的满身满书满地皆是……宝玉道："好妹妹，若论你，我是不怕的。你看了，好歹别告诉别人去。真真这是好书！你要看了，连饭也不想吃呢。"一面说，一面递了过去。林黛玉把花具且都放下，接书来瞧。从头看去，越看越爱看，不到一顿饭工夫，将十六出俱已看完，自觉词藻警人，余香满口。虽看完了书，却只管出神，心内还默默记诵。宝玉笑道："妹妹，你说好不好？"林黛玉笑道："果然有趣。"宝玉笑道："我就是个'多愁多病身'，你就是那'倾国倾城貌'。"林黛玉听了，不觉带腮连耳通红。

160

"落红成阵"出现在《西厢记》第二本第一折，莺莺正由于屡遇张生、无缘表达而"神魂荡漾，情思不快"，这种情思恰又被"落红成阵"的晚春景象所渲染。在这之前，王实甫都是写张生对莺莺的朝思暮想，到此处才让莺莺来正面诉说自己的私密情思。而《红楼梦》中的林黛玉在晚春三月以"葬花"的姿态上场，"葬花"这一行为包含着她对爱情琢磨不定的迷惘和前景难料的苦闷，所以此时黛玉跟莺莺的心境差不多，她在阅读《西厢记》之后就找到了一个情感的参照，一个精神的同类。而这时宝玉也用《西厢记》中张生的话语来向黛玉表明心迹。虽然之前宝、黛二人心心相印，宝玉也有什么你心我心的含蓄表达，但从未有张生般热烈又直白的表露。可以说，《西厢记》在《红楼梦》中起到了推进宝、黛情感的作用，曹雪芹对《西厢记》的引用饱含深意。

不过,《西厢记》也曾遭受禁毁。清乾隆十八年(1753),朝廷将《西厢》《水浒传》列为"秽恶之书"加以禁毁:"满洲习俗纯朴,忠义禀乎天性,原不识所谓书籍。自我朝一统以来,始习汉文……近有不肖之徒,并不翻译正传,反将《水浒》《西厢记》等小说翻译,使人阅看,诱以为恶……似此秽恶之书,非惟无益,而满洲等习俗之偷,皆由于此……俱着查核严禁,将现有者查出烧毁,再交提督从严查禁,将原板尽行烧毁。如有私自留存者,一经查出,朕惟该管大臣是问。"(《大清高宗纯皇帝实录》)同治年间,江苏巡抚禀报朝廷,"《水浒》《西厢》等书,几于家置一编,人怀一箧"(《江苏省例藩政》),必须严加查禁。民间也有不让年轻子弟看《西厢记》的,余治《得一录》中记载:"金陵一名家子,过目成诵,年十三,博通经史,一日偷看《西厢》曲本,忘食废寝七日夜,而元阳一走,医家云心肾绝矣,乃死。"有些文人还翻改《西厢记》,用来宣扬礼教思想,产生了诸如《锦西厢》《不了缘》之类的庸俗作品。这一切,正可从反面说明《西厢记》影响之大,流传之广。

1872年,儒莲的《西厢记》法译本登陆法国,产生了巨大的影响。在此之前,他已翻译过《灰阑记》和《赵氏孤儿》,此时翻译技巧已更成熟,所以他翻译的《西厢记》一直是法国读者的最爱。1926年,洪涛生的德译本《西厢记》又在德语地区广为传播。洪涛生在中国生活过多年,对中国戏曲耳濡目染,加上有中国朋友的热心帮助,故而他的译本在很长时间内令其他德语翻译者望尘莫及。除此以外,《西厢记》还被翻成英语、俄语、日语、韩语、意大利语、朝鲜语等多种外文译本,传播到不同国家。

第六章

九天珠玉郑光祖

元世祖至元十三年（1276），元军挥师江南，攻占临安（今杭州）。杭州自古繁华，五代时为吴越国首都，北宋时已是"东南第一州"，南宋则又成为都城。在元灭南宋的战争中，杭州没有受到太大的破坏，反而吸引了大批北人南下，出现了"杭州半是汴梁人"（陈旅《用吴彦晖韵送扬州张教授还汴梁》）的景况。北曲作家关汉卿、马致远、卢挚、侯克中、戴善夫等人以及一批北曲艺人先后来到杭州，或游历，或出仕，或卜居，都在江南地区生活过一段时期，从而将北曲艺术引向南方。正如洛地先生所言："元曲杂剧，其根柢虽源自北地，但它成为如此大气候，与杭州、与浙江，扩大一点与江南（包括扬州）、与南方（原南宋辖地）关系是很不小的。"（《戏曲与浙江》）郑光祖就是长期寓居在杭州的北曲作家，他在浙地留下了不少名篇，是南方戏剧圈中的一位巨擘。

"郑老先生"的生平
与"关、郑、白、马"的并称

郑光祖，字德辉，平阳襄陵（今山西临汾附近）人。元初设平阳路，下领平阳府，襄陵为平阳府的属县。平阳地区是中国古代戏曲的发祥地之一，金元时期戏曲活动繁盛，郑光祖从小应该受到了戏曲艺术的熏陶，这

对他日后在南方曲坛大显身手极其有益。郑光祖在《元史》无传,其生平略见于钟嗣成的《录鬼簿》:

> 光祖字德辉,平阳襄陵人。以儒补杭州路吏。为人方直,不妄与人交,故诸公多鄙之,久则见其情厚,而他人莫之及也。病卒,火葬于西湖之灵芝寺。诸公吊送各有诗文。公之所作,不待备述,名香天下,声振闺阁,伶伦辈称"郑老先生",皆知其为德辉也。惜乎所作,贪于俳谐,未免多于斧凿,此又别论焉。

从这条简略的记载可以得知,郑光祖的一生基本是在平阳和杭州两地度过:出生、成长于平阳,谋生、客死于杭州。元朝在至元二十一年(1284)设立两浙行省,省治在杭州,郑光祖应该是在此前后来到杭州充任吏员。当时有不少人以儒补吏,但绝大多数都是沉沦下僚、终老小吏,郑光祖也是其中的一位。从《录鬼簿》的编纂体例来看,钟嗣成大抵以生年先后为序来编排诸家条目,他将郑光祖收录于"方今已亡名公才人,余相知者"卷内,前为宫天挺,后为金人杰,所以宫、郑、金三人年岁应该相仿。而钟嗣成在宫天挺的小传中说:"先君与之莫逆交,故余常得侍坐。"又在金人杰的小传中说:"余自幼时,闻公之名,未得与之见也。"加上"郑老先生"的称呼,可知郑光祖与宫、金二人一样,要比钟嗣成长一辈,按常理,应比钟氏大出十五至二十岁左右。再据周德清在《中原音韵自序》中说,"泰定甲子,存存托友张汉英以其说问作词之法于予",他就标举关、郑、白、马四位曲家为榜样,并云"诸公已矣,后学莫及",可知此时郑光祖已经去世。这样大致可以判断,郑光祖的生平活动应在元世祖至元初期到泰定帝泰定元年之间,也就是说,郑光祖要比关汉卿、白朴小一辈,约与马致远同辈或稍后。

元初的平阳,远离战火,经济得以恢复,逐渐成为北方地区的儒学重镇与戏曲中心。当时朝廷曾在燕京设立编修所,在平阳设立经籍所,编集经史,大批儒士云集这两地。出于政治上的需要,朝廷将儒士看作各级佐官的后备力量,名其籍曰"儒户",并且给予免除徭役、免为奴隶的一些优待。在严格实行蒙古、色目、汉人、南人四级民族管理制度的元代社会,以汉人、南人为主的儒户,地位也高不到哪里去。郑光祖大概就是儒户出身,接受过较为严格的儒学教育,后来才能"以儒补杭州路吏"。按照元朝的规定,儒人必谙吏事,吏人必知经史,故而推知:郑光祖年轻时在儒学兴盛的家乡平阳努力读书,兼习吏业,养成了"为人方直,不妄与人交"的性格,同时,平阳的戏曲之风也在熏染着郑光祖。在《录鬼簿》"前辈已死名公才人、有所编传奇行于世者"的五十六人中,籍隶平阳者就有石君宝、于伯渊、李行道、赵公辅、狄君厚、孔文卿六人,占比十分之一强。平阳至今还有保存完整的元代戏台。当时平阳地区演员之众、剧目之多、演出之热闹,均非今日所能想见。以郑光祖的天资及学问修养,在耳濡目染中打下了戏曲创作的基础。但估计郑光祖在赴杭为吏之初也没想到,自己会在西子湖畔占据词场,以杂剧创作来"名香天下,声振闺阁",成为受人敬仰的"郑老先生"。

前面讲王实甫的时候说过,周德清以关、郑、白、马作为元曲之盛的代表,明人在此基础上,正式提出了"元曲四大家"的说法。但是有人对"关、郑、白、马"之"郑"提出疑问,认为应该是指元代前期的另一位杂剧作家郑廷玉,而不是郑光祖。其实,周德清在《中原音韵》里不止一次提到了郑光祖,而且每次都是推崇备至。例如周氏从曲海之中选出四十首作品作为"定格",其中仅选四首剧曲,就有郑光祖杂剧《王粲登楼》第三折中〔中吕·迎仙客〕这支曲子,并且评曰:"妙在'倚'字上声起音,一篇之中,唱此一字,况务头在其上。'原''思'字属阴,'感慨'上去,尤妙。〔迎仙客〕累百无此调也。美哉,德辉之才,名不虚传!"周德清又在"作词十法·造语"的"六字三韵"条引用了郑光祖《周公摄政》的〔太平令〕作为典范之一,并尊称光祖为"前辈"。反观郑廷玉,《中原音韵》里没有提及这个名字,也未引用他的作品。结合这些语境不难看出,周德清所谓"关、郑、白、马"中的"郑",应该是指郑光祖。再从《录鬼簿》中"名香天下,声振闺阁,伶伦辈称'郑老先生',皆知其为德辉也"云云,以及〔凌波仙〕吊词中"锦绣文章满肺腑,笔端写出惊人句"的赞誉来看,郑光祖在元代后期的曲坛上享有盛誉。所以从社会影响度来说,"关、郑、白、马"中的"郑",也应该是指郑光祖。至于明人何良俊将郑光祖推为"元曲四大家"之首,或是王国维把元曲四大家排为"关、白、马、郑",那都是出于个人的喜好。

散曲"类词化"之先声：郑光祖的散曲创作

郑光祖所存散曲不多，仅见六支小令、两首套曲。这些散曲可分两类，一类是表现高尚志趣的放旷之作，另一类是描写闺情的婉约之作。如其〔正宫·塞鸿秋〕联章三首，便是表达一种遁世无为、诗酒自娱的人生观：

门前五柳侵江路，庄儿紧靠白蘋渡。除彭泽县令无心做，渊明老子达时务。频将浊酒沽，识破兴亡数。醉时节笑捻着黄花去。

雨余梨雪开香玉，风和柳线摇新绿。日融桃锦堆红树，烟迷苔色铺青褥。王维旧画图，杜甫新诗句。怎相逢不饮空归去。

金谷园那得三生富，铁门限枉作千年妒。汨罗江空把三闾污，北邙山谁是千钟禄？想应陶令杯，不到刘伶墓。怎相逢不饮空归去。

第一首曲子写陶渊明的隐居生活，赞赏其识破兴亡、通达时务、终日饮酒、率性而为的生活态度。第二首曲子描写春末夏初的景致，也是托物寓意，借大自然的纯净来反衬尘俗生活的污浊,表达对归隐田园的向往。第三首曲子中的"金谷园",是指西晋大富豪石崇在河阳所修筑的花园别墅,石崇以蜡为柴,美人充室,金谷园也就成为富有的象征。所谓"铁门限",出自唐代王梵志的诗句"打铁做门限,鬼见拍手笑",是说很多人为物所役,妄图长久,而鬼是"过来人",知道没有什么东西可以长久,哪怕把门槛筑得再高、再牢固,也阻挡不了生老病死的到来,所以鬼才会拍手笑话。而屈原投江殉国又能怎样?只不过得一个忠君的虚名。在郑光祖看来,金谷园难以长久,铁门限不到千年,汨罗江水照流不误,北邙山它难分贵贱,什么财富、显贵、名声,全是一场空,都没有陶渊明那般优游诗酒来得快乐。三首小令内容连贯,语调划一,用典连缀,对仗工整,但若与冯海粟的散曲相比,已无放脱任气之痛快;与马致远的散曲相比,更无深沉理性之思索。元散曲发展到此时,"放旷"已逐渐成为一种定格,一种用来表现高尚志趣的表征。

如果说像〔正宫·塞鸿秋〕这样抒写放旷之情的曲子在众多元散曲中显得有些程式化,那么郑光祖描写闺情的几支曲子就很有特色。以〔双调·蟾宫曲〕《梦中作》为代表,试读其中的第二首:

> 飘飘泊泊船缆定沙汀,悄悄冥冥。江树碧荧荧,半明不灭,一点渔灯。冷冷清清潇湘景晚风生,渐渐零暮雨初晴,皎皎洁洁照橹篷别留团栾月明。正潇潇飒飒和银筝失留疏剌秋声,见希飚胡都茶客微醒。细寻寻思思双生双生,你可闪下苏卿?

北宋书生双渐与名妓苏小卿的故事是元曲中的常见题材。据明人梅鼎祚《青泥莲花记》记载:"苏小卿,庐州娼也,与书生双渐交昵,情好甚笃。渐出外,久之不还,小卿守志待之,不与他狎。其母私与江右茶商冯魁定计,卖与之。小卿在茶船,月夜弹琵琶甚怨……渐后成名,经官论之,复还为夫妇。"郑光祖将这个故事嵌入梦境,似真似

169

幻,立意奇特。此曲的大半篇幅都在绘声绘色地描述秋夜江上幽美而凄清的景象:入夜时,一只孤舟了无声息地停泊在江边沙岸。"飘飘泊泊",表明这只船曾经漂泊无度;"悄悄冥冥",则切合静谧昏暗的梦境。远处细小闪烁的渔灯使得江边的树影散发出荧荧绿光,让人不禁有森森然之感。一阵小雨过后,夜空中出现了一轮皎洁的圆月,月光洒在摇橹和船篷上。在万籁俱静中,潇飒的风声与银筝的乐声混杂在一起,忽近忽远,迷离恍惚。梦中的作者循着筝声来到船边,看到船舱里的茶商刚刚醒来,流露出非常满足的神情,("希胤胡都",是指情满意足的样子。)一旁有个女子却犹抱琵琶半遮面,原来她就是已经被卖给茶商的苏小卿。小卿的心上人双渐在哪里呢? 是不是因为双渐抛弃了小卿,她才会遭受这种痛苦和羞辱? 参读类似题材的散曲作品,一般多以独白的方式来揭示小卿的内心情感,或者用旁叙的手法来刻画小卿的形态,而此曲却是让读者从一派凄清的景象中去领会曲中人物的心境。其实这是填词的惯用手法,梦境与故事的穿插也是词中常见的表现方式,只不过郑光祖使用了不少叠词,使得全曲还保留了一定的"曲味"。我们再读〔双调·蟾宫曲〕《梦中作》的第一首曲子:

半窗幽梦微茫,歌罢钱塘,赋罢高唐。风入罗帏,爽入疏棂,月照纱窗。缥缈见梨花淡妆,依稀闻兰麝余香。唤起思量,待不思量,怎不思量?

这首曲子跟一般豪辣灏烂或清丽放逸的散曲有一个很大的不同,就是它不重"气象"而更注重"意象"的构成,将散曲的直切痛快变为了萦回迂婉,具有浓厚的"词味"。全曲以一个朦胧的倩影,来表现一种难以名状的情绪律动,这正是婉约词的典型手法。诚如李昌集先生在《中国古代散曲史》中所指出的,郑氏散曲别具一格,将散曲的"类词化"往前推进,从而开启了元代后期"类词化"散曲之先声。

《倩女离魂》《王粲登楼》《㑳梅香》与郑光祖的杂剧创作

郑光祖的杂剧作品,根据《录鬼簿》的记载,有《紫云娘》《齐景公哭晏婴》《周亚夫细柳营》《李太白醉写秦楼月》《丑齐后无盐破连环》等十七种,现存《迷青琐倩女离魂》《醉思乡王粲登楼》《㑳梅香骗翰林风月》《周公辅成王摄政》等七种。另有明代脉望馆抄本《程咬金斧劈老君堂》,董其昌跋云:"余于内府阅过,乃系元人郑德辉笔。"今人对此疑信不一。这些作品中,最著名的便是《倩女离魂》《王粲登楼》与《㑳梅香》。

《倩女离魂》

《倩女离魂》是根据唐传奇《离魂记》改编而成。"离魂"的故事可以追溯到晋人干宝《搜神记》中的"无名夫妇",说丈夫晨起后,身魂两分,魂没有随着身体同起,而是依然卧于床榻。刘义庆《幽明录》中则出现了男女相悦而离魂相见的故事:石氏女被青年男子庞阿的容仪所吸引,心生爱慕,竟魂诣庞阿;后来庞阿妻子去世,石氏女遂得与庞阿结合。《离魂记》又做了进一步的文学加工,写倩娘之父张镒背信食言,将倩娘许配给前来求婚的同僚,使倩娘和王宙这对青梅竹马的表兄妹悲愤不已。王宙恨走他乡,倩娘一病不起,其魂离开躯体,追上王宙,一同来到蜀地成家生子。后来因倩娘思念父母而回家探亲,病榻上的倩娘与归来的倩娘合二为一,一家人重新团聚。这是一个为了爱情而私奔的故事,只不过女主角由人而变为魂,由此突出了传奇之"奇"。

　　《离魂记》的故事在宋代广为流传,甚至禅宗著作《五灯会元》里也提到了这个故事。郑光祖则在《离魂记》的基础上对人物设置和故事情节做出了较大的改编。主人公张倩女与王文举是指腹之亲,如今倩女已经十七岁了,针黹女工,无所不会;王文举虽已学成满腹文章,但父母双亡,家道中落。一日,文举来到张家,拜见倩女的母亲李氏,表明自己进京赶考,想来履践婚约。李氏令倩女以兄妹之礼相见,两人一见倾心。不久,文举动身进京,李氏与倩女在折柳亭为他送行。文举忍不住向李氏询问亲事,李氏回答:"老身为何以兄妹相呼?俺家三辈儿不招白衣秀士,想你学成满腹文章,未曾进取功名。你如今上京师,但得一官半职,回来成此亲事,有何不可?"文举无奈,只得告别倩女,只身进京。文举走后,倩女相思成疾,一病不起,她的灵魂离开身体,化作另一个倩女,追赶文举而来。已在船上的文举见到匆匆追来的倩女,竟以"聘则为妻,奔则为妾""私自赶来,有玷风化"为由,劝她回去。倩女却执意要追随文举,并说如果文举不中进士,她便"荆钗裙布,愿同甘苦"。王文举最终携离魂倩女进京,一起在长安朝夕相处了三年。后来文举高中状元,命仆人给李氏送信报喜。病榻上的倩女日夜苦等着文举的消息,但见信中说"待授官之后,同小姐一时回家",误以为文举得官后已另娶高门,竟被气倒在地。文举授官后携离魂倩女回来拜见岳母,并为私下带走倩女而向老夫人请罪。李氏大惊,女儿明明卧病在床,怎说被带走?待见到倩女生魂时,以为是鬼魅。离魂倩女诉说了其中缘由,并进房与肉身合而为一,倩女康复如初。李氏惊此异事,又喜女儿得授五花官诰,便命摆下喜宴，庆贺团圆。

张倩女无疑是剧中最主要、最光彩的人物形象，面对爱情，她表现得真挚而勇敢，果断而清醒。张倩女虽与王文举早有婚约，却从未见过，本来谈不上有什么爱情，但当文举来履践婚约、两人初次见面时，她一下子燃起了爱情之火："他是个矫帽轻衫小小郎，我是个绣帔香车楚楚娘，恰才貌正相当。"可是老夫人在他们爱情的"阳台路上，高筑起一堵雨云墙"，给美好的姻缘蒙上了一层阴影。倩女此时表现得非常勇敢，她在丫鬟梅香的帮助下，与文举偷传锦字，暗寄香囊，书信往来，交流感情；尤其了解到文举并非"茅檐燕雀"，而是胸怀大志的"混海鲸鳌"时，倩女对他的感情更加深厚。在追求爱情的过程中，倩女始终保持着比较清醒的认识，对自己的爱情前景时刻保持着充分的冷静。所以在折柳亭送别文举时，倩女再三叮嘱他"若得了官时，是必休别接了丝鞭者"，并且折柳设喻，提醒情郎不要"有上梢没下梢"。文举走后，倩女更加忧虑，担心他会由于金榜题名而结亲权门，从而"辜负了碧桃花下凤鸾交"，这才有离魂出门、追赶文举的举动。面对王文举的迟疑和劝说，她不改初衷，用炽热的真情打消了文举的顾虑，用果敢的行动为自己在爱情和婚姻生活中争得了主动。相比较《西厢记》中的崔莺莺，等委身张生以后，才以纤弱的语调祈求张生日后不要将她抛弃，近乎一种哀怜般的恳求；《墙头马上》中的李千金，在尝到了被男性抛弃的痛苦后，才怫然大怒，痛斥裴家父子不义，但事先丝毫没有料到这种结果；《拜月亭》里的王瑞兰，对男子负心的认识也几乎为零，所以倩女的这份清醒，是元曲中其他女性身上所不多见的。

作者用灵魂出窍的浪漫主义手法，为观众和读者塑造了一个超越现实的倩女：她可以不顾老夫人的严厉管教，不顾封建礼教的束缚，大步踏出闺房，去追寻自己的爱人，最终以自己的大胆行动换来了甜蜜的爱情生活。与此同时，作者还刻画了另一个在封建观念的重压下痛苦呻吟的倩女形象。这个倩女虽也向往爱情，却不敢冲破封建观念的束缚，只能卧病在床，用流不尽的泪水与梦游般的幻觉来寄托自己的相思。一个是魂，一个是身，魂奔千里，得与意中人结合；身迷青琐，徒在牢笼里煎熬。如果说倩女的离魂象征着少数女性的觉醒和抗争，那么倩女的病身就是代表了当时多数妇女的真实命运。作者让魂与身形成对比，互相映衬，不仅将当时女性渴望自由幸福而又摆脱不了礼教束缚的复杂心理揭示得入木三分，而且为这部杂剧增添了虚实相间、新奇动人的独特魅力。

　　与倩女形成鲜明对照，男主人公王文举则是一个热衷功名利禄的腐儒，一个恪守纲常名教的"君子"。对比《离魂记》中的男主人公王宙，面对舅父的背信食言，他愤而出走，倩娘的灵魂追至江边，他惊喜若狂，"遂匿倩娘于船，连夜遁去"。至少在对待爱情上，王宙是与倩娘站在一起的。而王文举呢，上场自报家门时已经讲了他与倩女之间的婚约，但他偏偏强调此行目的是"一者待往长安应举，二者就探望岳母"，绝口不提"倩女"二字。来到张家后，他也不敢贸然向老夫人提亲事，也不关心未婚妻的状况；直到送别宴上，小姐上前把盏，他才斗胆询问亲事。老夫人绵里藏针，提出"但得一官半职，回来成此亲事"，他似乎并未感到难堪与痛苦，唯唯诺诺地"拜别了母亲，便索长行"。而当倩女之魂不顾一切地追来时，他不仅没有喜悦之色，反而生气地说："古人云：聘则为妻，奔则为妾。老夫人许了亲事，待小生得官回来，谐两姓之好，却不名正言顺？你今私自赶来，有玷风化，是何道理？"倩女再三表示"我敢似孟光般显贤达""我情愿举案齐眉傍书榻"后，才被允许同船进京。最后王文举考取功名，与离魂倩女一同归来，马上向老夫人负荆请罪，痛责自己私带倩女进京一事。而当发现倩女的躯体卧病在床时，他竟勃然变色，持剑要将倩女之魂"一剑挥之两段"。不得不说王文举的表现较王宙大为逊色，不仅缺少为爱情而斗争的勇气、视富贵如浮云的气概，甚至还有些无情

迷青琐倩女离魂（明刊本《元曲选》）

无义,但也只有这样,才能反衬出倩女冲出礼教牢笼、追求自主爱情之难能可贵。倩女和文举,实际上代表了情与礼、欲与理的两端,两者由对峙到和谐的过程,构成了戏剧冲突的全部内涵。

《王粲登楼》

　　《王粲登楼》是以东汉末年王粲作《登楼赋》为本事,加以艺术敷衍而形成的一部杂剧。历史上的王粲是建安七子之一,少年即负才名,曾受知于蔡邕,在文学上与曹植并称;后逢中原战乱,南下投奔刘表,却遭冷遇,遂作《登楼赋》以抒怀。王粲后来投靠曹魏集团,深得曹操、曹丕父子信任,官至侍中,赐爵关内侯,其生平可见《三国志》。

　　郑光祖紧紧抓住王粲"才高气大,怀才不遇"的性格与经历,重新虚构了剧情。剧中的王粲幼年丧父,与母亲相依为命,发奋攻读,学成满腹文章。王粲的父亲王默在世时,曾与当朝丞相蔡邕指腹定亲,故而蔡邕几次修书,召王粲进京。王粲却恃才骄矜,一直以侍养母亲为由来谢绝,最后在母亲的劝勉下才踏上进京之途。蔡邕有意要挫去他"矜骄傲慢,不肯曲脊于人"的锐气,便先将他冷落在旅店,见面时又多有怠慢与羞辱,结果王粲愤然离去,并说:"我王粲异日为官,必不在你之下!"郑光祖此时安排曹植来充当翁婿之间的斡旋人。蔡邕将白金两锭、春衣一套、骏马一匹、荐书一封交与曹植,让他出面资助并推荐王粲去荆州刘表处。刘表见王粲其貌不扬,性格傲慢,荆州将官蒯越、蔡瑁又妒贤嫉能,对王粲多有攻讦,所以刘表没有对他予以重用。王粲落魄于荆楚之地,郁郁寡欢,锐气消减,只能将万言策寄给曹植,请奏与圣人,却也一直没有回音。饶阳人许达隐居乡里,修建了一座"溪山风月楼",凡有文学秀士,他都置酒相待;遇王粲,深念同道,常邀请他登楼饮酒。这日重阳,许达又邀王粲共登溪山风月楼,王粲忧思怀乡,感慨赋诗,痛饮后直欲跳楼自尽,幸被许达拦下。此时天子使臣来传旨,宣王粲入京,因其所献万言长策甚好,故而任命为天下兵马大元帅兼左丞相。王粲做官以后,对蔡邕耿耿于怀,极力奚落。这时,曹植说明全部真相,并且告诉王粲,他的万言策就是由蔡邕转献给天子的。王粲又愧又喜，拜谢蔡邕，遂与蔡邕之女完婚。

剧中王粲的种种遭遇，都是因其"胸襟骄傲，不肯曲脊于人"的个性所造成。而统治者的用人标准向来以"德"为先，学问和才能总居其次，这一点，剧中刘表说得非常明确："德胜才高不可当，才过德小必疏狂。纵然胸次罗星斗，岂是人间真栋梁？"所以纵使王粲再有才华，只要"不肯曲脊于人"，必然还是会不容于世道。结合《录鬼簿》中说郑光祖"为人方直，不妄与人交，故诸公多鄙之，久则见其情厚"的话语来看，剧中王粲的身上显然有着作者的影子。所谓"为人方直，不妄与人交"，其实与"不肯曲脊于人"是同一种性格，所以剧中王粲所宣泄的一切愁怨正是作者本人心中的愤懑，王粲的才不见用和进退无路正是元代社会中儒生们的真实处境。像第二折，王粲晋见刘表时所唱"如今那有钱人没名的平登省台，那无钱人有名的终淹草莱，如今他可也不论文章只论财"，其实是在说元代权钱勾结的官场腐败，阻隔了文士们的晋升之路。第三折中，王粲登楼时所唱"我这里凭栏望，母亲那里倚门悲，争奈我身贫归未得""我志愿难酬，身心不定，功名不遂""一片心扶持社稷，两只手经纶天地……我怎肯与鸟兽同群、豺狼作伴、儿曹同辈？兀的不屈沉杀五陵豪气"，其实是在唱元代儒生们功名不遂、志愿难酬的酸楚心声。所以说，此剧表面上是写王粲的性格悲剧，实则暴露了元代不合理的社会现实，王粲的形象就是"空学成补天才，却无度饥寒计"（第三折〔满庭芳〕唱词）的元代文人的典型。

再放大一点看，《王粲登楼》反映了中国古代文人所面临的文化困境：胸怀济世之志，但道蹇途穷，找不到出路。所以像这种"感士不遇"的主题特别容易引起失意文人的共鸣，这也是明、清两代文人对此剧予以好评的重要原因。至于后来王粲为天子所赏识，从而由否转泰、担当大任，这一方面是元代文人的自我解脱与安慰，另一方面则是元杂剧中故意刺激主人公,逼他获取功名的故事模型。清人梁廷楠在《曲话》卷二中对这种故事模型做出过总结:"《渔樵记》剧刘二公之于朱买臣,《王粲登楼》剧蔡邕之于王粲,《举案齐眉》剧孟从叔之于梁鸿,《冻苏秦》剧张仪之于苏秦,皆先故待以不情,而暗中假手他人以资助之,使其锐意进取;及至贵显,不肯相认,然后旁观者为说明就里。不特剧中宾白同一板印,即曲文命意遣词,亦几如合掌。"这类故事都是以瞒骗、激励为戏剧矛盾,发展出"羞辱""奋发""吐气扬眉"直至"真相大白"等情节,主人公身在"局"中,以假为真,饱尝人情冷暖、世态炎凉,奋发图强后取得成功,才知道设"局"者的良苦用心。这种故事模型可以制造出真中有假、假中带真、局中见局的戏剧趣味。

但是,若以今天的眼光来审视剧中的一些细节,会感觉经不起推敲。例如王粲在京城旅店欠下许多房费和饭钱,当店小二来要账时,王粲说:"我见了我蔡邕叔父呵,稀罕还你这几贯钱?"全然是一副庸俗小市民的口吻。而王粲之所以被蔡邕搁在旅店里不闻不问,是蔡邕觉得王粲"胸襟太傲",要"涵养他那锐气",然而如此"涵养"法,实在有些肤浅。后来当王粲来见蔡邕时,蔡邕正与曹植喝酒,故意不让王粲喝,用意也是要"涵养他那锐气"。但是王粲的锐气并未被"涵养"掉,他看蔡邕不给酒喝,便拂袖而去;在荆州与刘表交谈,话未说完便呼呼睡去;封了兵马大元帅,立即去奚落蔡邕。这些行为不是"不肯曲脊于人",而是浅薄可笑。用王国维的话来说,这就是元杂剧"思想之卑陋"。但是我们要知道,元杂剧是演给平民大众看的,不是写给文人涵泳把玩的,作者必须以平民大众能够理解的故事情节和生活体验去喻示观众,所以作者在创作过程中贯穿了平民的思想和意识。另外,观众在观看杂剧时,也不会全然把剧情当成真实的历史,心里知道这个故事是假的,大家只是希望能暂时搁置现实中的烦恼,通过观看杂剧演出来得到情感的宣泄和慰藉。这和我们今天走

醉思乡王粲登娄（明刊本《元曲选》）

进影院去看电影差不多,花钱买票就是想得到片刻的放松和愉悦,有多少人会去说导演思想卑陋呢?因此,李昌集先生在《王国维对元杂剧三点批评的当代解读》一文中总结道:"王国维所说的元杂剧的'思想之卑陋',从戏剧学的角度言,实际上是一种中国式的滑稽,一种中国式的喜剧性调侃,是元代平民大众一种集体无意识的艺术方式和艺术享受。"(《文学评论》2010年第5期)也就是说,贯注着平民意识的元杂剧,虽然思想并不深刻,有时甚至流于浅俗,却能让市井观众在情感世界中享受愿望中的生活快感并欣赏自我。

《㑳梅香》

《㑳梅香》全名《㑳梅香骗翰林风月》,有时也简称《翰林风月》。郑光祖将唐代诗人白居易的两个宠妾樊素、小蛮与他的弟弟白敏中牵扯在一起,敷演成一场才子佳人的爱情戏。故事说晋国公裴度在征讨淮西时,被贼兵围困,白参军为救裴度,身中六枪。裴、白二人遂成生死之交,裴度答应将女儿小蛮许配给白参军之子白敏中,留官赐玉带为信物。后来白参军与裴度先后离世,白敏中去裴家吊孝,带着玉带,想询问亲事。老夫人韩氏让小蛮与白敏中以兄妹礼相见,绝口不提婚事,只安排他住在后花园的万卷堂。白敏中忘不了小蛮"玉天仙的容貌、西施女的妖娆",导致茶饭不思,相思成疾。而小蛮见白敏中"眉疏目秀,容止可观,年方弱冠,才名已遍天下",也是心生爱慕,悄悄绣了一个香囊,上写一首情诗,却苦于无法送过去。

小蛮有个婢女名叫樊素,乖巧伶俐,上下都唤她作㑳梅香(㑳,在当时口语中有聪明俊俏的意思;梅香,则是元代戏曲中对婢女的通称)。这天樊素来请小姐去花园散心,正好白敏中在房中抚琴抒怀,小蛮和樊素近窗而听,听出了琴声中的伤感。临走时,小蛮悄悄将香囊撇在书房门口。白敏中出来拾起香囊,见上面有两个合欢同心结子,还有一首诗,云:"寂寂深闺里,南容苦夜长。粉郎休易别,遗赠紫香囊。"白敏中知道这是小蛮留下的信物,如获至宝,但相思之疾也愈发严重。老夫人差丫鬟樊素前去探望,准备请良医调治。白敏中央求樊素成就他与小蛮的好事,樊素拒绝,并训斥道:"先生既读孔圣之书,必达周公之礼,老夫人使妾身探病,如何只管胡言?是何礼也!"但白敏中再三央求,下跪不起,还拿出了小蛮的香囊,樊素才知道了两人间的感情,于是将白敏中的简帖带了回去。简帖上是一首〔清平乐〕的词:"旅怀萧索。肠断黄昏约。不似相思滋味恶。萦绊骚人瘦却。　　　凄凉夜夜高堂。教人怎不思量。若得那人知道,为他憔悴何妨。"小蛮见到简帖,佯装发怒,樊素点破实情,也佯装要去告诉老夫人。小蛮赶紧告饶,求她保密,樊素则趁机劝小蛮去见敏中。小蛮便又写了一封书简,请樊素帮忙传递,约情郎今夜相会。

待到月上花梢,樊素借口烧夜香,陪小蛮一同去赴约。三人正在说话时,不料被老夫人撞见。老夫人拷打樊素,逼问事情原委,樊素反说老夫人有四宗罪:不从相国遗言、不能治家、不能报白氏之恩、不能蔽骨肉之丑。老夫人被说得哑口无言,只能将怒火撒到白敏中身上,说:"小禽兽,你羞么? 怎么做那读书人! 我着你兄妹为之,却做下这等勾当! ……等到天明钟声罢,便离了我家去。呸! 小后生家,不存心于功名,却向那女色上留心,我看你再有什么脸见我来!"白敏中羞愤难当,连夜出走,樊素代小蛮赠他玉簪与金凤钗,并鼓励他考取功名,来与小蛮团聚。白敏中不负期望,考中状元,奉旨与小蛮完婚。但他对老夫人的羞辱耿耿于怀,到了裴家,将牙笏遮面。还是樊素出来打圆场,说夫人"阻了佳期",其实是施计教敏中"挣闹一个金鱼袋"。按唐制,三品以上官员佩金鱼袋。也就是说,老夫人不许婚事,是在用激将法激励白敏中去考取功名。最终白敏中与裴小蛮夫妇团圆,一家人共享荣华富贵。

可以看出,《㑇梅香》在人物形象与情节设置上对《西厢记》多有模仿,特别是听琴、闹简、烧香、拷问等重要关目。清人梁廷楠就说《㑇梅香》俨然"如一本小《西厢》"(《曲话》)。对于此剧,一直有两种相反的评论意见。一种以明人王世贞为代表,批评《㑇梅香》"虽有佳处,而中多陈腐措大语,且套数、出没、宾白,全剽《西厢》。"(《曲藻》)所谓"陈腐措大语",是指《㑇梅香》的人物宾白中不时夹杂有"圣人云""夫子云""《论语》云""《老子》云""释氏云"这些话。例如第二折里白敏中央求樊素帮忙，反被樊素教育道："大丈夫生于天地之间，当以功名为念，进取为心，立身扬名，以显父母。以君之才，乃为一女子弃其功名，丧其身躯，惑之甚矣！岂不闻释氏云：'色即是空，空即是色。'《老子》云：'五色令人目盲，五音令人耳聋。'夫子云：'戒之在色。'足下是聪明达者，况相国小姐，禀性端方，行止谨恪，至于寝食举措，未尝失于礼度，乱于言语，真所谓淑德之女也。今足下一见小姐，便作此态，恐非礼么？"

　　如何看待这些"陈腐措大语"呢？这就涉及到《㑇梅香》的主旨。冯俊杰先生在《郑光祖集·前言》中指出："作品(《㑇梅香》)的宗旨，已不仅是批判旧礼教、旧道德，歌颂纯洁热烈的爱情，而且表现了作为意识形态的孔孟之道，在爱情面前的无能为力。"循着这条思路我们可以发现，剧中这么多"陈腐措大语"，其实是为了渲染作为意识形态的孔孟之道对时人影响之深。小蛮和樊素，一主一仆，在剧中也是口角津津，不离四书五经，每天都是读书、背书、讲书，俨然两个女书生。老夫人则更像一个诲人不倦的老夫子，女儿和丫鬟都是听她教导的弟子，楔子里小蛮和樊素刚登场，就是去听老夫人讲解《孟子》。连小蛮自己也奇怪："我是一女子，不习女工，而读书若此，不为癖症乎？"因此她的个性发展，要比莺莺多出一重阻力——来自于孔孟儒教的思想信念。樊素向白敏中介绍小蛮时，说她"割不正不食，席不正不坐，不启偏行，不循私欲"，可见儒家信念已深入她的日常起居。然而就是这样一个典型的淑德女子，当见到"眉疏目秀、容止可观"的白敏中时，不禁也动了芳心，求爱的天性毕竟要比理性的教义顽强得多。自此以后，她题情诗、绣鸳鸯、伴游园、遗香囊、约佳期、赴幽会，这份激情已不让于"只想夜偷期，不记朝闻道"的白敏中了。这种转变正是戏剧的主题所在——对爱情的追求是人的天性，哪怕是作为意识形态的儒家教义，在爱情面前也是无能为力。

　　另一种意见以明人何良俊为代表，他一面批评"《西厢》全带脂粉……其本色语少"，一面称赞《㑇梅香》"语不着色相，情意独至，真得词家三昧者也"。(《四友斋曲说》)这种意见的立足点是《㑇梅香》的语言。跟《西厢记》那种富有诗情画意的曲词相比，《㑇梅香》的语言更显通俗、自然，也就是何良俊所欣赏的"本色语"。例如第三折中樊素陪小蛮去赴约，见到白敏中后，小蛮出于戒心，责骂樊素，却被樊素反诘；此时老夫人正好过来，听到樊素的声音，便要拷问。这一段曲词和宾白，本色之中又蕴含着作者的用心：

（旦儿怒科，云）这一场都是樊素辱门败户小贱人！（正旦唱）

〔圣药王〕他道是这一场，这一桩，都是这辱门败户小婆娘。（旦儿云）我告夫人去也。（正冷笑科，唱）杀人呵要见伤，拿贼呵要见赃。（白怕，跪科，云）望小姐怜小生咱。（正旦唱）请起来波，多愁多病俏才郎。（出香囊科）（劳云）打睃。（唱）这是谁与他的紫香囊？

（旦儿云）好姐姐，我斗你耍哩。（正旦云）我却疼哩！（白起身科，云）则被你唬杀我也。（旦儿云）有人来也！（夫人撞上，咳咳，众做慌科）（正旦唱）

〔麻郎儿〕这声音九分是你令堂。（夫人云）这一定是樊素小贱人！（正旦唱）呀！头一句先抓揽着梅香。（旦儿慌科，云）是谁？（正旦云）小姐，悄悄的，是老夫人来了。（旦儿云）樊素，直被你引的老夫人来，可怎了也？（正旦唱）您吵闹起花烛洞房，自支吾待月西厢。

（旦儿云）樊素，老夫人问我，可着我推什么？（正旦扯旦儿科）（唱）

〔幺篇〕哎！不妨。（白敏中云）小娘子，可怎了也？（正旦指白科，唱）莫慌。（指自科，唱）我当。

《西厢记》中的曲词很少被宾白隔断，每首曲子都是完满的整体，

184

即使有被隔断,省略了宾白并不影响前后文意的连贯,完全可以作为案头的诗歌来欣赏。但是《㑇梅香》不一样,很多时候都是曲夹白,白夹曲,相辅相成,不可分离,有如红花绿叶,缺一不可。这是舞台演出的一种"本色"状态,这种本色的语言看似通俗、自然,却深含作者之用心。例如〔圣药王〕中樊素先是摹拟小姐的口气说"这一场""这一桩",然后反诘道"要见伤""要见赃",按照曲律,"这一场""这一桩"可以不押韵,作者于此处押韵,就和后面的"要见伤""要见赃"相呼应,将丫鬟学小姐、反诘小姐的那股聪明劲儿表现得活灵活现,令听众过耳难忘。正是在樊素的反诘下,白敏中才可怜巴巴地接上一句求饶的话:"望小姐怜小生咱。"小姐还没表态,丫鬟却自作主张:"请起来波,多愁多病俏才郎。"樊素之所以敢如此"放肆",因为她手里有小蛮的把柄——香囊。于是小蛮只得收起装腔作势的那一套,赶紧告饶,主仆重归于好。下面〔幺篇〕第一句可以是六字三韵的短柱体,也可以不是。《西厢记》第二本第四折〔麻郎儿〕的"幺篇"首句作"本宫、始终、不同",也是一句三韵,新颖别致,但对意思的表达并无实质性的作用。这里〔幺篇〕的六字三韵则不同,"哎!不妨。"这是樊素给小姐的定心丸。"小娘子,可怎了也?""莫慌。"这是樊素给白敏中的安神散。然后樊素指着自己唱道:"我当。"——一切有我在呢!一句曲文将三个角色的不同处境、不同心理、不同性格展现得淋漓尽致。所以徐朔方先生认为此句"简直抵得上整折《拷红》""自从有短柱句以来,它简直是空前绝后的佳作"(《元曲鉴赏辞典》)。这种曲白相间的语言,既显舞台本色,又见作者功力。贾仲明在〔凌波仙〕《吊词》中说《翰林风月》(即《㑇梅香》)"端的是曾下功夫",所言不虚。虽然《㑇梅香》在人物设置与情节关目上模仿了《西厢记》,但在语言风格上却是独树一帜,不失为元代中后期杂剧中的优秀作品。

185

清丽芊绵、语入本色：郑光祖的艺术特色

王国维在《宋元戏曲史》中以"清丽芊绵、自成馨逸"来概括郑光祖的艺术特色，并将他比作唐诗中的温庭筠、宋词里的秦少游。前面我们在介绍郑氏散曲的"类词化"特征时已经明显感受到这种风格特征，而郑氏杂剧同样是以曲词的"清丽芊绵"见长，并不以奇巧的情节结构或尖锐的戏剧冲突来吸引观众。我们可以来读《王粲登楼》第三折中的几支曲子：

〔迎仙客〕雕檐外红日低，画栋畔彩云飞；十二栏干，栏干在天外倚。我这里望中原，思故里，不由我感叹酸嘶，越搅的我这一片乡心碎。

〔红绣鞋〕泪眼盼秋水长天远际，归心似落霞孤鹜齐飞，则我这襄阳倦客苦思归。我这里凭栏望，母亲那里倚门悲，争奈我身贫归未得。

〔普天乐〕楚天秋，山叠翠，对无穷景色，总是伤悲。好教我动旅怀难成醉，枉了也壮志如虹英雄辈，都做助江天景物凄其。气呵做了江风淅淅，愁呵做了江声沥沥，泪呵弹做了江雨霏霏。

〔石榴花〕现如今寒蛩唧唧向人啼，哎，知何日是

归期？想当初只守着旧柴扉，不图甚的，倒得便宜。则今山林钟鼎俱无味，命矣时兮。哎！可知道枉了我顶天立地居人世，老兄也恰便似睡梦里过了三十。

　　《王粲登楼》是典型的文人命运剧，剧情结构非常简单，就是设置了一个命运转折点，在转折前，主人公的命运向下发展，情绪低落；转折后，命运上扬，情绪高涨。这种类型的杂剧多是通过曲词的清丽与情感的真挚来打动观众。上面节选的四支曲子，是王粲滞留荆襄，在人生最低点时登上溪山风月楼，触景生情时所唱。〔迎仙客〕中描绘了巍峨壮观的高楼，王粲登上此楼，遥望中原，不禁勾起了思乡之情。作者用高楼的壮美来反衬王粲内心的悲愁。〔红绣鞋〕不仅进一步抒发了王粲的乡愁，而且揭示了他羁留难归的原因。"泪眼盼秋水长天远际，归心似落霞孤鹜齐飞"两句是对唐人王勃《滕王阁序》里"落霞与孤鹜齐飞，秋水共长天一色"的化用。原句只是描摹秋景，并无思乡，而此处却在秋景中融入了万里思归的乡愁，略加点染，便成化境。〔普天乐〕又将王粲内心的痛苦深挖一层——怀才不遇，壮志未酬。带着感伤的情绪去看江景，王粲感觉那淅淅的江风、沥沥的江声、霏霏的江雨，就是自己的气、自己的愁和自己的泪。这是作者使用移情入景的手法，将抽象的情感投射在具体的景物上，从而让主人公的内心世界具体可感。〔石榴花〕则道出了王粲的人生困境：既无法进居庙堂，又无法退处山林，只能将自己的"志愿难酬"归结为"命矣时兮"。这几首曲子情景相生相融，意象高远壮阔，语言清丽芊绵，感情激越真挚，如此"馨逸"之作，堪与《登楼赋》相媲美。

　　虽然郑光祖的曲风是以"清丽芊绵"为主要特征，但有的曲子里也不乏质朴传神的俗语。像《倩女离魂》第四折中有一段唱词：

　　　〔古水仙子〕全不想这姻亲是旧盟，则待教祆庙火刮刮匝匝烈焰生,将水面上鸳鸯忒楞楞腾分开交颈,疏剌剌沙鞴雕鞍撒了锁鞚,厮琅琅汤偷香处喝号提铃,支楞楞争弦断了不续碧玉筝,吉丁丁珰精砖上摔破菱花镜,扑通通东井底坠银瓶。

这里面几乎全是俗语,尤多叠词和象声词,读来朗朗上口,清脆明丽。这在整个文学史上都很少见,所以王国维要用"奇绝"来赞赏这段曲词。(《宋元戏曲史》)然而,郑老先生高超的语言能力不仅仅表现在单纯的清丽芊绵之风和运用俗词俚语入曲,更体现于他能将质朴的俚语和文雅的诗词融合在一起,使得曲词既能有诗词之意境,又不失元曲之本色。这就是何良俊所谓的"清丽流便,语入本色"。(《四友斋曲说》)例如《倩女离魂》第二折中描写"魂旦"追船的几支曲子:

〔小桃红〕我蓦听得马嘶人语闹喧哗,掩映在垂杨下,唬的我心头丕丕那惊怕,原来是响珰珰鸣榔板捕鱼虾。我这里顺西风悄悄听沉罢,趁着这厌厌露华,对着这澄澄月下,惊的那呀呀呀寒雁起平沙。

〔调笑令〕向沙堤款踏,莎草带霜滑。掠湿湘裙翡翠纱,抵多少苍苔露冷凌波袜。看江上晚来堪画,玩冰壶潋滟天上下,似一片碧玉无瑕。

〔秃厮儿〕你觑远浦孤鹜落霞,枯藤老树昏鸦。听长笛一声何处发,歌欸乃,橹咿哑。

〔圣药王〕近蓼洼,缆钓槎,有折蒲衰柳老兼葭;傍水凹,折藕芽,见烟笼寒水月笼沙,茅舍两三家。

188

〔小桃红〕是写倩女之离魂追赶文举来到江边,突然传来马嘶人语声,吓得她心乱跳,连忙躲藏在垂杨树下。倩女离家私奔乃属大逆不道,所以她在这月夜听到任何声响都不免惊慌失措。"厌厌露华"

"澄澄月下"的静景与"惊的那呀呀呀寒雁起平沙"的动景相互映衬，将倩女此时战战兢兢的神态和焦急畏惧的心理刻画得惟妙惟肖。后面〔调笑令〕〔秃厮儿〕〔圣药王〕都是描写倩女赶路之艰辛与沿途所见之夜景。这几首曲子写得通俗易懂，"蓦听得""心头丕丕那惊怕""橹咿哑""傍水凹，折藕芽"等，都是当时的口语或俗语；而"凌波袜""孤鹜落霞""枯藤老树昏鸦"等，又都是引用典故或化用名句，雅俗相融，妙合无垠。所以这些曲子既有清丽芊绵的韵味，又有通俗生动的气息。

朱权在《太和正音谱》中盛赞郑光祖之词"如九天珠玉"，又云："其词出语不凡，若咳唾落乎九天，临风而生珠玉，诚杰作也。"这"九天珠玉"的评价，应该既是对郑氏曲词"清丽芊绵"之风的赞誉，又是对那些"大珠小珠落玉盘"式的俗语叠词的喜爱。虽然郑光祖处于杂剧由极盛开始走向下坡的转变阶段，他没有关汉卿、白仁甫那样强烈的时代意识和开创精神，但是他在戏曲语言上形成了自己的特色，无论写景还是抒情，都有佳句为人称道，这正是郑光祖能够跻身元曲名家的主要原因。

第七章

神鳌鼓浪乔梦符（吉）

在由北方南下、寓居杭州的曲家中,乔吉也是一位巨擘。他批风抹月四十年,不曾做官,全力作曲,是元代后期南方曲坛上重要的杂剧作家和散曲名家。朱权在《太和正音谱》中盛赞道:"乔梦符之词,如神鳌鼓浪。若天吴跨神鳌,嗅沫于大洋,波涛汹涌,截断众流之势。"明人胡应麟曾推王实甫、马致远如唐诗中的李白和杜甫,又推乔吉、张可久如唐诗中的李贺与李商隐。(《庄岳委谈》)这些评价不可谓不高,所以清人李调元在将"元曲四大家"扩为"六大家"时,乔吉以自身的艺术成就获列其中。

批风抹月四十年:乔吉的生平与作品

乔吉和许多元曲作家一样,生平资料很少,现可见到的只有钟嗣成《录鬼簿》中的记载。但由于《录鬼簿》的版本不同,因而对乔吉的记载也有详略分歧,其中最详细的是曹栋亭本。曹本载云:

乔吉甫,字梦符,太原人。号笙鹤翁,又号惺惺道人。美容仪,能词章。以威严自饬,人敬畏之。居杭州太乙宫前。有《题西湖》〔梧叶儿〕百篇,名公为之序。江湖间四十年,欲刊所作,竟无成事者。至正五年二月,病卒于家。

其他各个版本的《录鬼簿》都作"乔吉",只有曹本作"乔吉甫"。究竟是别名"吉甫",还是晚年改名"吉甫"? 我们无从确定,还是依习惯沿用"乔吉"一名。根据《录鬼簿》的记载,可知乔吉卒于至正五年(1345);又知道他在江湖上活动了四十年,这和乔吉自己在散曲〔正宫·绿幺遍〕《自述》中所云"批风抹月四十年"相合。假设他二十来岁开始闯荡江湖,那么他的生年应在元世祖至元十七年(1280)左右,一生大概活了六十多岁。

从《录鬼簿》的小传来看,乔吉是由北方迁居杭州的一介布衣,漂泊江湖,一生未仕。在他的作品中,丝毫没有对功名利禄的艳羡,有的只是风流自赏和对富贵功名的蔑视。这在〔正宫·绿幺遍〕《自述》中表达得非常明显:

> 不占龙头选,不入名贤传。时时酒圣,处处诗禅。烟霞状元,江湖醉仙。笑谈便是编修院。留连,批风抹月四十年。

乔吉在定居杭州前,游历过很多地方。他有一支散曲〔水仙子〕《赠江云》,江云可能是隶属湖广行省乐籍的女子。元代另一位曲家卢挚,在大德三年(1299)代祀南海行至湖广行省时,也作有散曲〔蟾宫曲〕《广帅钱别席上赠歌者江云》。由此推断,乔吉这支赠给江云的〔水仙子〕很可能也是在大德年间写于湖广行省。这时他才二十多岁,应刚离开家乡太原,来到了湖广一带。此后,他四处漂泊,足迹遍布江南和东南沿海。根据乔吉自己在散曲题目中的标示,他曾去过湖南、安徽、福建、江苏、浙江等省,尤以江、浙两省去过的地方最多,曾到过江苏的南京、扬州、苏州、常州、镇江、常熟、吴江、宜兴等地以及浙江的嘉兴、绍兴、湖州、青田、乐清、瑞安、缙云等地。这里面涉及一个问题:乔吉去过这么多地方,他的衣食之源是什么呢？这是一个谜。

在游历过程中,乔吉结交了三类人。一类是当时的名妓,如江云、李楚仪、张天香、王柔卿、朱翠英、王玉莲、崔秀卿、朱阿娇、顾观音、罗真真、瞿子成、刘牙儿、郭莲儿等,已超出十二金钗之数。其中与扬州名妓李楚仪关系最为密切,共为她写了〔水仙子〕《楚仪赠香囊,赋以报之》、〔折桂令〕《贾侯席上赠李楚仪》等七首曲子,赵景深先生以之为线索,推测乔、李之间有过一场恋爱悲剧,最终可能是被扬州贾侯夺走了李楚仪。(《乔吉与李楚仪》)乔吉是元代曲家中与青楼歌伎交往最频繁者,这可能因为他"美容仪,能词章",所以很受歌伎们的欢迎。在这一点上,乔吉很像"风流事,平生畅""忍把浮名,换了浅斟低唱"的柳永。(〔鹤冲天〕)他自己说:"我不是琉璃井底鸣蛙,我是个花柳营中惯战马。"(〔双调·新水令〕《闺丽》中〔离亭宴煞〕曲词)这不禁令人想起关汉卿在〔南吕·一枝花〕《不伏老》中所云"我是个经笼罩、受索网苍翎毛老野鸡蹅踏的阵马儿熟",可见乔吉和他的前辈关汉卿一样,也是个郎君领袖、浪子班头。

乔吉结交的第二类人是当时的公卿显贵。乔氏散曲中有一些陪酒侍宴之作,如〔双调·水仙子〕《手帕,呈贾伯坚》、〔越调·小桃红〕《绍兴于侯索赋》、〔双调·水仙子〕《廉香林南阁即事》等。贾伯坚,即贾固,曾任扬州路总管,后拜中书省左参政事;绍兴于侯,即于九思,曾为绍兴路总管;廉香林,即廉希贡,畏吾人,官至两浙转运使、昭文馆大学士,封蓟国公。从这些人的身份来看,乔吉应该是以清客的面目出席宴会的,在这种场合,他当然不能像在青楼楚馆里那样潇洒和随意,必须以"威严自饬"的形象来示人。而其自号笙鹤翁、惺惺道人,其实也是江湖名士派头的一种表现。

乔吉结交的第三类人是当时的文士曲家,如高敬臣、阿里西瑛、徐德可等。高敬臣,即高克礼,号秋泉,小曲乐府极为工巧,有名于时。阿里西瑛,西域人,善吹觱篥,至正年间于苏州城东北隅修"懒云窝"以隐居,与贯云石、卫立中等曲家有交游。徐德可,即徐再思,因喜食甘饴,故号甜斋,与贯云石均以散曲擅名,世人有"酸甜乐府"之称。乔吉与这些文士曲家都有散曲唱和。

现在我们可以对上文提出的那个"谜"做出猜测。乔吉云游这么多地方,其衣食之源应该是为歌伎写曲获得的报酬或是公卿显贵、文士曲家们的资助。有人认为乔吉可能出身富商巨贾之家,家庭的经济实力能够支撑他云游天下,流连青楼。但从他在散曲中发出"床头金尽谁行借"(〔中吕·山坡羊〕)的感叹来看,不像是家中有钱的样子。由于相关资料的缺乏,我们只能对乔吉的经济来源表示好奇并略作猜测而已。

乔吉虽然交游广泛,但知音并不多,钟嗣成在凭吊乔吉时就说:"平生湖海少知音,几曲宫商大用心。百年光景还争甚,空赢得,雪鬓侵,跨仙禽路绕云深。欲挂坟前剑,重听膝上琴,漫携琴载酒相寻。"(〔双调·凌波仙〕)这与小传中说他"欲刊所作,竟无成事者"是一致的。可见乔吉虽然有时以清客名士的身份出席一些宴会,却从来不曾为上层人物所重视、提携。他在官场上没有什么朋友,真正在生命中留下印记的,是那些歌伎和文士;换言之,乔吉内心有两样东西最为重要,不能丢弃,一个是声情,一个是诗酒。所以他一再说自己要做个"风月神仙""烟霞状元",一再声称自己是"酒圣诗禅""乌帽诗仙"。这种对诗酒、声情的追求,也让他的内心充满了强烈的自我意识。

乔吉所作散曲今存小令二百余支、套数十一篇,数量仅次于张可久。明人李开先为其刊刻《乔梦符小令》,另有《惺惺道人乐府》与《文湖州集词》两种版本,后来任中敏先生重新整理,集为《梦符散曲》,最为完善。乔吉还撰有《怨风月娇云认玉钗》《生死交托妻寄子》《马光祖勘风尘》《节妇碑》《九龙庙》等杂剧十一种,今存三种:

《杜牧之诗酒扬州梦》《玉箫女两世姻缘》《李太白匹配金钱记》,均见录于《元曲选》。乔吉另有文集《天风》《环佩》《抚掌》三种,今皆不传。

叹世怀古、写景言情的梦符散曲

乔吉是元代后期曲坛上少有的散曲、剧曲俱佳的作家，散曲名气尤著。明人李开先在序刻《乔梦符小令》时曾云：“元以词名代，而梦符其翘楚也。无问远近、识不识，皆知有太原乔梦符。”并将他与张可久比作“曲中李杜”，这未必恰当，却也说明了乔吉在元散曲作家中的重要地位。他的二百多首散曲，大致可分为叹世、怀古、写景、言情四类。

乔吉一生浪迹江湖，身世飘零，时有“床头金尽谁行借”的感叹，这种生活使他对社会现实有所不满，因而在他的叹世之作中常常会流露出愤世嫉俗的情绪，如〔双调·卖花声〕《悟世》：

> 肝肠百炼炉间铁，富贵三更枕上蝶，功名两字酒中蛇。尖风薄雪，残杯冷炙，掩清灯竹篱茅舍。

“肝肠百炼炉间铁”是写江湖寒士的精神状态，“富贵三更枕上蝶”是用“庄周梦蝶”的典故来说富贵无非是虚幻的梦境而已，“功名两字酒中蛇”则是用“杯弓蛇影”的典故来说功名犹如蛇影，令人惊扰。这三句构成一组工整的鼎足对,在对功名富贵的否定中流露出牢骚不平之气。后三句写景物,刻画出江湖寒士的凄苦生活。屋外是呼啸的寒风和漫天飞舞的大雪,风如铁锥刺骨谓之"尖",雪如刀片割人谓之"薄"。风雪交加中,可以出去寻觅珍馐美食,但必须"朝扣富儿门,暮随肥马尘"(杜甫《奉赠韦左丞丈二十二韵》),然而作者对社会人情之薄凉深有体会,此时他宁可潜居在竹篱茅舍中,对一盏清灯、两盘残肴,酌几杯冷酒来对抗寒冷。全曲冷峻孤峭,正是当时寒士心境的体现。再如〔中吕·山坡羊〕《冬日写怀》:

离家一月,闲居客舍,孟尝君不费黄齑社。世情别,故交绝,床头金尽谁行借?今日又逢冬至节。酒,何处赊?梅,何处折?

朝三暮四,昨非今是,痴儿不解荣枯事。偿家私,宠花枝,黄金壮起荒淫志。千百锭买张招状纸。身,已至此;心,犹未死。

冬寒前后,雪晴时候,谁人相伴梅花瘦?钓鳌舟,缆汀洲,绿蓑不耐风霜透。投至有鱼来上钩。风,吹破头;霜,皴破手。

时值冬至,乔吉回顾平生遭际,诸事涌上心头,不禁感慨唏嘘。"世情别,故交绝""床头金尽谁行借"就是他穷愁生活的真实反映。而"痴儿不解荣枯事""黄金壮起荒淫志"云云,又都流露着作者愤世讥时的情绪,诚如郑振铎先生所云:"《冬日写怀》三曲写得最为沉痛。'黄金壮起荒淫志',这话骂尽了世人。"(《中国俗文学史》)而那株梅花傲雪绽放,似乎无人相伴,其实渔翁每天都会看到它,但不一定懂得欣赏它。渔翁蜷缩在蓑衣里,任凭风刀霜剑的欺凌,也只是一心一意地垂钓。"风,吹破头;霜,皴破手",这其中虽不乏咬紧牙关的坚韧,但整个形象不脱一副寒酸相。这与那株傲雪的梅花不同,与柳宗元笔下那个"独钓寒江雪"的傲世脱俗的渔翁也不一样,这个带有寒酸相的渔翁其实是作者的自我写照。

然而乔吉在另外一些曲子里又显得相当逍遥自在,如〔双调·折桂令〕《自述》:

华阳巾鹤氅蹁跹,铁笛吹云,竹杖撑天。伴柳怪花妖,麟祥凤瑞,酒圣诗禅。不应举江湖状元,不思凡风月神仙。断简残编,翰墨云烟,香满山川。

这首曲子的主调是元散曲中一以贯之的"闲快活"。"华阳巾"和"鹤氅"都是道士的衣着打扮,陈抟当年见宋太祖时就是头戴华阳巾,而元代的全真教道士则多穿鹤氅。头戴华阳巾,身披鹤氅,也是宋元时期文人隐士的时髦装扮。"铁笛吹云",典出朱熹的《铁笛亭诗序》,是说胡明仲尝与武夷山中隐者交游,隐者善吹铁笛,有穿云裂石之声。"柳怪花妖"指歌伎,"麟祥凤瑞"指异人,"酒圣诗禅"指诗酒狂客,经常与这些人为伴,乔吉觉得自己就是"江湖状元""风月神仙"。"断简残编""翰墨云烟",有人理解为古代的儒家典籍与名人书画,其实不然,一个根本不想应举的"风月神仙"如何会看重儒家典籍、名人书画,还说它们"香满山川"呢?"断简残编""翰墨云烟"应指作者自己创作的散曲与杂剧。由于一直没钱刊刻,不少作品已经散失,故称"断简残编";乔吉非常珍爱这些散曲与杂剧,自认为在泼墨创作时会有"翰墨云烟",墨香味甚至会"香满山川"。这位"江湖状元"在言语间流露出对自己非正统性创作的自豪与快乐。可见,作者从穿着打扮到人际交往,再到具体的文学创作,都在表现自己的非正统性,以及蕴含其中的那种洒脱、快活的心境。作为一位江湖名士,乔吉会有这种潇洒放旷的"闲快活";但是作为一个江湖飘零客、一个寄人篱下的布衣文人,乔吉更多地要面对现实生活中的贫困与穷愁。所以他的散曲中才会出现《自述》中的逍遥与《冬日写怀》中的孤寒这两种心态,这种双重心态的背后正是乔吉内心深处的痛苦和矛盾。

乔吉散曲中的怀古之作不是太多,大多是感叹兴亡无定、繁华似烟,有些写得甚是黯淡凄苦。例如〔双调·折桂令〕《丙子游越怀古》:

蓬莱老树苍云,禾黍高低,狐兔纷纭。半折残碑,空余故址,总是黄尘。东晋亡也再难寻个右军,西施去也绝不见甚佳人。海气长昏,啼鸠声干,天地无春。

越乡,本是江南锦绣地,景色秀丽,人杰地灵,可是当乔吉来到此地时,看到的却是老树黯云,禾黍参差,狐兔相逐,断碑残垣。"禾黍"句,作者暗用"黍离"之典,让人想起西周灭亡后宫室中禾黍遍地的荒芜景象。此曲是乔吉唯一明确标年的作品,丙子年即1336年,前推六十年(1276),正是元兵攻破南宋都城的时候,此曲或为南宋亡国六十年祭,也未可知。面对这些孤峭悲寒的意象,作者不禁对历史发出了追问:历史究竟是什么?那些历史风流人物的归宿又在何处?"空余故址,总是黄尘",总摄题旨,表明作者的历史观:一切人与事,到头来都是一场空。东晋王羲之,潇洒俊逸,名噪一时,有"书圣"之称,如今安在哉?春秋时的绝代佳人西施,使吴王夫差丢了江山,现在又去哪里一睹她倾国倾城的风采?所以一个"空"字,便是全曲之"眼",既映照着开头时过境迁之"空",又牵引出这里的人事之"空"。千古盛衰,一时风流,最终都难逃一个"空"字。当作者沉浸在历史与人生的悲凉中时,眼前的一切都显得黯然失色:海雾漫漫,阴气沉沉;鹃声阵阵,其声哑哑;没有春天,没有希望。

乔吉游历过很多地方,留下了不少写景纪游的作品,它们往往能再现大自然雄浑壮丽的景观。如〔双调·水仙子〕《重观瀑布》:

天机织罢月梭闲，石壁高垂雪练寒。冰丝带雨悬霄汉，几千年晒未干。露华凉人怯衣单。似白虹饮涧，玉龙下山，晴雪飞滩。

　　描写地上瀑布，却从"天机"落笔，作者开篇就打通天上人间。"天机"是指织女星的织布机，织女织成白练，用作织布机梭的弯月已放置在天边。这白练便是高高垂挂在山岩石壁上的瀑布。"冰丝带雨悬霄汉，几千年晒未干"两句，又打通历史和现在，让人感觉这瀑布不仅是从天上流到地下，也是从远古流到今天。"几千年晒未干"，是写织女织出白练，漂洗以后挂在石壁上晒干，却怎么也晒不干——瀑布如何能晒得干呢？这真是落想天外的出奇之语。"露华凉人怯衣单"是写瀑布之寒：瀑布飞溅，水雾蒙蒙，清寒逼人，以至于要"怯衣单"了。最后三句是鼎足对，以"似"字领起，连用三个比喻来描写瀑布的动态，展现了瀑布飞流直下的壮观气势，令人神观飞越，如临其境。朱权评乔吉之曲"如神鳌鼓浪"，(《太和正音谱》)应该主要是指这类作品。

　　自称"风月神仙"的乔吉，自然少不了大量的描写歌伎的言情之作，其中直接点名道姓的赠妓小令就有二十多首。例如《赠罗真真》，将罗氏歌伎比作"罗浮真仙"；《赠朱翠英》，称赞翠英之美是"金毛秀靥春无价"。乔吉不吝笔墨地描写歌伎们的容貌、发髻、眉妆、服饰、鞋面以及她们的才艺，真实展现了歌伎们的生存状态。从乔氏散曲中可以看到：歌伎们用海棠花作为香料来养护头发，发型则继承了汉代以来以髻为核心的审美趣味，有高高的花篮髻，有作飞翔状的鸦髻，有象征性的合欢髻，比同时代普通女性的发型更为丰富。歌伎们的眉毛和眉心常用翠色、碧色的颜料精心描画，连酒窝儿也用化妆的方法加以突出。鞋面的用料和花样也很讲究，必须衬托出娇弱之态。鞋底则钉有紫丁香形的鞋钉，在砖地上走起来的声音清脆悦耳。这些都是元代生活史的珍贵资料。当然，最打动人的还是那些描写歌伎与情郎之间相思离别的作品，如〔双调·雁儿落过得胜令〕《忆别》：

　　殷勤红叶诗，冷淡黄花市。清江天水笺，白雁云烟字。游子去何之，无处寄新词。酒醒灯昏夜，窗寒梦觉时。寻思，谈笑十年事；嗟咨，风流两鬓丝。

　　此曲是写一名女子送别自己的心上人。"游子去何之"，看来这位情郎是个浪迹天涯的飘零客，不知道要去向何方。这很切合乔吉自己漂泊江湖四十年的境况。再将末句"嗟咨，风流两鬓丝"对照钟嗣成追挽乔吉〔凌波仙〕中"百年光景还争甚，空赢得雪鬓侵"等语句来看，这位情郎应该就是乔吉，这首曲子就是在回忆当年与某位歌伎分别时的场景与分别后的相思。本来作者每有新词，便能让这位歌伎付诸演唱，大有"自琢新词韵最娇，小红低唱我吹箫"的潇洒与快乐。但是两人却要在一个清秋的日子里无奈地分别，以后再有新词，也无法面对面地交流了，这已令人十分痛苦；然而更痛苦的是，游子前程未定，不知道什么时候再从什么地方会寄新词回来，歌伎想回寄一份相思之词，也不知道寄往何处。既然无法传递消息，那就只有暗暗地思念了。夜半酒醒后，作者独自对着一盏油灯，往日的欢乐不禁又涌上心头；可是欢乐的时光一去不还，现在只剩下两鬓的银丝。

"凤头、猪肚、豹尾"的创作理论

乔吉有一个了不起的成就,就是他在大量创作实践的基础上,总结了一套创作理论。《南村辍耕录》卷八"作今乐府法"记载:"乔孟符吉,博学多能,以乐府称。尝云作乐府亦有法,曰'凤头、猪肚、豹尾'六字是也。大概起要美丽,中要浩荡,结要响亮;尤贵在首尾贯穿,意思清新。苟能若是,斯可以言乐府矣。"陶宗仪还解释道:"此所谓乐府,乃今乐府,如〔折桂令〕〔水仙子〕之类。"元人所云"乐府",乃专指小令,要到元末明初,方把散套乃至剧曲也称为"乐府"。所以,"凤头、猪肚、豹尾"是乔吉对散曲小令作法的总结。这六字理论是什么意思呢? 任中敏先生曾给出解释:"凤头美丽,所以擒控题旨,引人入胜;猪肚浩荡,所以发挥题蕴,极尽铺排;豹尾响亮,所以题外传神,机趣遥远。豹尾最紧要,必不可少;猪肚次之,每为一篇中便于逞才,发舒笔力之处,故作者亦必不肯忽;唯凤头一层,注意者较鲜耳。"(《散曲概论》)任先生对乔吉六字理论的解释可谓精辟,但有的地方仍然意思模糊。何为"美丽"? 何为"浩荡"? 何为"响亮"? 似可意会,但要认真说起来,又无从说起。李昌集先生在《中国古代曲学史》中指出一条很好的路径,就是用乔吉的作品来印证他自己的理论。

"起要美丽",大致是说开头要吸引人。周振甫先生在《诗词例话·开头》中提出四种吸引人的方式:一种是意境阔大,即景生情;一种是刻画气氛,用作烘托;一种是大气包举,笼罩全篇;一种是发端突兀,出人意料。这几种吸引人的开端方式在乔吉散曲中都能找到例证。例如"千山落叶岩岩瘦,百尺危阑寸寸愁"(〔中吕·喜春来〕,《秋望》)开篇就意境阔大;再如"秋声一片芦花,正落日山川,过雨人家"(〔双调·折桂令〕《秋日湖山偕白子瑞辈燕集赋以俾歌者赴拍侑樽》),开篇刻画秋日雨后景物,用作烘托气氛;再如"卷鲸川吸尽春云,曲妙重歌,酒冷还温"(〔双调·折桂令〕《张谦斋左辖席上索赋》),开篇即有"大气包举,笼罩全篇"之妙;再如"问荆溪溪上人家:为甚人家,不种梅花?"(〔双调·折桂令〕《荆溪即事》)陡起设问,可谓"突兀"。乔吉的这些开端,称得上他所谓的"美丽",是谓"凤头"。

"中要浩荡",表面是说中间要铺叙,但这种"铺叙"不能简单对比为词之长调中的展衍铺排,散曲小令的篇幅毕竟有限。散曲中的"浩荡",借用《诗词例话》中的话来讲就是要"写得有起伏,有波澜"。试读乔吉的〔双调·水仙子〕《寻梅》:

冬前冬后几村庄,溪北溪南两履霜,树头树底孤山上。冷风来,何处香?忽相逢缟袂绡裳。酒醒寒惊梦,笛凄春断肠,淡月昏黄。

开头作者就突出一个"寻"字,"冬前冬后"是说寻梅时间之长,"溪北溪南""树头树底"是说多处寻梅,"几村庄""两履霜"说明寻梅之艰辛。铺叙这么多,究竟有没有寻到梅花呢?小令的体量不容许再铺叙下去,所以作者意脉一转,说在冷风中不知从何处飘来了一股幽香。未见梅花,先闻幽香,作者巧妙地利用人的嗅觉对梅花香味的感知构成梅的真实存在。这也是抓住了梅花的魂——异于其他花卉的幽香！这与姜夔所云"梅花竹里无人见，一夜吹香过石桥"(《除夜自石湖归苕溪》)有异曲同工之妙。"忽相逢缟袂绡裳"一句，"忽"字把久寻不得、猛现眼前的那种惊喜写了出来。作者用拟人的手法把梅花写成了一位清雅飘逸的白衣仙女，突出了梅花的有香有色与风姿绰约，同时，我们也能感受到作者在经过漫长寻找以后终于找到梅花时的那种喜悦之情。可是接下去笔调再一转，"酒醒寒惊梦"告诉大家：反反复复、寻寻觅觅终于找到了梅，其实只是一场梦。作者从乍喜的醉态中清醒过来，从追求高洁幽香的梦境中回到了现实，在淡月昏黄中听到凄婉的笛声，不禁黯然神伤。这首小令的妙处在于中间的翻转，让人体会到作者苦苦寻梅，其实是一种生命的追求。这种写法有起伏，有波澜，正可诠释乔吉所言"浩荡"之"猪肚"。

"结要响亮"，是指散曲的结尾不能像词那样含蓄，而要直露。像乔吉散曲中〔中吕·山坡羊〕《寓兴》的结尾："白，也是眼；青，也是眼。"〔双调·折桂令〕《富子明寿》的结尾："趁取鹏程，快意风云，唾手功名。"〔中吕·朝天子〕《歌者簟山橘》的结尾："剖将，试尝，止爱些酸模样。"都是在结尾处点出全曲的情感和意趣，显得坦率而真切。可见散曲的结尾不同于词，词要"以景结情"，显得蕴藉悠远，而散曲的结尾要直露，要以"说得急切透辟、极情尽致为尚"(《散曲概论》)，这样才是"响亮"的"豹尾"。

多数元代散曲作者都是浸心于创作，不大会对自己和别人的创作进行理论层面的总结与反思，乔吉能提出"凤头、猪肚、豹尾"这样的六字箴言，实为难能可贵。诚如任中敏先生所云："此说非专限于曲中某一体言者，短之为一首小令，长之为一本杂剧，无不如此，殆为元曲中大小体制所同具之不二章法也。"(《散曲概论》)乔吉这六字理论虽然是为散曲小令而总结，其实对散曲和杂剧的创作都有指导意义，乃至对我们今天的写作仍有指南之功效。

《两世姻缘》《扬州梦》《金钱记》
与乔吉的杂剧创作

乔吉现存三部杂剧作品《两世姻缘》《扬州梦》《金钱记》，都以婚姻爱情为题材，确切地说都是描写一些风流才子的爱情故事。这种题材在元杂剧中很常见，但乔吉对"情"的突出描写，却能使它们在平常题材中显出新意。

《两世姻缘》

《两世姻缘》取材于唐代范摅《云溪友议》中《玉箫化》和《苗夫人》的故事。《玉箫化》是说西川人韦皋游历江夏，寄宿在姜使君府上。姜家公子荆宝有小青衣（婢女）名唤玉箫，韦皋与她产生了感情。韦皋入关求官，临别时赠给玉箫一枚玉指环，并有赋诗，约定少则五载多则七年，必来娶玉箫。八年后，玉箫因韦皋不至，伤心而亡，姜家以玉环戴其中指而葬之。后来韦皋在蜀地为官，审姜荆宝冤案时得知玉箫已死，悲痛万分，遂为玉箫念经超度。又过数年，韦皋累迁中书令同平章事，过寿时有僚属送一歌姬，亦名"玉箫"，且中指有肉环隐出，真乃玉箫转生。《苗夫人》是说剑南西川节度使张延赏的妻子苗夫人慧眼识人,相中秀才韦皋为婿。张延赏却目光短浅,看不惯韦皋的性情高傲和不拘小节,时常怠慢他。韦皋在妻子的鼓励下,离家去觅功名,进入张镒的幕府,受到重用。后来唐德宗避难奉天,韦皋誓死效忠大唐,受到德宗的赏识,擢升为剑南西川节度使,戏剧性地接替了张延赏的职位。天下人都说苗夫人慧眼识英才,而讥笑张延赏不识贵人。

乔吉在上述两个故事的基础上,对人物形象和情节关目进行了创造性的改编,创作了焕然一新的《两世姻缘》。故事说书生韦皋,幼习儒业,博览群书,在游学途中与洛阳名妓韩玉箫相恋,彼此赤心相待,白首相期。韩母嫌韦皋没志气,说:"对门王大姐家张姐夫、间壁李二姐家赵姐夫,都赶选登科去了,你还只在俺家缠。"韦皋无奈,只能拿着玉箫的积蓄进京赶考。长亭送别后,玉箫茶饭不思,相思成疾。本来韦皋与玉箫相约,不出三年便回来娶亲,哪料数年过去,毫无音信。玉箫病重,临死前留下了亲自绘制的一幅肖像和所作〔长相思〕词。这期间,韦皋中了状元,除授翰林院编修,又领兵西征,平定吐蕃之乱,因功升任镇西大元帅,驻守边境。起初因为"王命远征,无暇寄个音信",待坐镇边境时,韦皋方遣人去接玉箫,却得到了香消玉殒的噩耗。韦皋无比伤悲,从此不思婚娶。数年后,韦皋班师,途遇韩母,看到了玉箫留下的画像,悲痛欲绝,遂留韩母在军中。此时离玉箫去世已有十八年。

经过荆州时,韦皋前去拜访节度使张延赏,张延赏设宴款待,席间令义女张玉箫侑酒。其实这张玉箫正是十八年前韩玉箫死后的投胎转世,因为"善吹弹歌舞,更智慧聪明"而被张延赏收作义女,其实是张府重金收养的家妓歌女。韦皋见她面貌酷似韩玉箫,惊喜莫名,张玉箫也看他眼熟,感觉此人"莫不是五百年欢喜冤家"?韦皋顾不得威仪体面,直接与玉箫传情叙语,并向张延赏道出实情:"我有已亡过的妻室,乃洛阳角妓,与此女小字相同,面貌相类,因此见面生情,逢新感旧。"张延赏却认为这是韦皋为了得到玉箫而在编织故事,故而大怒,责骂韦皋"外君子而中小人,貌人形而心禽兽",二人几动刀兵。张玉箫劝说韦皋:"元帅果要问亲,当去朝廷奏准,来娶妾身,岂不荣耀?"韦皋带兵离去,进京面奏皇帝。此时韩母闻讯赶来,佯装在张府门口卖画,张延赏见到韩玉箫的遗像竟与张玉箫一模一样,不由得大吃一惊。金銮殿上,唐中宗让张玉箫在群臣中辨认韦皋,玉箫一下子就认了出来。中宗亲自询问了玉箫和韦皋的前世因缘,又问玉箫:"你是青春幼女,韦元帅他是已过中年的人了,你肯与他做夫妻吗?"玉箫表示"都是天地安排",中宗便亲自主持婚礼,成就了两世的好姻缘。

《两世姻缘》是旦本戏,主角玉箫的身份由唐代故事中的青衣婢女被改为了色艺双绝的歌伎。士妓恋是元杂剧中的热门题材,这种改编可能更贴近元代社会的现实情况和元代文人的心理需求。虽然玉箫是个"上厅行首"、歌伎中的"得意者",但她厌倦"卖虚脾眉尖眼角,散和气席上尊前"的强颜欢笑,担心日后"只落得人轻贱",只希望能早日跳出火坑,从良嫁人,过上"夫妻美满"的幸福生活。当遇到"赤心相待"的穷秀才韦皋时,玉箫开始大胆追求自己的爱情。虽然后来因情而逝,转世以后仍在"优门",但当再次遇到韦皋时,玉箫不顾阻力,不顾年龄和身份的差异,依然执着追求他俩的爱情。一般来说,元代爱情剧中的女主角很多都是忠于爱情,但像韩玉箫这样因情而死,死后爱魂犹在,转世来了结前世姻缘的女子,却是绝少的。

在剧中,韦皋也被塑造成为多情重义的有情郎。他忠于爱情,得知玉箫死后,一直不思婚娶;当见到转世以后的玉箫,他毫不掩饰自己的情感,毫不在意身份的悬殊,直接向玉箫表达情意,履行自己的爱情诺言。这也是二人能缔结两世姻缘的重要保证。为了玉箫,韦皋不惜与张延赏刀兵相见,这种勇敢、痴情、不顾一切的男子形象,在元代婚姻爱情剧中极为少见。这种生生死死、矢志不渝的爱情故事,

元曲史话

玉箫女两世姻缘（明刊本《元曲选》）

尽管带有浓厚的幻想色彩，但毕竟用理想化的手法表达了世间男女争取自主爱情和幸福婚姻的共同愿望。当然，每一个幻想都是一个愿望的满足，乔吉在剧中所表现出来的幻想，正是对他自己落魄江湖、混迹青楼的一种心理补偿。

在结构上，《两世姻缘》的前二折是一场悲剧，后二折则是奉旨成婚的喜剧,悲喜连缀,以"情"贯穿,形成了两幕色彩分明的人生图景。为了悲喜两幕能够符合逻辑,自然转折,乔吉在悲剧的一幕中安排了韩玉箫病中画像写词这一情节,又在喜剧的一幕中安排了玉箫的义父张延赏认画这一情节。这种前后呼应、针线细密的安排,在实现情节曲折新奇的同时也完成了悲喜两幕的自然转换。这种结构安排,在元杂剧中具有一定的创新意义。

《扬州梦》

《扬州梦》是在唐代诗人杜牧的《张好好》诗与《太平广记》中有关杜牧与牛僧孺的故事的基础上,虚构出来的关于杜牧与张好好的一段风流韵事。杜牧在《张好好》诗序中云:"牧太和三年,佐故吏部沈公江西幕,好好年十三,始以善歌来乐籍中。后一岁,公移镇宣城,复置好好于宣城籍中。后二岁,为沈著作述师,以双鬟纳之。后二岁,于洛阳东城,重睹好好,感旧伤怀,故题诗赠之。"可知杜牧于唐文宗太和三年(829)在尚书右丞江西观察使沈传师幕府供职,认识了十三岁的乐伎张好好。后来沈传师调任宣歙观察使,张好好随之来到宣城。太和六年(832),沈传师的弟弟、曾任著作郎的沈述师纳好好为妾。再后来,杜牧以监察御史分司东都,在洛阳与好好重逢,此时她已被沈述师抛弃,在一家酒店卖酒谋生。杜牧感慨往事,无限伤怀,写诗赠与好好:"君为豫章姝,十三才有余。翠苗凤生尾,丹叶莲含跗……"而据《太平广记》记载,中书舍人杜牧才华横溢,下笔成咏,但生性放荡,流连花酒。牛僧孺出镇扬州,辟杜牧为掌书记。在扬州这个花花世界里,杜牧更是经常出入倡楼,还以为别人不知道,其实牛僧孺早就派人"易服随后,潜护之"。几年后杜牧调任侍御史,牛僧孺设宴送行,奉劝他说:以后不要迷恋风情,才会有更大的上升空间。杜牧说:我还是能自我检点的,不至于让您为我担心。牛僧孺笑了笑，让侍童取来一个小书箱，里面都是那些便衣士兵写的秘密报告，记录了杜牧饮酒寻欢的时间和地点。杜牧大为惭愧，流泪拜谢。牛僧孺死后，杜牧为之撰写墓志铭，以作为感谢。

乔吉在上述记载的基础上加以大量改编，创作了杂剧《杜牧之诗酒扬州梦》。故事说翰林侍读杜牧因公干来到豫章，将起程回京，豫章太守张纺（字尚之）与杜牧有八拜之交，为其设宴饯行。席间，张尚之说最近从梨园讨得一名歌伎，名唤好好，年方十三岁，吹弹歌舞，样样精通，唤她出来歌舞助兴。杜牧看到好好，心荡神驰，怦然心动，临行前赠给好好一段瑞文锦、一副犀角梳，并赋诗一首，云："汝为豫章姝，十三才有余。娇媚鹧鸪儿，妖娆鸾凤雏。舞态出花坞，歌声上云衢。赠之天马锦，堪赋水犀梳。"三年后，杜牧又因公务来到扬州，扬州太守牛僧孺设宴款待。此时张好好已由张尚之过房给牛僧孺，做了牛太守的义女。席间，张好好歌舞侑酒，光彩照人，而杜牧贪花恋酒，只顾欣赏美色，并未认出这就是三年前的好好。杜牧再次赋诗："仙人飞下紫云车，月阙才离蟾影孤。却向尊前擎玉盏，风流美貌世间无。"虽是赞赏张好好容貌无双，却依然是一副轻薄的口吻。牛僧孺从细节处觉察了杜牧的情思，从此以后便找各种理由不见杜牧。杜牧百无聊赖，上翠云楼散心，心中思念着张好好，不禁在困乏中入梦，梦见好好与"花间四友"——玉梅、翠竹、夭桃、媚柳一同陪自己饮酒，并侑以歌舞。正享受红遮翠拥时，却转头梦醒，只剩一片迷惘。杜牧开始反思自己的浪子行径，希望能与好好鱼水相逢，琴瑟相谐。回京之际，富商白文礼设宴送别，杜牧便向文礼询问起好好的情况。白文礼告知，好好原是豫章太守张尚之的侍儿，后被牛太守讨来，认为义女。杜牧大吃一惊，便央求文礼帮忙撮合。数年后，牛僧孺卸任回京，与白文礼同行。在京城，牛僧孺几次去探望杜牧都不得见。白文礼便向牛僧孺说明杜牧与好好之事，并在金字馆安排酒宴，邀请杜、牛来赴宴。席间，杜牧向牛僧孺求娶好好为妻，白文礼也在一

杜牧之诗酒扬州梦（明刊本《元曲选》）

　　旁推波助澜,牛僧孺便唤出好好,吩咐她酒席散后过门成亲,嫁与杜牧。此时杜牧则因放情花酒而要被朝廷责罚,幸得升任京兆尹的张尚之保奏,圣上姑念他“才识过人,不拘细行”,方才免于处罚。杜牧幡然醒悟,改了酒病诗魔,与张好好喜结良缘。

　　《扬州梦》对杜牧纵情声色着意渲染,其实正是元代大都市里青楼买笑、声色犬马的社会生活的反映。第一折〔混江龙〕中描写扬州城:"列一百二十行经商财货,润八万四千户人物风流……马市街,米市街,如龙马聚;天宁寺,咸宁寺,似蚁人稠。茶房内,泛松风,香酥凤髓;酒楼上,歌桂月,檀板莺喉……喜教坊,善清歌,妙舞俳优。大都来一个个着轻纱,笼异锦,齐臻臻的按春秋;理繁弦,吹急管,闹吵吵的无昏昼。弃万两赤资资黄金买笑,拼百段大设设红锦缠头。"与其说这是杜牧生活的唐代扬州,不如说是乔吉生活的元代杭州。元代中后期,杭州城市经济发达,纵情声色的风气极甚,乔吉在剧中加以描写和渲染,既反映出当时的社会生活,也折射出底层文人被排挤在官场之外的颓废心理。乔吉曾自比杜牧,他在散曲〔双调·折桂令〕《会州判文从周自维扬来道楚仪李氏意》中云:"文章杜牧风流,照夜花灯,载月兰舟。老我江湖,少年谈笑,薄倖名留。"所以他才会以欣赏的笔调来描绘杜牧这位多情才子的风流生活,这其中不无情感的宣泄与补偿。

《金钱记》

《金钱记》取材于唐人许尧佐的传奇小说《柳氏传》,又融入了"韩寿偷香"的相关情节,演绎成诗人韩翃与贵族小姐柳眉儿痴情爱恋的故事。韩翃在唐代诗名很大,位列"大历十才子"之中。唐德宗要给他授官,当时还有一个同名同姓的韩翃,吏部不知道要授予哪个,德宗御批说授给那个"春城无处不飞花"的韩翃。《柳氏传》中的韩翃虽有诗名,却穷困潦倒,寄居在京城好友李生家中。李生钦佩韩翃之才,遂荐姬柳氏与韩。韩翃与柳氏两情相悦,后来韩翃中举,回老家省亲,遂与柳氏分别。其间适逢安史之乱,柳氏剪发毁形,隐匿于寺庙,此时韩翃做了节度使侯希逸的幕中书记。待战乱平定,韩翃遣使持金囊寻找柳氏,并题〔章台柳〕一词于金囊上;找到柳氏,她答之以〔杨柳枝〕词。可是不久后，柳氏又为番将沙吒利所劫。韩翃回到京师，在路上偶遇柳氏香车，两人约以再会。韩翃及期而往，柳氏赠以香膏玉盒，两人惨然而别。后来义士许俊得知此事，挺身而出，骑马径往沙吒利府第，等他外出后，出示韩翃手札与柳氏，挟其上马，送归韩翃。韩翃怕惹出祸事，遂将此事向侯希逸汇报，侯希逸上奏皇帝，皇帝下旨将柳氏还与韩翃。

可以看出，《柳氏传》的主角不是韩翃，而是柳氏及义士许俊。在韩、柳的悲欢离合过程中，韩翃完全是一个被动懦弱、任人支配的角色。乔吉在《金钱记》里对此做出了很大的改编。故事说京兆尹王辅廉能清正，皇帝赐予开元通宝金钱五十文。王府尹有个女儿，小名柳媚儿，府尹疼爱女儿，让她随身悬带御赐金钱，以避邪驱恶。三月初三日，皇帝下旨，让京城所有人都去九龙池赏牡丹"杨家一捻红"。（传说杨贵妃手上脂粉印于牡丹花上，唐明皇便命名此种牡丹为"一捻红"，又称"杨家红"或"杨家一捻红"。）王府尹让丫鬟梅香与仆人张千一起陪柳媚儿去赏花。此时洛阳才子韩翃入长安应举，交卷后到好友贺知章家中饮酒，酒至半酣，竟然逃席去九龙池赏花游玩。在那里，韩翃遇到了柳媚儿，两人眉目传情，相互钟意，一个心想："此女非凡，真乃九天仙女也。"一个暗忖："我见了这秀才，不由我不动心也。"但丫鬟梅香一直催着回家，柳媚儿只能将御赐金钱作为信物，故意遗落给韩翃。此时贺知章赶到，知道他贪恋酒色，怕他酒后疏狂，做出什么出格事儿，想拉他回府继续喝酒。韩翃却要去追赶柳媚儿，并拿出御赐金钱给贺知章看。贺知章认出这是御赐的开元通宝，判断对方必是高官显贵家的千金，提醒他此事非同小可，不可莽撞。哪知韩翃闻听此言，兴头更大，决定要"赶到香闺绣阁"，与佳人相会。

韩翃不顾贺知章的阻拦，追赶柳媚儿的车驾，来到王府后门。趁着酒劲，韩翃径直闯入王府后花园，随即被仆人张千拦下。两人争执间，京兆尹王辅正好回来，认为韩翃"擅入园中，非奸即盗"，便将他吊了起来,准备待其酒醒后再仔细审问。贺知章及时赶到,将他救下。王府尹听说过韩翃的文才,便向他道歉,并想聘他为府上的门馆先生。贺知章本以为韩翃心高气傲,不会肯屈身做门馆先生,韩翃却是正中下怀,一口答应。可是他在王府一月有余,未曾见到柳媚儿,哪里有心思教书,终日里长吁短叹,口里念道:"小姐,小姐。"困倦休息时则梦到柳媚儿来书房看他,梦醒后只能对着金钱感叹道:"金钱,你在这里,知他小姐在哪里也?"

这一日,王府尹得到十瓶御酒,来找韩翃樽酒论文,韩翃随手将金钱藏在书里。交谈间,王府尹拿起书桌上的《周易》,里面掉出了那枚开元通宝金钱。王府尹追问金钱的来源,韩翃说"先人遗念""祖上传留",都无法蒙混过关。王府尹唤出女儿,追问金钱在哪里,柳媚儿只能说掉在九龙池了。王府尹猜出了事情的原委,喝退"贱女",第二次将韩翃吊起来审问。贺知章再次及时赶到,说皇帝见了韩翃的卷子,认为文才不在李白之下,要宣他进宫授官。王府尹没办法,只能再次放了韩翃。贺知章得知韩翃与柳媚儿的事情,便想做媒,让两人成秦晋之好。韩翃却要在"折桂枝"(得官)以后再来折这"晓风春日"的"观音柳"。

在金銮殿上被皇帝点了状元后,韩翃与贺知章又一起来到王府。适逢王府尹让女儿抛绣球,绣球落在韩翃身上,此时他却不愿意接了。贺知章责怪他:"你当初为他这小姐,怎生般狂荡? 今日我与保亲,你怎生这般古懒?"韩翃怨恨王府尹当初"拆开碧桃花下凤鸾交""火烧了俺白玉楼头翡翠巢",不愿意拜见,还说:"兄弟平生不折腰于人。"知根知底的丫鬟梅香气愤不过,反唇相讥:"当日个不得第呵,怎生般模样? 刚刚做了官,便昧了姐姐。不肯时,也由得你!"这时李白前来宣旨,让韩翃与柳媚儿奉旨成亲。韩翃这才向王府尹下拜,口中却还说道:"被你吊杀我也,丈人!"王府尹回道:"被你傲杀我也,女婿!"最终的完美结局是韩翃娶到柳媚儿,并被皇帝加授翰林学士的官职。

毋庸置疑,《金钱记》里的主角就是才子韩翃。乔吉将《柳氏传》中那个被动懦弱、谨遵礼法的书生改写为一个热情大胆追求爱情的"狂生"。他虽然满腹才华,却出身贫寒,在九龙池遇见府尹小姐柳眉儿之后,他不顾身份的悬殊,立刻展开了热烈的追求。为了追求心上人,他将生死置之度外,虽然两次被吊起来,却毫不后悔,从未求饶。为了爱情,他将功名利禄置之脑后,就如他自己所说:"我若见小姐一面呵,便不做那状元郎,我可也不曾眉皱!"韩翃的种种行为,在卫道士王府尹看来是"无上下""无廉耻"的"乱作胡为",在正统文人贺知章看来是"贪恋酒色""不肯求进",但乔吉却对韩翃大胆追求爱情、将爱情置于功名之上的行为予以肯定,因而剧终给了他一个高中状元、奉旨成婚的美满结局。其实,这是乔吉自己身上那种期盼"美梦成真"的市民意识的反映。期盼美梦成真,尽管可以给人片刻的心灵慰藉,却无法逃匿人生失落的困境和黄粱梦破的悲哀。

《两世姻缘》《扬州梦》《金钱记》这三部杂剧一经问世,就产生了广泛的影响,贾仲明〔凌波仙〕吊词中才会有"《金钱记》《扬州梦》,振士林"的说法。明人编刻的《元人百种曲》《古名家杂剧》《杂剧选》《古今名剧合选》等杂剧选本,也都选入了这三部杂剧。二十世纪四十年代,日本学者吉川幸次郎还将《金钱记》译成日文,题为《元曲金钱记》,在日本出版。

种种出奇、文俗相融：乔吉的艺术成就

乔吉向来被视为元曲中"文采派"或"清丽派"的代表人物。这是一种总体风格的概括，至于具体的艺术特征，明人李开先在《〈乔梦符小令〉序》中做出了较为精准的总结："种种出奇而不失之怪，多多益善而不失之繁，句句用俗而不失其为文。"

所谓"种种出奇"，不仅是指乔吉曲词之新奇，如〔越调·天净沙〕《即事》之四云"莺莺燕燕春春，花花柳柳真真，事事风风韵韵。娇娇嫩嫩，停停当当人人"，全用叠字，独出心裁，更是指乔吉在审美意象上的化丑为美，如其〔双调·折桂令〕《荆溪即事》：

> 问荆溪溪上人家：为甚人家，不种梅花？老树支门，荒蒲绕岸，苦竹围笆。寺无僧狐狸样瓦，官无事乌鼠当衙。白水黄沙，倚遍阑干，数尽啼鸦。

曲首以设问陡起，问得奇怪——为何一定要种梅花呢？人家种不种梅花，与你有何关系？前面介绍过，这种"突兀"型的开端有一种出人意表的艺术效果。乔吉没有马上解答，而是笔锋一转，描绘了一幅凄苦荒

217

凉的画面:老树支门,荒蒲绕岸,苦竹圈笆。没有美丽的梅花,有的只是老树、荒蒲、苦竹。"寺无僧狐狸样瓦,官无事乌鼠当衙"两句更是展现了一幅死气沉沉的人间景象。老树荒蒲苦竹、狐狸乌鼠啼鸦,这些意象多为其他曲家所不取,而乔吉将它们放在一个空间里,构成一个凄苦、丑陋的世界。其实,这正是乔吉内心世界的一种折射:对美的追求的绝望。从这个角度出发,我们就可以理解作者为何一开头要问溪上人家为何不种梅花,然后又不作回答,因为作者想在丑陋的世界里寻找美,这无疑是缘木求鱼,最终必然绝望。不要看乔吉在杂剧中总是用高中状元、奉旨成婚的美好结局来给自己的内心寻求慰藉,事实上他并不缺乏面对现实的勇气,像这样对凄丑意象的描绘,便是他在直面这个世界,直面自己的命运。然而,当乔吉以艺术之笔来形象地展现生活之"丑"时,作品本身又呈现出一种艺术之美,所以读来才会感觉"种种出奇"却又"不失之怪"。这种化丑为美的艺术精神,正是乔吉对元曲的一大贡献。

所谓"多多益善而不失之繁",是指乔吉往往会围绕某个题材创作多首曲子,角度各异,笔法不同,不会给人繁琐重复的感觉。例如他的咏妓赠妓之作多达数十首,有的是赞其容貌之艳,有的是赞其声腔之美,有的是将歌伎的名字敷衍成曲,有的则是借咏歌伎来抒发自己的悲愁。所以乔吉曲中的歌伎们,容貌与风采各不相同,丝毫没有雷同之感。再如乔吉还有二十多首〔中吕·满庭芳〕《渔父词》,虽然题旨相同,却取材各异,手法多变,从而形成了各不相同的艺术效果。我们来读其中的两首:

活鱼旋打,沽些村酒,问那人家。江山万里天然画,落日烟霞。垂袖舞风生鬓发,扣舷歌声撼渔槎。初更罢,波明浅沙,明月浸芦花。

秋江暮景,胭脂林障,翡翠山屏。几年罢却青云兴,直泛沧溟。

卧御榻弯的腿疼,坐羊皮惯得身轻。风初定,丝纶慢整,牵动一潭星。

第一首曲子着重表现渔家风情,写得活泼生动,饶有情趣。吃鱼喝酒当然是渔夫生活中的一大乐趣,一盘鲜鱼,一壶浊醪,醉饱方休,何等逍遥。更有那万里江山、长天落日可以欣赏,在此氛围中,渔夫乘着酒兴,翩翩起舞,纵情高歌,将快乐自在的生活情趣表现得淋漓尽致。第二首曲子写得相对安静,内容与情调也跟第一首存在差异。秋天的傍晚,渔夫在江边独自垂钓,远处是红色的枫林与绿色的山峦。从"几年罢却青云兴"来看,这位渔夫应该是一位由致身青云而归隐江湖的隐士。"卧御榻""坐羊皮"则是用了东汉高士严子陵的典故,严子陵隐居在富春江,一直披着羊皮在江边垂钓,后来汉光武帝召他进京,与他长聊,同榻而眠,他竟把脚搁在了光武帝的肚子上,后来继续回富春江隐居。作者用这个典故,并用"弯的腿疼"与"惯得身轻"作对比,无非是想表达这位隐者先前伴随君王的身心拘束和现在解官归隐的自由自在。两首曲子,前者单纯描写渔夫的快乐生活,开朗轻快;后者由渔夫而谈及仕隐问题,稍见复杂。同题之文,最忌重复,故而才力单薄者不敢拈笔,而乔吉这二十多首同题之作竟然少有重复,可见才力之高超与丰厚,所以李开先称之为"多多益善而不失之繁"。

"句句用俗而不失其为文",这很能体现乔吉的语言特征。很多人认为乔吉是"文采派""清丽派"的代表人物,所以他的语言必然极其典雅。的确,乔吉的散曲有通篇雅致者,如〔双调·清江引〕《即景》:"垂杨翠丝千万缕,惹住闲情绪。和泪送春归,倩水将愁去,是溪边落红昨夜雨。"全曲以垂杨、愁泪、溪流、落花、夜雨等诸多景象,构成一幅暮春伤怀的画面,雅致的情境直与婉约词无异。然而,马致远、乔吉等人的"雅化"倾向,并没有改变元散曲本质上的"俗",所以

"本色"之作贯穿元代曲坛,始终没有消失。乔吉曲中也有非常"本色"的作品,如〔越调·柳营曲〕《有感》:

薄命妾,重离别,长吁一声肠断也。闷弓儿难拽,愁窖儿新掘,花担儿怕担折。兰舟梦水绕云结,香闺恨烛灭烟绝。凤凰衾人哽咽,鸳鸯枕泪重叠。耶,寒似夜来些。

此曲与前面那首〔双调·清江引〕《即景》相比,本色之风一目了然。但是与元代前期那些本色之作相比,此曲少了一些真切活泼的描绘,多了一些比喻和形容,像"兰舟""凤凰衾"这些词语也是在前期本色散曲中所见不到的。所以像这样的散曲,是将"文"与"俗"很好地融合了起来,也就是李开先所谓的"句句用俗而不失其为文"。在乔吉之前,文俗相融之最佳者应是马致远,马东篱以后便当属乔梦符了。不仅是散曲,乔吉在杂剧曲词的创作上也是雅俗相融,往往是用本色的语言在表达人物情感的同时,又透露出悠悠雅韵。例如《两世姻缘》第二折中〔商调·集贤宾〕的唱词:

隔纱窗日高花弄影,听何处啭流莺。虚飘飘半衾幽梦,困腾腾一枕春醒。趁着那游丝儿恰飞过竹坞桃溪,随着这蝴蝶儿又来到月榭风亭。觉来时倚着这翠云十二屏,恍惚似坠露飞萤。多咱是寸肠千万结,只落的长叹两三声。

此曲描写女主人公的一场春梦以及醒来后低落的情绪。开头两句写春天的景色,也是入梦的环境。春天花儿竞开,鸟儿争鸣,大好的春光逗引起女子的相思,由相思而渐渐入梦。在梦境中,她在长满花丛的溪畔追逐着蝴蝶,自由玩耍。可是一觉醒来,还是困守在闺阁里,她就像从露水中坠下来的萤火虫,独自躲在黑暗的角落里长吁短叹,默默流泪。全曲虽然语句通俗,但属对工整,声调铿锵,对人物情绪的描写尤为生动,所以让人感觉通俗之中又不乏文采。邵曾祺先生在《元杂剧六大家略评》中说乔吉的三部杂剧"词彩都是上等",并且指出乔吉的剧曲"以美丽词句见长,但在字句里还稍稍带一些豪放的气魄,与郑光祖纯用阴柔的美又自不同"。所谓"豪放的气魄",应是乔吉多用本色语句所产生的一种气势,如果全部是文雅的语言,很难产生豪放的气魄。"美丽词句"加上"豪放气魄",就是指乔吉作品中文俗相融的艺术效果。

第八章

群星闪耀的
其他元曲作家

元代曲家灿若星辰,如果说关汉卿、白朴、马致远、王实甫、郑光祖、乔吉等人是其中最为耀眼的几颗巨星,那么在他们的周围还有许多体量略小却同样熠熠生辉的星斗。如果我们只读关、白、马、王这几家作品,虽然可以尝一脔而知一镬,却无法领略到元代曲坛的星汉灿烂。所以我们按时代的先后和地域的分布再来介绍几位优秀的元曲作家。

散曲作家:
卢挚　张养浩　贯云石　张可久

卢挚

　　卢挚,字处道,一字莘老,号疏斋,又号嵩翁。他是元初很有影响力的一位作家,诗文词曲都享有盛名,其诗与刘因齐名,其文与姚燧比肩,散曲亦为当时人所推许,贯云石在《〈阳春白雪〉序》中赞曰:"疏斋媚妩,如仙女寻春,自然笑傲。"然而做过高官的卢挚竟在《元史》无传,元代文献中也不见有关他的碑传资料,文集也未流传,这不禁令人感到奇怪。1984年,李修生先生辑笺的《卢疏斋集辑存》出版,才使这位元初文豪的作品与生平有了清晰的展示。据李修生先生所辑,卢挚作品现存诗歌五十多首、文十余篇、词二十多首,散曲小令多达一百二十余支,这在元代前期的散曲作家中已属高产。

　　关于卢挚的生卒年,一直存在争议。元人周南瑞所辑《天下同文集》中保存了卢挚的一篇《移岭北湖南道肃政廉访司乞致仕牒》,这是他在大德四年(1300)所写的一份请求退休的报告。文中自称:"当职年虽未及六十,其衰悴癃老之状,虽年逾七十者未必至此。"又说自己弱冠"已登仕版",从政"垂四十年"。这里虽然没有直接说出自己的年龄,但从行文语气来看,无疑已接近六十岁。所以李修生先生假定此文卢挚写于五十九虚岁,然后推断其大约生于1242年,是可以采信的。而其卒年,现存卢挚作品中最晚的一篇为作于至大四年(1311)的《辛亥正月十日游胡仲勉家园》,所以他的卒年不会在此之前。此外,顾嗣立《元诗选·李源道传》中曾提到卢挚去世的信息:"仲渊(李源道字)尝自录其五言诗,题曰《宗雅》。蜀郡虞集序之曰:'五言之道,近世几绝,几十年来人称涿郡卢公,故仲渊自序亦属意卢公。然仲渊来朝廷为学士,而卢公去世已久。'"李源道在元仁宗延祐中(1314—1320)为翰林直学士,而虞集说此时卢挚去世已久,据此可推知卢挚的卒年约在1311年或稍后不久。关于卢挚的籍贯,很多人都说是涿郡(今河北涿县),其实涿郡只是其郡望,他在《寄康军国书》里说得很明白,自己的家乡在河南,所以他才会自署"嵩翁"。在二十岁左右时,卢挚由诸生进身为元世祖忽必烈的侍从之臣,此后担任过江东道提刑按察使、陕西提刑按察使、河南府路总管等官职,拜集贤学士,又任岭北湖南道肃政廉访使,任满还朝为翰林学士,晚年客寓宣城。

　　卢挚散曲的内容较为广泛,有咏史怀古、隐居乐道、写景咏物、男女风情等。如〔双调·蟾宫曲〕《长沙怀古·潭州》:

朝瀛洲暮叙湖滨,向衡麓寻诗,湘水寻春。泽国纫兰,汀洲搴若,谁与招魂？空目断苍梧暮云,黯黄陵宝瑟凝尘。世态纷纷,千古长沙,几度词臣？

元代的集贤院有点像唐代的文学馆,唐人入选文学馆被称为"登瀛洲";卢挚是集贤学士,所以也是登上瀛洲者。现在外放湖南,虽然不是贬官,但总是失去了接近皇帝的机会,而且在湖南水土不服,长期生病,故而他的内心充满了伤感和矛盾。卢挚甚至担心:千百年来多少迁客骚人被放逐到长沙一带,赍志而殁,这其中会不会有他自己呢？所以作者在湘水之滨追悼屈原,其实也包含了一种自悼。既然如此,为何不归隐呢？即使人无法归隐,精神却可以归隐,这就引发了卢挚散曲中大量的"乐隐"之作,如〔双调·蟾宫曲〕《乐隐》:

碧波中范蠡乘舟,斟酒簪花,乐以忘忧。荡荡悠悠,点秋江白鹭沙鸥。急棹不过黄芦岸白蘋渡口,且湾在绿杨堤红蓼滩头。醉时方休,醒时扶头,傲煞人间,伯子公侯。

卢挚在元初文人中属于仕途顺畅者,却经常在曲中标举"乐隐",这既是面对现实焦虑的一种解脱之道,也是传统文人居庙堂之高则思归江湖的一种心态表现。尤其是在元代社会,"乐隐"成为一种社会思潮,一种与庸俗人格相对立的典范人格,因此,卢挚身为高官,却在曲中流露宁静淡泊、无为自适的"乐隐"思想,也就不足为奇了。

写景咏物虽然是元散曲中的常见题材,却最能体现卢挚散曲的艺术特色。如〔双调·湘妃怨〕《西湖》:

湖山佳处那些儿,恰到轻寒微雨时。东风懒倦催春事,嗔垂杨袅绿丝,海棠花偷抹胭脂。任吴岫眉尖恨,厌钱塘江上词,是个妒色的西施。

朱帘画舫那人儿,林影荷香雨霁时。樽前歌舞多才思,紫云英琼树枝,对波光山色参差。切香脆江瑶脍,擘轻红新荔枝,是个好客的西施。

苏堤鞭影半痕儿,常记吴山月上时。闲寻灵鹫西岩寺,冷泉亭偏费诗,看烟鬟尘外丰姿。染绛绡裁霜叶,酿清香飘桂子,是个百巧的西施。

梅梢雪霁月芽儿,点破湖烟雪落时。朝来亭树琼瑶似,笑渔蓑学鹭鸶,照歌台玉镜冰姿。谁傅徯鸥夷子,也新添两鬓丝,是个淡净的西施。

这组曲子是化用苏轼"欲把西湖比西子,淡妆浓抹总相宜"的诗意,将景物人格化,分别用"妒色的西施""好客的西施""百巧的西施""淡净的西施"来拟写西湖春、夏、秋、冬的四季特色,传神入景,别有情趣。曲词清新活泼,笔调清丽自然,与西湖美景相得益彰,马致远、刘致都有和曲。

卢挚描写男女风情的作品则明显带有俚俗的风味,如〔双调·寿阳曲〕中的两支曲子:

灯将残,人睡也,空留得半窗明月。孤眠心硬熬浑似铁,这凄凉怎捱今夜?

灯将灭,人睡些,照离愁半窗残月。多情直恁的心似铁,辜负了好天良夜。

与前面所引几首曲子相比,这两首曲子明显质朴俚俗,但与关汉卿等下层文人的俚曲相比,则又显得俗中见雅。

卢挚虽然居官显赫,但生性旷达活泼,交际广泛,其交往者中既有刘因、姚燧、吴澄这样的上层名士,也有马致远、张可久、刘致等沉沦下僚的风雅文士，还有阿娇杨氏、慧莲刘氏、歌者江云、杂剧演员珠帘秀等底层女艺人。他和珠帘秀的唱和可以说是曲坛佳话，其〔双调·蟾宫曲〕《醉赠乐府珠帘秀》云：

系行舟谁遣卿卿，爱林下风姿，云外歌声。宝髻堆云，冰弦散雨，总是才情。恰绿树南熏晚晴，险些儿羞杀啼莺。客散邮亭，楚调将成，醉梦初醒。

珠帘秀是元代著名的女艺人，《青楼集》中说她"杂剧为当今独步"，当时关汉卿、胡祗遹、冯子振等人都与她有交往，胡祗遹还为其诗集作序，赞曰："以一女子，众艺兼并，见一时之教养，乐百年之升平。"卢挚曲中"林下风姿""云外歌声""冰弦散雨"云云，也是在突出刻画珠帘秀的才情。卢挚另外一首〔双调·寿阳曲〕《别珠帘秀》也写得情真意切："才欢悦，早间别，痛煞煞好难割舍。画船儿载将春去也，空留下半江明月。"前三句纯用白描，不做渲染，不加粉饰，写得质朴而明朗；后两句则用象征的手法来表现离愁别绪，写得含蓄婉曲。这支小令之所以脍炙人口，一个原因是它质朴与婉曲相结合，明朗与含蓄相统一，具有很高的艺术性；另一个原因则可能是经过珠帘秀的演唱，增加了观赏性，故而广为传播，为社会中下层的听众所熟悉。

总之，卢挚的散曲总体上是语词清丽，格调清雅，具有较浓的文人气息，虽然在艺术成就和对散曲的开拓方面比不上关汉卿，但也是元代前期清丽派中的一位好手。

张养浩

与卢挚相似，张养浩也是元代为数不多的几个官位较高的散曲家之一。张养浩，字希孟，晚号云庄，山东历城（今属山东济南）人。

其生年无载,然其《辞聘侍亲表》云:"维天历二年(1329)正月吉日,陕西诸道行御史台御史中丞……拟于当月二十四日就行。"又据《元史·张养浩传》:"到官四月,未尝家居,止宿公署……昼则出赈饥民,终日无少怠。每一念至,即抚膺痛哭,遂得疾不起,卒年六十。关中之人,哀之如父母。"考虑到古人都讲虚岁,故而由天历二年(1329)往前逆推五十九年,可知张养浩生于宋度宗咸淳六年(1270)。

张养浩幼时勤奋好学,于书无所不窥,每日读书至深夜,第二天天不亮又起来接着读。父母担心他过于勤奋而有损健康,到了晚上就不给他油灯,让他早点休息。结果张养浩悄悄藏了一盏油灯,等父母就寝后,用衣服遮住窗户,再点灯读书,默诵不辍。后来他被举荐为东平学正,几年后又被辟为礼部掾、御史台掾,再辟丞相院知管。元成宗大德九年(1305),选授东昌堂邑县尹,为职三年,政绩昭著,深得民心,又被调回京师任监察御史,后改翰林待制。元武宗至大三年(1310),生性耿直的张养浩给皇帝上疏,力陈时弊,言皆切直,为当权者所不容,很快被构陷罢官。张养浩不得不改名换姓,遁走避祸。仁宗朝他又复出,曾任中书右司都事,擢翰林直学士,后官至礼部尚书。至治元年(1321),英宗欲于内庭张灯为鳌山,张养浩上《谏灯山疏》,触怒英宗,险遭不测;同年,以父亲年老、需要赡养为由而辞官归里。此后八年间,张养浩一直隐居于故乡历城郊外,曳杖行吟,舞鹤驯鹿,人望之如神仙,朝廷先后七次征聘他回朝做官,皆不赴。用他自己的话来讲就是"从跳出功名火坑,来到这花月蓬瀛"(〔中吕·十二月兼尧民歌〕),怎么肯再跳回火坑呢?但是文宗天历二年(1329),关中大旱,朝廷特拜张养浩为陕西行台中丞,领赈灾事。养浩喟然曰:"吾退处丘园,七辞聘召,闻西土民饥殍流亡,忍不起而拯救哉!"(张起岩《张公神道碑》)一心为民的张养浩治装赴任,结果三个多月后卒于任上,时年六十。后追封滨国公,谥文忠。

张养浩有散曲集《云庄休居自适小乐府》,今存小令一百六十多首、套数两篇。"云庄"是他的别墅名,细读其散曲不难发现,张养浩非常喜欢山水间的云。如"俺住云水屋三间"(〔双调·雁儿落兼得胜令〕)、"共白云往来山水间"(〔越调·寨儿令〕)、"一片闲云无拘系"(〔中吕·普天乐〕)、"湖山佳处屋两间,掩映垂杨岸。满地白云,东风吹散,却遮了一半山"(〔中吕·朝天曲〕)、"白云深处结团茅"(〔中吕·喜春来〕)、"云来山更佳,云去山如画"(〔双调·雁儿落兼得胜令〕)。云,纯洁而自由,某种程度上可以代表张养浩的人格。因此,《云庄休居自适小乐府》的内容也是以写山水田园和隐逸之志为主。

张养浩有几十年的官场经历,又有过一段隐居的生活,所以他对官场的险恶和对隐居的乐趣都有切身体会,他笔下的闲适生活并非慰藉心灵的麻醉剂,而是他真真切切想进入的人生境界。故而张养浩散曲中基本没有愤懑不平之气,而是洋溢着一种醇厚、淳朴的气息。如〔中吕·普天乐〕《闲居》:

> 好田园,佳山水。闲中真乐,几个人知?自在身,从吟醉。一片闲云无拘系,说神仙恰是真的。任鸡虫失得,夔蚿多寡,鹏鷃高低。

"鸡虫失得",从鸡和虫来看,它们各自的得失都是大事,但是从人的角度来看,却是那么不值一提。"夔蚿多寡",夔一足,蚿多足,都是天然生成,何必去比较夔足与蚿足的多寡呢。"鹏鷃高低",是用《庄子·逍遥游》中鹏与鷃的对答,大鹏有大鹏的志向,小鷃有小鷃的乐趣,只要自得其乐,不必强分高下。作者回过去看官场上的那些争斗,感觉就如鸡虫得失之争、夔蚿多寡之辩、鹏鷃高低之较一样,毫无价值。"久在樊笼里,复得返自然",当回到山水田园中时,他才体悟到生命的真谛就在于这份"闲中真乐"。再如〔双调·雁儿落兼得胜令〕:

也不学严子陵七里滩,也不学姜太公磻溪岸,也不学贺知章乞鉴湖,也不学柳子厚游南涧。俺住云水屋三间,风月竹千竿,一任傀儡棚中闹,且向昆仑顶上看。身安,倒大来无忧患;游观,壶中天地宽。

开头连用四个"也不学",是张养浩认为这些人的隐居有的并非出于本心,有的没有贯彻始终,有的过于注重形式。他觉得隐居的方式因人而异,不必拘拘模拟古人形迹,所以后半段便写出了自己的隐居生活:云山之中,溪水之旁,几间茅屋,翠竹千竿。生活在这样的环境中,仿佛置身于仙家所居的昆仑山顶,俯瞰红尘中的纷争,像是戏棚里演出的杂剧那样虚幻。想到此处,作者不禁庆幸自己跳出了风波险恶的官场,免除了性命的忧患,赢得了身心的安宁。

《云庄休居自适小乐府》中还有一类是在关中救灾时所写,多怀古咏史、忧国忧民之篇,其中以〔中吕·山坡羊〕《潼关怀古》最为著名:

峰峦如聚,波涛如怒,山河表里潼关路。望西都,意踌躇,伤心秦汉经行处,宫阙万间都做了土。兴,百姓苦;亡,百姓苦。

张养浩是中国古代忧国忧民、关心民瘼的士大夫典范。本来他已厌倦官场生活,归隐山水田园,但是听闻关中百姓有难,便毅然受命,不顾老迈而赴陕西救灾,在潼关,他写下了这首千古名曲。这首曲子不同于一般的咏史之作,作者并非针对某一具体的历史事件或历史人物来作吟咏,而是站在历史的制高点,俯视整条历史长河。"兴,百姓苦;亡,百姓苦"的感慨折射出作者的忧患意识和人道情怀。到达灾区后,他目睹地赤千里,饿殍遍野,心情沉重地在《哀流民操》中记录了当地百姓之苦:"哀哉流民!为鬼非鬼,为人非人。哀哉流民!男子无缊袍,妇女无完裙。哀哉流民!剥树食其皮,掘草食其根。哀哉流民！昼行绝烟火,夜宿依星辰。哀哉流民！父不子厥子,子不亲厥亲。哀哉流民！言辞不忍听,号哭不忍闻。哀哉流民！朝不敢保夕,暮不敢保晨。哀哉流民！死者已满路,生者与鬼邻。哀哉流民！一女易斗粟,一儿钱数文。哀哉流民！甚至不得将,割爱委路尘。哀哉流民！何时天雨粟,使汝俱生存。哀哉流民！"如果说《哀流民操》是一幅千里流民图的话,《潼关怀古》则是压卷的题辞,两者对读,更可知张养浩为百姓疾苦大声疾呼之可贵。

为了缓解旱情,张养浩曾于三月二十九日亲登华山祈雨,三十日又上山催雨,今《归田类稿》中尚存《西华岳庙祈雨文》《西华岳庙催雨文》等文章,写得恳切哀惋,明显可以感知作者对灾民的关切与哀悯。没想到四月一日真的天降大雨,他在〔双调·得胜令〕《四月一日喜雨》中欢喜地说:"万象欲焦枯,一雨足沾濡。天地回生意,风雨起壮图。农夫,舞破蓑衣绿;和余,欢喜的无是处。"所谓"和余,欢喜的无是处",是说"连我也欢喜得不知如何是好",无法找到表达方式的欢乐才是最大的欢乐。这是一句非常口语化的句子,却表现出张养浩与老百姓同甘共苦、感同身受的鱼水关系。

朱权在《太和正音谱》中称张养浩之曲"如玉树临风",应是就其风格清丽、语言明快而言,如〔双调·雁儿落兼得胜令〕:

云来山更佳,云去山如画。山因云晦明,云共山高下。倚杖立云沙,回首见山家。野鹿眠山草,山猿戏野花。云霞,我爱山无价。看时行踏,云山也爱咱。

这首带过曲写云、写山,勾画出一幅云山缥缈的图画。云来,山色柔美神奇;云去,山色苍翠欲滴。整个画面清新淡雅,美不胜收。其实,"玉树临风"只是一种抽象的风格概括,并没有指出养浩散曲的独特之处。张养浩的散曲具有鲜明的"散文化"迹象,这才是他区别于其他曲家的主要特征，例如〔中吕·山坡羊〕《抒怀》中的这些曲子：

无官何患，无钱何惮，休教无德人轻慢。你便列朝班，铸铜山，止不过只为衣和饭，腹内不饥身上暖。官，君莫想；钱，君莫想。

于人诚信，于官清正，居于乡里宜和顺。莫亏心，莫贪名，人生万事皆前定，行歹暗中天照临。疾，也报应；迟，也报应。

与人方便，救人危患，休趋富汉欺穷汉。恶非难，善为难，细推物理皆虚幻，但得个美名儿留在世间。心，也得安；身，也得安。

天机参破，人情识破，归来闲枕白云卧。向岩阿，且婆娑，琴书笔砚为功课，轩裳倘来何用躲？行，也在我；藏，也在我。

张养浩将自己的人生感悟平实道来，有如一位长者在和晚辈聊天，不急不缓，自然朴实。他将通俗化的散文语态融入曲中，致使他的散曲少了几分豪辣，却多了一分老健；少了几分谐谑，却多了一分真味。其他曲家在创作中出现过"类诗化""类词化"的倾向，张养浩却是走了一条"散文化"的路径，自成一格，别具风味。加上他在关中所写的那些散曲，第一次将民生疾苦引入散曲创作的题材领域，拓展了散曲的题材范围，提升了散曲的文学功能，这些贡献奠定了张养浩在散曲史上的重要地位。

贯云石

贯云石是元代散曲创作成就最高的少数民族作家，陈垣先生在《元西域人华化考》中认为："云石之曲，不独在西域人中有声，即在汉人中亦可称绝唱也。"贯云石是回纥人（今维吾尔族人，即元代所谓的色目人），他的全名应是贯小云石海涯，汉化简称为贯云石，自号疏仙、酸斋、芦花道人。他的祖父阿里海涯是元朝灭宋的主要将领，死后封楚国公，父亲贯只哥，继承阿里海涯的爵位，云石遂以贯为氏。

贯云石出生于至元二十三年（1286），从小"神采迥异"，十二三岁时"膂力绝人，善骑射，工马槊"（欧阳玄《贯公神道碑》）。他不仅有武将家风，而且受过良好的教育，"折节读书，目五行下"，深受汉族文化的熏陶。成年后，云石承袭父爵，任两淮万户府达鲁花赤，镇永州。他在军中赏罚必信，"御军极严猛，行伍肃然"，表现出优秀的军事才能。但他又意欲自适，"稍暇辄投壶雅歌，意所畅适，不为形迹所拘"（《元史·小云石海涯传》），所以没过几年，便以"宦情素薄"为由，将官职爵位让给弟弟忽都海涯。按照元朝的职官体制，达鲁花赤是地方的军政要职，朝廷对担任这一职位的人会有很严苛的身份要求，贯云石却让出了这个对别人来说求之难得的官位，这在当时引起了轰动。据《贯公神道碑》言："仁宗皇帝在春坊，闻其以爵位让弟，谓其宫臣曰：'将相家子弟有如是贤者，诚不易得！'"

辞去达鲁花赤以后，贯云石转而学文，师从当时的文坛盟主姚燧。姚燧见其古文峭厉有法，歌行乐府慷慨激烈，便又向朝廷荐贤。尚未登基的仁宗皇帝对贯云石早有好感，便将他选为潜邸说书秀才，给自己的儿子（以后的英宗）伴读。仁宗即位后，贯云石拜授翰林侍读学士、中奉大夫、知制诰同修国史。但是没过几年，他再次上疏请辞，理由是"昔贤辞尊居卑，今翰苑侍从之职高于所让军资，人将谓我沽美誉而贪美官也，是可去也"。这不仅是贯云石的胸襟与性情使然，事实上也与当时险恶的政治环境有关。武宗、仁宗、英宗三朝，因皇位之争而导致许多大臣惨遭杀戮。武宗登基后，便处死了拥立安西王阿难答的许多大臣，如明里帖木耳、阿忽台、八都马辛、怯烈等。仁宗即位前后，为排除异己而杀死了脱虎脱、三宝奴、乐实、保八、王罴等一批重臣。英宗即位后，铁木迭儿复相，将曾经攻讦过他的平章政事萧拜住、御史中丞杨朵儿等重臣下狱处死，贯云石的老师平章政事李孟也被夺爵降职。而贯云石曾上"万言书",批评过当政者的一些行为,若不及时隐退,灾祸恐亦难逃。诚如他在〔双调·清江引〕中所云:"竞功名有如车下坡,惊险谁参破。昨日玉堂臣,今日遭残祸,争如我避风波走在安乐窝。"所以贯云石的二度辞官,应该是彻底参破了官场的"惊险"。

放归南方途中,贯云石历览胜迹,所到之地,缙绅士人皆从之如云,得其片言尺牍,便如获至宝。云石不仅感叹道:"我志逃名,而名随我,是将见害。江浙物繁地大,可以晦迹。"(《贯公神道碑》)于是改换姓名,前往江浙。经过梁山泊时,见有渔夫将芦花织成被子,贯云石就要拿自己的丝绸与之交换。这位渔夫倒也高雅诙谐,说道:"君欲吾被,当更赋诗。"云石立成一诗:"采得芦花不浣尘,翠蓑聊复藉为茵。西风刮梦秋无际,夜月生香雪满身。毛骨已随天地老,声名不让古今贫。青绫莫为鸳鸯妒,欸乃声中别有春。"(顾嗣立《元诗选》)写罢,持芦花被而去。这段佳话广为流传,贯云石干脆取了"芦花道人"的别号,并又作散曲〔清江引〕继续来咏芦花被:"些儿名利争甚的,枉了着筋力。清风荷叶杯,明月芦花被,乾坤静中心似水。"到了杭州,贯云石以卖药为生,易服晦迹,寄情山水,最终于泰定元年(1324)卒于钱塘,年仅三十有九。贯云石的作品散佚较多,任中敏先生曾辑其散曲八十多首,与徐再思(号甜斋)散曲合为一集,称《酸甜乐府》。

当贯云石全身避祸,隐居杭州以后,他那种崇尚自然、追求自由的个性在散曲中得到了充分释放,例如〔双调·清江引〕:

弃微名去来心快哉,一笑白云外。知音三五人,痛饮何妨碍,醉袍袖舞嫌天地窄。

摆脱了官场的桎梏,远离了凶险的环境,贯云石在青山白云中自由地呼吸,在林泉沟壑中与友人开怀畅饮,而结句"醉袍袖舞嫌天地窄",大有李白"安能摧眉折腰事权贵"的气概。

再如〔双调·殿前欢〕《和阿里西瑛〈懒云窝〉》:

> 懒云窝,阳台谁与送巫娥。蟾光一任来穿破,遁迹由他。蔽一天星斗多,分半榻蒲团坐,尽万里鹏程挫。向烟霞笑傲,任世事蹉跎。

贯云石身为"北人",没有遭受歧视的心理压抑,又生在贵族家庭,也没有怀才不遇的牢骚。因此,他的隐逸之作很少有愤懑与牢骚,更多地显示出一种"无为""无累"的人生乐趣与"天人合一"的人生境界。有趣的是,充满道家风范的贯云石却又大量描写闺情,有的还颇近"柳七风味",如〔中吕·红绣鞋〕:

> 挨着靠着云窗同坐,偎着抱着月枕双歌,听着数着愁着怕着早四更过。四更过情未足,情未足夜如梭。天哪,更闰一更儿妨甚么。

此曲在《乐府群珠》中题为"欢情",生动描写了爱情欢会中青年男女的行为与心理,俚俗生动,别有情趣。再如〔正宫·小梁州〕:

> 相偎相抱正情浓,争忍西东。相逢争似不相逢,愁添重,我则怕画楼空。　〔幺〕垂杨渡口人相送,拜深深暗祝东风:他去的高挂起帆,则愿休吹动。刚留一宿,天意肯相容。

一般认为,进入"无累"之境的人,不应该如此"有情"。其实,这正是金元时期道家的一种修道方法——只要有"道心",世间万物皆可入道。所以全真教祖师王重阳才会爱读柳永词,写下〔解佩令〕《爱看柳词遂成》。李昌集先生指出,柳词的言情有违正统,能够泯灭济世之心,这与王重阳的"入道"之心潜在相通;柳词中对爱情的执着,与修道者对"道"的执着颇为相似;柳词中"今宵酒醒何处,杨柳岸、晓风残月"的空寂旷然的境界,应该是被王重阳悟为了"得道"之境界。(《中国古代散曲史》)所以贯云石的"无累"与"有情"并不相违,从"悟道"的角度看,他的很多闺情之曲的确有一种澄静独思的自省境界,如〔南吕·金字经〕:

晓来春匀透,西园第一枝,香暖朱帘酒满卮。思,休歌肠断词。关心事,夜阑人静时。

"关心事,夜阑人静时",可以理解为等待情人的到来,但"夜阑人静时"的清静,加上"休歌肠断词"的释然,不由得让人联想到某种"无累"的人生境界。

贯云石的散曲风格,有人认为是"清新俊逸"(《至正直记》),像前引〔双调·殿前欢〕《和阿里西瑛〈懒云窝〉》诸作皆能体现这种风格;事实上他还有英雄豪放的一面,如〔中吕·醉高歌过红绣鞋〕:

看别人鞍马上胡颜,叹自己如尘世污眼。英雄谁识男儿汉,岂肯向人行诉难。　　阳气盛、冰消北岸,暮云遮、日落西山,四时天气尚轮还。秦甘罗疾发禄,姜吕望晚登坛,迟和疾时运里趱。

甘罗是战国时秦国人,十二岁出使赵国,说服赵王割让五座城池给秦国,因而被封为上卿,可谓少年得志;姜太公暮年拜相,则是大器晚成的典型。贯云石以英雄自况,似有借古人运有迟疾来慰勉自己壮志难酬的意味,这应该是其早年之作。其他再如"百年浑是醉,三万六千场"(〔正宫·小梁州〕)、"将屠龙剑,钓鳌钩,遇知音都去做酒"(〔中吕·红绣鞋〕)、"痛饮何妨碍,醉袍袖舞嫌天地窄"(〔双调·清江引〕)云云,都有一股豪放疏宕的气概,这种气概被朱权称为"天马脱缰"(《太和正音谱》)。元人欧阳玄曾这样描述过贯云石的形象:"善骑射,工马槊,尝使壮士驱三恶马疾驰,公持稍前立而逆之。马至腾上,越而跨之,运稍风生,观者辟易。挽强射生,逐猛兽上下。"(《贯公神道碑》)游牧民族的尚武基因和英雄气概,渗透到散曲中,便表现为豪气英迈的风格。

"一人多格"的现象在元散曲中非常常见,尤其像贯云石这样,一生足迹遍及大江南北,这为他兼收并蓄北方"胡夷之曲"与南方"里巷歌谣"的营养创造了条件。无论是清新俊逸还是豪迈刚健,贯氏散曲从不一味求雅,也不一味落俗,其间总有一股自然清拔的气息,这应该是贯云石区别于其他曲家的主要特征。

值得一提的是,贯云石还是位散曲评论家。他有两次重要的散曲评论,一次是为杨朝英编选的《阳春白雪》作序,一次是为张可久的《小山乐府》写序。《阳春白雪序》评诸家曲风曰:

> 盖士尝云:"东坡之后,便到稼轩。"兹评甚矣。然而北来徐子芳滑雅,杨西庵平熟,已有知者。近代疏斋妩媚,如仙女寻春,自然笑傲;冯海粟豪辣灏烂,不断古今,心事又与疏翁不可同舌共谈;关汉卿、庾吉甫,造语妖娆,适如少女临杯,使人不忍对觞。

"东坡之后,便到稼轩",这出自元好问的《遗山乐府自序》,贯云石认为金代词风惟以苏、辛为宗,失之狭隘,所以后面才会列出各家曲风,显示他认同的是多样化的风格发展。这篇序是文艺批评史上评论元代散曲的首篇专文,文字不多却精彩公允,在曲学上有着重要影响。另一篇《小山乐府序》曰:

> 丝竹叶以宫徵,视作诗尤为不易。予寄武林,小山以乐府示余。

临风朗玩,击节而不自知,何其神也。择矢弩于断枪朽戟之中,拣奇
璧于破物乱石之场,抽青配白,奴苏隶黄,文丽而醇,音和而平,治世
之音也。谓之今乐府,宜哉!小山以儒家读书万卷,四十尤未遇,何
若饶州布衣姜夔,献铙歌鼓吹曲,赐免解出身。尝谓史邦卿为句如
此,可以骄人矣。小山肯来京师,必遇赏音,好老于海东,重为天下后
世惜。延祐己未春北庭贯云石序。

　　延祐己未(1319)春,贯云石已隐居江南,与张可久诗酒往来,相
交甚笃。他在序中赞赏小山散曲能化腐朽为神奇,甚至有超越苏
(轼)、黄(庭坚)之处;并且鼓励张可久,有如许佳作在,不用担心被
埋没,在京城定会遇到赏识者。贯云石认为小山散曲"文丽而醇,音
和而平",是对其曲风的准确评价。这种风格虽然与元代前期急切透
辟、豪辣灏烂的主流曲风不一样,贯云石却是"临风朗玩,击节而不自
知"。不排除这里或许有客套的成分,但以贯云石的身份,他没有必
要对终身为吏的张可久作虚假的奉承。换言之,贯云石是真正被小
山曲风打动,这其中的意味是:元代后期,散曲创作的风格与观念都
在发生转变,贯云石对张可久曲风的认可是一个重要标志。
　　总之,贯云石的散曲风貌与曲学成就,是元代多民族文化交流与
南北文化融合所结出的硕果,以他为代表的少数民族散曲家,为元散
曲的繁荣做出了独特而巨大的贡献。

张可久

　　如果从宏观上来观照元代散曲的发展,可将其分为前后两期。
前期散曲家的活动中心在大都(今北京),大致可分为两类人:一类是
地位显赫的达官贵人,如杨果、卢挚、张养浩等人,他们在吟诗作赋之
余也偶作散曲;另一类是下层的杂剧作家,如关汉卿、白朴、马致远等

人,他们的散曲既有民间文艺通俗平易的特色和质朴自然的意趣,又渗入了文人的文化修养,提升了散曲的境界。元仁宗皇庆、延祐以后,散曲的创作中心逐渐移至以杭州为中心的江浙一带,并且出现了像张可久、徐再思、刘庭信这样专攻散曲创作的作家。他们对散曲的体制、格律、表现手法予以了全方位的提升,其中以张可久最为重要。

张可久,号小山,庆元路(今浙江省宁波市)人。钟嗣成的《录鬼簿》将张可久列于"方今才人相知者"一类,而张可久又称马致远为"先辈",可知其活动年代要比马致远晚。关于张可久的生年,贯云石于延祐六年(1319)在给《小山乐府》作序时云:"小山以儒家读书万卷,四十犹未遇。"由此逆推,可知张可久约生于至元十七年(1280),即便此处"四十"为约数,也不会相差太多。又据元人李祁《云阳集》卷四《跋贺元忠遗墨卷后》云:"因记余在浙省时,领省檄督事昆山。坐驿舍中,张率数吏来谒。一见问姓名,乃知其为小山也。时年已七十余,匿其年数,为昆山幕僚。"可知张可久当卒于元顺帝至正十年(1350)以后。

在元代文献中,很少见到关于张可久行迹的记载,贯云石称其"以儒家读书万卷",可以推测张可久的家庭出身应该是儒户。《录鬼簿》又说他"以路吏转首领官",所谓"首领官",明人李开先认为就是负责税课的底层民务官,而《中国历史大辞典》辽夏金元卷谓"首领官"是"掌管案牍,管辖官员,协助长官处理政务的官员通称。金、元遍设于各级衙门。包括经历、都事、主事、知事、典簿、照磨、管勾(以上为从五品至九品)、提控案牍、都目、吏目、典史(以上为流外职)等职。多由吏员升任"。张可久应该是担任品级低下的流外职。此外根据张可久散曲中的记述,可知他一生辗转于江苏、浙江、安徽、湖南、江西等地,始终沉于下僚,生活窘迫。其实,元代有些文人是可以由吏而官的,但是走这条道路,必须要会逢迎上官,做出些令上官高兴的事情来证明自己的能力与忠心。"以儒家读书万卷"的张可久显然是个书呆子,做不出这些事情来。在科举不畅的时代,如果能获得高层人物的赏识与提拔,也是可以踏入仕途的。在与张可久唱和的友人中,当数卢挚与贯云石二人地位较高,但卢挚与张可久的交往是在湖南宪使解职之后,当时虽然还是翰林学士,却已无实权;贯云石与张可久交往时已辞官隐居杭州,加之性情闲散,更加不会去做举贤荐能的事情。因此,张可久只能是一生奔波,窘迫悒怏。

张可久一生致力于散曲创作,没有写过杂剧,留下了八百五十多首小令和九篇套曲,是元代曲家中创作散曲数量最多的一位,几乎占到了全元散曲的五分之一。小山散曲在元代已经编辑成册,共有《今乐府》《吴盐》《苏堤渔唱》和《新乐府》四种刊行于世。比起漂泊江湖四十年、欲刊其作而终未成事的乔吉来说,张可久还算幸运;但对于一个以立德、立功、立言为人生信念的儒家文人来说,终身为吏的生活无疑是悲剧性的,张小山的心灵深处充满了辛酸与痛楚。〔越调·寨儿令〕《舟行感兴》很能反映小山的心理状态:

愁鬓斑,怕春残,锦衣买臣何日还?好梦邯郸,别泪阳关,几度盼征鞍。为虚名消尽朱颜,掩孤篷羞见青山。矶头烟树暖,鸥外野云闲。难,能够钓鱼竿。

那些社会最底层的曲家可以在曲中嬉笑怒骂,反抗黑暗;那些仕途不顺却小有产业的文人,不用为生计操心,尽可在曲中放旷清雅。张可久跟他们都不一样,他在官场不得志,却因为谋生乏术而又离不开它;身在官场,心中苦痛,却不能作痛快淋漓地倾泻,只能呈现一种委婉曲折的情感态度。就像这首《舟行感兴》一样,欲有作为而不得,想要归隐又不能,这种抑郁和痛苦只能深埋在他的内心深处,这就形成了小山散曲的一种风格特征:哀而不伤,怨而不怒。即使在最常见的借古喻今的题材中,小山也不以“古”之悲剧来宣泄“今”之不满,

至多有那么一丝淡淡的清愁而已。如〔双调·折桂令〕《松江怀古》:

> 解征衣便可濯缨,小小西湖,总是诗情。天际浮图,云间旧隐,水
> 上新亭。负重名陆家弟兄,泛轻舟何处高僧。老鹤长鸣,翠柳堤边,
> 白学风生。

可以看出,小山散曲缺乏元散曲中最引人注目的敢笑敢骂、无所顾忌的气魄,却多了几分温柔敦厚的诗教精神与宁静雅致的文人风范。所以,小山散曲在艺术风格上更接近传统诗词,成为元散曲中最为"雅化"的代表。

小山散曲的"雅化",最主要的表现是将曲的"急切透辟"引向诗词的"含蓄不露",从而造成了情感的内敛和意境的幽远。例如〔双调·清江引〕《秋怀》:

> 西风信来家万里,问我归期未?雁啼红叶天,人醉黄花地,芭蕉
> 雨声秋梦里。

作者因"西风"的到来而想到自己"归期"未卜,又用"芭蕉雨声"来烘托自己功名未就、辗转反侧的愁思。一个漂泊异乡、沉沦抑郁的游子形象呼之欲出,可作者就是不点破,而是将自己"有家归未得"的思乡之情融化在西风、北雁、霜叶、黄花、芭蕉等景物之中,句句写景,句句抒情,情景交融,意境幽远。

小山散曲的"雅化",还表现为对声律和修辞的高度重视。像〔中吕·红绣鞋〕《隐士》:

> 叹孔子尝闻俎豆,美严陵不事王侯,百尺云帆洞庭秋。醉呼元亮
> 酒,懒上仲宣楼,功名不挂口。

这首小令用尤侯韵,四声通押,非常符合散曲的用韵规律,所以被周德清评为"对偶、音律、语句、平仄俱好……知音杰作也"(《中原音韵》)。而且,小山散曲几乎不用"增衬",同调之作的格式完全一致,从句式到用韵,很少变化。这是张小山在有意识地使散曲工整化、严谨化。此外,张小山还善于运用散曲对偶方式多样化的特点,使作品整饬雅丽。如合璧对(两句对)"出岫白云笑,入山明月愁";鼎足对(三句对)"青泥小剑关,红叶溢江岸,白草连云栈";连璧对(四句两两相对)"金风雕杨柳衰,玉露养芙蓉艳;竹轻摇苍凤尾,松密映老龙潜"等,都是绮丽精致、音韵铿锵的佳句。

再说一下张可久与西湖的关系,他与杭州西湖有着不解之缘。贾仲明补《录鬼簿》吊词曰:"水光山色爱西湖,照耀乾坤《今乐府》,《苏堤渔唱》文相助。又《吴盐》余意续,《新乐府》惊动林苏。荆山玉,合浦珠,压倒群儒。"西湖景色秀美,积淀深厚,张可久通过吟咏西湖来寄情山水,暂时可以忘却仕宦的困顿。《苏堤渔唱》中的散曲全部是吟咏西湖,在当时便脍炙人口,其中以〔南吕·一枝花〕《湖上晚归》最为著名,明人李开先《词谑》称其"当为古今绝唱"。

长天落彩霞,远水涵秋镜;花如人面红,山似佛头青,生色围屏。翠冷松云径,嫣然眉黛横。但携将旖旎浓香,何必赋横斜瘦影。

〔梁州〕挽玉手留连锦英,据胡床指点银瓶,素娥不嫁伤孤另。想当年小小,问何处卿卿?东坡才调,西子婷婷,总相宜千古留名。吾二人此地私行,六一泉亭上诗成,三五夜花前月明,十四弦指下风生。可憎,有情,捧红牙合和《伊州令》。万籁寂,四山静。幽咽泉流水下声,鹤怨猿惊。

〔尾〕岩阿蟾窟鸣金磬,波底龙宫漾水精。夜气清,酒力醒;宝篆销,玉漏鸣。笑归来仿佛二更,煞强似踏雪寻梅灞桥冷。

这套曲子描写作者携美人游西湖的过程,对仗工整,词语隽永,勾画出了西湖恬雅秀丽的景色。傍晚的西湖,秋水连天,彩霞垂落,由花及山,作者将环绕西湖的群山比作碧绿的屏风。李白《赠孟浩然》有云"红颜弃轩冕,白首卧松云",此处"松云径"三字暗示小山想在西湖隐居。〔梁州〕曲描写游湖活动。作者与美人携手赏花,是一种生活情趣的追求,也是当时的风尚,不必看作是对声色的迷恋。小山在苏轼为纪念欧阳修而命名的"六一泉"亭上吟诗,在月下弹琴,而多情的美人则手持红牙板伴奏唱曲,此时万籁俱静,只有歌声、琴声悠悠,读者似乎也被带到了另一个与喧嚣尘世相对立的清静世界中。尾曲写深夜萧寺钟鸣,熏香已尽,方才游湖归来。作者认为此番游湖,胜过古人踏雪寻梅,不难看出,他的这种高雅情趣与庸俗浅薄的狎妓游湖有着明显的区别,他是想借寄情于山水、风月、诗酒、琴曲来避世,在对清静幽美的西湖夜景的陶醉中,隐含了一丝对现实世界的厌恶。

　　总之,小山散曲的雅化倾向受到了历代文人的推赏与重视,明人朱权在《太和正音谱》里将张小山列在"古今群英乐府格势"的第二位,誉之为"瑶天笙鹤",具体评曰:"其词清而且丽,华而不艳,有不吃烟火食气,真可谓不羁之材。若被太华之仙风,招蓬莱之海月,诚词林之宗匠也。"明人李开先在刻乔吉与张可久的曲集并作序时,将他俩在元代曲坛上的地位比作唐诗中的李白与杜甫。这些评价虽然带有个人的喜好色彩,但也确实突出了张可久在元散曲的主导风格从豪辣向清丽转变过程中的重要作用。

杂剧作家：
纪君祥　高文秀　石君宝　宫天挺

元杂剧分别在大都及真定地区、山西平阳地区、山东东平地区以及后期在杭州地区形成了若干个创作中心，我们再从这些地区中挑几位优秀的杂剧作家加以介绍。

纪君祥

元初的杂剧中心无疑是在大都及其周边的真定地区。这些地区不仅演员众多，伎技超绝，而且作家辈出，新作如林，像关汉卿、王实甫、王仲文、杨显之、秦简夫等一大批优秀的杂剧作家都云集在此，纪君祥就是其中之一。纪君祥，大都人，生平不详，《录鬼簿》只说他"与李寿卿、郑廷玉同时"。纪君祥有杂剧六种，现只存《赵氏孤儿大报仇》一种，但就是这一种，足以确立纪君祥在元曲史上的不朽地位。

《赵氏孤儿》的故事来源于《左传》《史记》中有关赵氏家族的记载。纪君祥将晋灵公欲杀赵盾和晋景公诛杀赵氏家族这两个相隔多年的事件捏合在一起，并且赋予它强烈的复仇思想，塑造出一批舍生取义的人物形象,使之成为一个充满浩然正气的悲剧故事。故事讲述在晋灵公时,大将军屠岸贾与文官赵盾不和,遂向晋灵公进谗言,将赵盾满门抄斩。赵盾之子赵朔虽是当朝驸马,也被逼自杀,当时公主已有身孕,赵朔遗命,此儿长大后一定要为赵家报仇。公主被囚禁时诞下一子,是为赵氏孤儿。屠岸贾获悉后,命令将军韩厥率兵把守赵府大门,若有人胆敢私救孤儿出府,则"全家处斩,九族不留"。公主危急中召来医士程婴,以婴儿相托,然后自缢身亡。程婴出于义愤,将婴儿藏于药箱内,试图混出赵府,不想被守门将军韩厥看出破绽。程婴晓以大义,说服韩厥放行,为了让程婴去得放心,韩厥自刎而死。屠岸贾到处搜寻赵氏孤儿,并下令献出孤儿者有赏,否则三天以后杀掉全国与赵氏孤儿一样大的婴儿。程婴带着孤儿投奔赵盾友人公孙杵臼,请其抚养孤儿,自己则准备献出儿子来冒充赵氏孤儿,以拯救全国婴儿。公孙杵臼说自己年迈,难当抚孤重任,要程婴把儿子交给他,然后去向屠岸贾"告密"以取得信任,这样,自己和程婴之子赴难以死,程婴则抚养赵孤,将来报仇。

老奸巨猾的屠岸贾接到程婴的"告密",并未直接相信,而是反问程婴:你怎生知道公孙杵臼藏着赵氏孤儿? 你因何要告他藏着赵氏孤儿? 程婴说公孙杵臼无儿无女,近日却在他的卧房里看到一个来路不明的婴儿,很可能是赵氏孤儿;自己也有一个尚未满月的孩子,生怕受到牵连,故来相告。屠岸贾这才相信了程婴的话,带兵来到公孙杵臼处。公孙杵臼先是装作什么也不知道,后来赖不过去,便咬紧牙关,拒不招认。屠岸贾让士兵将白发苍苍的公孙杵臼按在地上进行棒打,公孙杵臼早将生死置之度外,一顿大棒并未打出口供。狡猾的屠岸贾又让程婴来行刑,他则在一旁观察两人。程婴始而推搪不打,继而选用小棍,最后却选了根大棍,一边打还一边煞有介事地高喊:"快招了者!"公孙杵臼被打得皮开肉绽,死去活来,却始终没有供出孩子藏在哪里。正在僵持时,兵卒从土洞里搜出了"孤儿",屠岸贾大喜过望,当着公孙杵臼的面将孩子砍为三段。公孙杵臼知道屠岸贾绝不会放过自己,于是挺起腰来,义正词严地历数其罪,力斥其奸,紧接着撩衣迈步,奋身向台阶撞去。一旁的程婴眼睁睁看着自己的儿子被三剑剁死,眼睁睁看着自己的好友撞阶而死,欲哭不敢,欲去不能,只能强忍悲痛,故作高兴。屠岸贾因程婴"告发"有功,便收留他做了门客,并将赵氏孤儿当做程婴的儿子而收为义子,改名屠成。二十年后,晋悼公在位,赵氏孤儿长大成人,程婴把当年赵家的惨剧和搜孤救孤的经过绘成画卷,讲给他听。在大臣魏绛的帮助下,赵氏孤儿杀死屠岸贾以报冤仇。悼公下令,赵孤复名赵武,袭赵氏爵位;韩厥后人仍为上将;赐予程婴十顷田庄;给公孙杵臼立碑造墓。

《赵氏孤儿》充满了浓郁的悲剧色彩。奸臣屠岸贾的残暴狠毒与程婴、公孙杵臼等人冒死救孤的自我牺牲精神构成了尖锐激烈的戏剧冲突。"忠奸矛盾"原是宋代以来小说、戏曲中的常见题材,《赵氏孤儿》在此基础上又将其发展为正义与非正义的矛盾。程婴则是贯穿矛盾发展的戏剧主人公,他经历了搜孤、救孤、复仇的全过程。程婴本是赵朔的门客,刚开始答应救孤只是出于赵朔对他十分优待而产生的报恩思想;但后来,支持他舍子救孤的原因却是"要救晋国小儿之命"和为赵家复仇的信念。因此,程婴的思想就从报答私恩升华为拯救无辜、维护正义,带有一种舍生取义的崇高色彩。为了救出孤儿,他要去出首告密、棒打好友公孙杵臼,忍受亲眼看着自己儿子和朋友惨死的巨大痛苦,背负着"不义"的恶名,还要向仇人献媚,这是一种比牺牲生命更为痛苦的考验。在尖锐的戏剧冲突中,作者虽然没给程婴安排一句唱词,却动用了宾白与动作等表演手段,成功塑造了一位忍辱负重、沉着坚毅、有血有肉、真实丰满的正义形象。

程婴在剧中不仅是第一悲剧人物,还是情节发展的线索式人物,堪称"戏胆"。剧中正末扮演韩厥、公孙杵臼、赵氏孤儿三个角色,有唱词,有科白,戏份很足,但他们都不是贯穿戏剧始终的人物,他们的出场都与程婴有关。灭孤势力的由强变弱，救孤势力的由弱变强，矛盾冲突的发展转化，也都是通过程婴来实现的。但若让程婴一人主唱到底，那么其他人物的壮烈性格如何得以展现？众人宁死救孤的悲剧主题又如何得以实现呢？为此，纪君祥采取了明暗双线结构：明线以各折中的主唱者为中心，暗线以程婴来总贯全局，明暗双线相互生发，既塑造了程婴的正义形象，又展现了众人的性格特征，也突出了共担道义的戏剧主题。

公孙杵臼也是一位铁骨铮铮的正义之士。为了保护赵氏孤儿，他和程婴争相赴死，相互激励，最终由他慷慨就义。屠岸贾捉住公孙杵臼以后，为了逼出赵氏孤儿的下落而对他动用酷刑。虽然公孙杵臼也喊疼，在昏迷中还险些泄露实情，但这些并不影响英雄形象，这是作者在戏剧的规定情境中对人物内心世界的合情合理的刻画。七十老翁，如果一顿棍棒下来安然无事，那才叫不合常理。当经历了千磨万劫的公孙杵臼斩钉截铁地向屠岸贾宣告："遮莫便打的我皮都绽，肉尽销，休想我有半字儿攀着！"此时他的形象就像经受冶炼的黄金，在烈火中灼灼生辉。其他再如公主、韩厥等人物，虽然着墨不多，一闪而过，却也给人印象很深，他们用自己的生命奏响了复仇的悲歌。王国维在《宋元戏曲史》里将此剧与《窦娥冤》相提并论，指出："剧中虽有恶人交构其间，而其蹈汤赴火者，仍出于其主人翁之意志，即列于世界大悲剧中，亦无愧色也。"所谓"主人翁之意志"，是指各位悲剧英雄在护卫正义的坚定意志的引导下，救孤扶赵，九死不悔，在历经廿载、牺牲数人以后方才告成，所以《赵氏孤儿》与其说是历史悲剧，不如说是意志悲剧。

《赵氏孤儿》所写的这个历史故事，前后长达二十多年，人物众多，头绪繁杂，而北杂剧的体制以四折一楔子为主，有限的容量就需要作者对历史素材进行选择和剪裁。《赵氏孤儿》先把屠岸贾与赵盾、赵朔的矛盾安排在楔子里，以之作为全剧冲突的开端，并且布置了托孤的悬念，一下子吸引了人们对尚未出生的赵氏孤儿的关注。然后在第一、二、三折里，安排了搜孤、救孤的发展过程，孤儿的命运一直处在变化莫测的风险中，也就使人们一直惴惴不安地关注着。前三折层层涌进，波澜壮阔，将双方斗争的过程渲染得如火如荼，尤其是第三折，将全剧冲突推向了高潮，我们来读公孙杵臼在就义前的一个唱段：

（卒子抱俫儿上科，云）元帅爷贺喜，土洞中搜出个赵氏孤儿来了也。（屠岸贾笑科，云）将那小的拿近前来，我亲自下手，剁作三段。兀那老匹夫，你道无有赵氏孤儿，这个是谁？（正末唱）

〔川拨棹〕你当日演神獒，把忠臣来扑咬。逼的他走死荒郊，刎死钢刀，缢死裙腰，将三百口全家老小尽行诛剿。并没那半个儿剩落，还不厌你心苗？

（屠岸贾云）我见了这孤儿，就不由我不恼也。（正末唱）

〔七弟兄〕我只见他左瞧、右瞧、怒咆哮，火不腾改变了狰狞貌。按狮蛮拽札起锦征袍，把龙泉扯离出沙鱼鞘。

（屠岸贾怒云）我拔出这剑来，一剑，两剑，三剑。（程婴做惊疼科）（屠岸贾云）把这一个小业种剁了三剑，兀的不称了我平生所愿也！（正末唱）

249

〔梅花酒〕呀！见孩儿卧血泊。那一个哭哭号号，这一个怨怨焦焦，连我也战战摇摇。直恁般歹做作，只除是没天道。呀！想孩儿离褓草，到今日恰十朝。刀下处怎耽饶？空生长枉劬劳，还说甚要防老？

〔收江南〕呀！兀的不是家富小儿骄。（程婴掩泪科）（正末唱）见程婴心似热油浇，泪珠儿不敢对人抛，背地里揾了。没来由割舍的亲生骨肉吃三刀。

（云）屠岸贾那贼，你试觑者。上有天哩，怎肯饶过你，我死，打甚

么不紧！（唱）

〔鸳鸯煞〕我七旬死后偏何老？这孩儿一岁死后偏知小？俺两个一处身亡，落的个万代名标。我嘱付你个后死的程婴，休别了横亡的赵朔。畅道是光阴过去的疾，冤仇报复得早。将那厮万剐千刀，切莫要轻轻地素放了。

当卒子搜到假孤儿时，公孙杵臼唱〔川拨棹〕痛斥屠岸贾的残忍，而程婴见到亲子被杀，悲痛难忍，"做惊疼科""掩泪科"，却又唯恐被屠岸贾看出破绽，只能强忍悲痛。按照元杂剧的体制，本折只能由公孙杵臼一人主唱，所以〔梅花酒〕〔收江南〕二曲，其实是借公孙杵臼之口来代程婴抒情。〔鸳鸯煞〕则是公孙杵臼撞阶前对程婴留下的遗言。公孙杵臼所唱的这个套曲，忽而抒情，忽而叙事，忽而戏里，忽而戏外，利用戏曲的写意性特征，将戏剧矛盾与人物情感都推向了高潮。

《元曲选》中的《赵氏孤儿》要比元刊本多出一折，第四折是程婴说孤，第五折才是赵氏孤儿大报仇。其实从第三折开始，戏剧的冲突开始向相反的方向发展；到第四折，孤儿长大成人，知道屠岸贾是杀父仇人，也知道许多人为保护他而付出了生命的代价，他必然要杀屠岸贾以报仇。可是赵氏孤儿能否成功报仇？这就需要第五折来交待，所以第四折是在为第五折积蓄力量，做好铺垫，这也使《赵氏孤儿》打破了北杂剧主流的四折体制。

《赵氏孤儿》是我国最早流传到国外的古典戏剧作品之一。康熙年间，法国耶稣会士马若瑟来中国传教，精通汉学的他将《赵氏孤儿》译成了法文，并在法国的报刊上刊载了译文片段。后来耶稣会士杜赫德又将全剧收入《中华帝国全志》，此后，该剧的英译本、德译本、俄译本相继问世，《赵氏孤儿》开始在欧洲大放异彩。法国思想家、文学家伏尔泰根据法译本《赵氏孤儿》编写了一部《中国孤儿》，在巴黎公演，轰动全城。当然，西方对这一故事的改写会表现出与我们不同的

赵氏孤儿大报仇（明刊本《元曲选》）

关注点,如德国汉学家顾彬所言:"《赵氏孤儿》这个主题在西方国家比在中国更受青睐,究其原因,是人们对事物的看法不同。原文中复仇观念占主导地位,西方的译者和改编者则关注伦理问题,这问题就是:在极端的生活环境中,自己的孩子,他人的孩子,究竟哪个更重要?"(《中国传统戏剧》)《赵氏孤儿》的故事我们自己也在不断改编、演绎,时至今日,还被搬上电影屏幕和戏剧舞台,可见此剧的经久不衰。

高文秀

高文秀是山东东平地区的优秀杂剧作家。东平,北翊燕赵,南控江淮,黄河、运河经纬其间,重要的交通位置使它成为金代山东西路的首府。入元以后,东平依然是大都和江南之间水路交通的枢纽;主将严实驻扎此地,与民休息,兴学养士,在相对安定的环境中,东平舟楫往还,商贾云集,很快发展成为大都以南的商业重镇。很多名士如杜仁杰、元好问、杨奂、商挺、徐世隆等,都曾汇居于此,或为严氏幕僚,或为府学教授,或移家长居,或短暂生活,有力促进了东平的文化发展。有了经济和文化的助力,东平因而成为早期元杂剧的四大中心之一(大都、平阳、真定、东平),涌现出了高文秀、张时起、李好古、张寿卿、赵良弼等一批优秀的杂剧作家。

高文秀是东平府学生员,生卒年不详,当时人都称他为"小汉卿",可见他的知名度很高,活动年代则应比关汉卿晚一些。天一阁本《录鬼簿》所载贾仲明为高文秀补写的挽词曰:"花营锦阵统干戈,谢馆秦楼列舞歌。诗坛酒社闲谈嗑,编敷演《刘耍和》。早年卒,不得登科。除汉卿一个,将前贤疏驳,比诸公幺末极多。"据此可知高文秀仕途不顺,长期混迹于秦楼楚馆、花营锦阵,以编戏唱曲为乐。而《至正金陵新志》中记载有个做过达鲁花赤的高文秀,应该是同名同姓之人。

高文秀剧作产量很高,所以贾仲明才会在挽词里说他"比诸公幺末极多","幺末"就是杂剧的代称。从存留下来的剧目看,高文秀大约创作了三十二部杂剧,其中三分之二是写英雄人物的。这些英雄剧又可分为两类:一类是绿林英雄剧,另一类是历史英雄剧。绿林英雄剧以写梁山好汉最出名,《黑旋风双献功》《黑旋风大闹牡丹园》等八个水浒英雄剧,均以黑旋风李逵为主角。历史英雄剧则有《禹王庙霸王举鼎》《保成公径赴渑池会》《须贾大夫谇范叔》等,讲述了项羽、蔺相如、范雎等历史英雄人物的风云际会和传奇故事。

元代的水浒戏基本遵循一个模式,即善良百姓被害——英雄拔刀相助——最终惩奸除恶,高文秀的水浒英雄剧也不例外。以存世的《黑旋风双献功》为例,故事来源于山东地区流传的水浒传奇,生动有趣地讲述了李逵智救孙荣的故事。郓城县孔目孙荣欲携妻子郭念儿去泰安神州烧香,怕路上不安全,乃去梁山找旧相识宋江,请求派人做保镖。李逵自告奋勇,跟随孙荣下山。谁知郭念儿与白衙内有奸情,二人准备在前往泰安途中一起私奔。孙荣一行人到火炉店打尖歇脚,他和李逵去泰安找住处,郭念儿趁机与等在此处的白衙内骑马逃走。孙荣与李逵走散,回到火炉店不见妻子,追问店小二,才得知与白衙内私奔了。孙荣外出追赶,半路遇到李逵,告知此事,李逵怒火中烧,替孙荣继续追赶两人,孙荣自己则前往衙门告状。不料白衙内已在衙门买通关系,反将孙荣打入死牢。李逵闻讯后,扮成庄稼汉去送饭,用蒙汗药麻翻狱卒,救出孙荣。此时白衙内与郭念儿正在家中庆贺,想饮酒快活,恰好家中酒尽,遂派人去同知家取酒。李逵扮成送酒的祗候,杀死了奸夫淫妇,带着两颗人头回梁山向宋江献功。

《双献功》中的李逵充分体现出梁山好汉嫉恶如仇、悍勇刚烈的性格特征。像第二折写到李逵单枪匹马要去追赶白衙内和郭念儿时,孙荣怕李逵没有兵刃,势单力孤,追去会吃亏,所以不让他去追。此时李逵唱道:

〔赚煞尾〕我也不用一条枪,也不用三尺铁,则俺这壮士怒目前见血。东岳庙磕塔的相逢无话说,把那厮滴溜扑马上活挟。他若是与时节,万事无些;不与呵,山儿待放会劣撇。恼起我这草坡前倒拖牛的性格,强逞我这些敌官军勇烈,我把那厮脊梁骨,各支支生撖做两三截。

前面剧情说孙荣要去泰山烧香还愿,李逵天真地认为白衙内勾搭了郭念儿也会跑去那里,所以要去东岳庙寻找。他还设想如果在那里遇到白衙内,什么话也不说,直接将其摔倒捉住。"磕塔"是突然的意思,"滴溜扑"是形容将白衙内从马上拽下来的声音,"劣撒"是鲁莽的意思,"不与呵,山儿待放会劣撒",是说如果白衙内不交还孙荣的妻子,那就不要怪我的坏脾气了。这些生动的描写,令人似乎看到黑塔般的李逵在痛打白衙内。

《双献功》中的李逵还有精细机警的一面。第一次见到郭念儿,李逵就从她"丢眉弄色"中看出了她的不正派。后来孙荣被下死牢,李逵装扮成一个"傻厮"去送饭,故意不拉牢门的铃索,而是用砖头去砸门;他管狱卒叫叔叔,称牢房是"你家",装作不会作揖,抱住了狱卒的手臂。这些表现看起来憨傻,其实精细得很,狱卒对这个"傻厮"放松了警惕,才会轻易上当,吃了有蒙汗药的羊肉泡饭,李逵才能顺利救出孙荣。所以此剧中的李逵是一位行侠仗义,并且粗中有细、智勇兼备,还带有喜剧色彩、惹人喜爱的豪杰形象。正如青木正儿在《元人杂剧概说》中所云:"此剧情节虽然单纯,但是把李逵这人物写得活跃而有滑稽味,是精神爽快的作品。"

以《双献功》为代表的水浒戏是元杂剧题材的重要组成部分,尤其是有关黑旋风的杂剧,深受老百姓的喜爱。郑振铎先生在《〈水浒传〉的演化》中指出,这类黑旋风杂剧的情节往往雷同,"全都是正人被害,英雄报恩,而以奸夫淫妇授首为结束","民间喜看李逵戏,作者便多写李逵,民间喜看杀奸报仇的戏,作者便多写《双献功》一类的戏"。可见,黑旋风杂剧中杀奸报仇、除暴安良的主题契合了底层百姓的心理需求。而且李逵就是产生于东平地区的传说人物,东平作家热衷于此类题材的创作也就理所当然了。高文秀应该是最早塑造李逵形象,并且塑造得最为成功的一位东平作家。

高文秀的历史英雄剧也写得很有特色,他不仅擅长将历史真实

黑旋风双献功（明刊本《元曲选》）

和艺术真实有机结合起来，将虚构的情节与真实的事件连缀得天衣无缝，而且打破了元杂剧一般只讲一个故事的体制，常常在四折之中讲述三个相互关联的历史故事。例如《刘玄德独赴襄阳会》，并非只写刘备应刘表之约，赴会襄阳时的惊险故事，还写了刘备求贤纳士，请徐庶出山的故事以及最后徐庶指挥三军打败曹军的故事。这三个故事相互关联，呈现一种"链环式"结构，使四折杂剧出现三个高潮点,这种结构为后来的多情节多事件的历史剧、神话剧所吸收。

石君宝

石君宝生平事迹不详,《录鬼簿》只说他是山西平阳籍,并称其为"前辈才人"。孙楷第先生在《元曲家考略》中认为石君宝即元初石盏德玉,字君宝,女真族,原籍辽东盖州(今辽宁盖平)。本书还是依《录鬼簿》所云,将石君宝视为元代平阳籍杂剧作家中的代表人物。

山西平阳地区为晋南政治、军事重镇,元初已有人口近三十万,是当时仅次于大都的人口稠密地区。平阳有着深厚的民间艺术传统,宋金时期盛行于民间的说唱艺术诸宫调,就是发源于这一地区。入元以后,平阳也一直是杂剧创作的繁荣地区。据《录鬼簿》所载,石君宝一个人就著有杂剧十种,但是今天仅存《鲁大夫秋胡戏妻》《李亚仙诗酒曲江池》《诸宫调风月紫云亭》三种。

"秋胡戏妻"的故事最早见于汉代刘向所撰《列女传》,是说秋胡结婚五日后便去陈地做官,五年后回来,在路边桑园见一采桑女甚是美貌,上前调戏,遭到拒绝。回到家中,秋胡发现刚才调戏的采桑女竟是自己的妻子,羞愧不已;妻子认为丈夫"孝义并亡",遂投河自尽。这个故事重点是要宣扬孝义节烈,秋胡妻就是刘向树立的"洁妇"形象。后来汉乐府民歌《陌上桑》的故事与之相似,只是罗敷通过夸赞自己的丈夫吓退了使君,从而故事得以在喜剧氛围中收场。石君宝在创作《秋胡戏妻》时既吸收了《陌上桑》中"夸夫"的情节,又继承了《列女传》中将秋胡妻树立为"洁妇"的意旨。故事说罗大户的女儿梅英嫁给穷小子秋胡为妻,新婚才三天,秋胡就被征兵入伍,一去便是十年。这期间,梅英采桑养蚕,为人担水,照顾多病的婆婆,苦苦支撑着这个家庭,等待秋胡归来。而她的娘家逐渐败落,昔日的罗大户无奈向李大户借了四十石粮食,竟然无法归还。李大户骗说秋胡已死,要罗大户将女儿梅英嫁给他抵债,否则就去告官。罗大户不仅答应了他,还去欺骗、威吓秋胡的母亲刘氏,让她也答应了梅英改嫁一事。李大户敲锣打鼓地去迎亲,却遭到了梅英义正严辞的拒绝。李大户反复强调自己有钱,却被梅英抢白了一顿:"我道你有铜钱,则不如抱著铜钱睡!"她还将想象中丈夫做官的威风抖了出来,以此来警告李大户,秋胡回来绝不会与他善罢甘休。李大户等人只能作罢。

此时的秋胡因在军中立有军功,已官至中大夫,国君准其还家,并赐他金饼一枚以赡养母亲。秋胡换上便服回到村庄,见路边桑园里有一美貌女子正在采桑,便以讨水为由上前搭讪,遭到女子拒绝。秋胡又拿出金饼,想引诱她,结果被女子痛骂为"沐猴冠冕""牛马襟裾"的衣冠禽兽。秋胡气急败坏,竟想动手,岂料这女子刚烈无比,厉声咒骂,准备拼命,秋胡只得罢手。这女子就是梅英,只因结婚时匆匆几日就分开,十年间两人容貌都有改变,所以在桑园没有认出对方。梅英回家,见秋胡也来到家中,便要揪他去见官;当得知他就是自己朝思暮想的丈夫时,梅英悲愤交加,索要休书,想与秋胡一刀两断。婆婆刘氏来说情,秋胡又许以官诰,均遭拒绝。此时正好李大户来抢亲,被秋胡扭送到官府治罪。婆婆刘氏哀求梅英与秋胡相认,否则寻死;梅英舍不得婆婆,遂与秋胡和好。

《秋胡戏妻》成功塑造了梅英这样一位勤劳善良、忠于爱情、富有主见、具有反抗精神的女性形象。剧作一上来就表现了她很有主见。梅英少时家境虽不算太富裕,但毕竟知书达礼,本可嫁与有钱有势之家,但她不贪图富贵。当时秋胡尚未发迹,家境贫寒,只是一介儒生,梅英嫁给秋胡,是看中他好学上进,将来会有好的前程。所以当媒婆来劝说改嫁时,梅英断然拒绝。后来秋胡十年未归,梅英为了生计,为了照顾多病的婆婆,只能为人"缝联补绽,洗衣刮裳,养蚕择茧",有时"从早起,到晚夕,上下唇并不曾粘着水米"。梅英"受饥寒,捱冻馁",苦苦支撑这个家,显示出勤劳善良、吃苦耐劳的优秀品质。当她父母贪图钱财，来帮李大户劝她改嫁时，梅英从容镇定，据理力争，表示自己绝不因穷富而改变初衷。当李大户耍出无赖行径时，她立刻予以反击，"把这厮劈头劈脸泼拳槌"，并表示如再"向前来，我可便挝挠了你这面皮"，此时的梅英是泼辣坚强的。但是当打走李大户，在去采桑的途中，这些年的艰辛、委屈、无助、无奈一股脑儿涌上心间，她怨道："自从我嫁的秋胡，入门来不成一个活路，莫不我五行中合见这鳏寡孤独？受饥寒，捱冻馁，又被我爷娘家欺负。早则是生计萧疏，更值着没收成歉年时序……说甚么万种恩情，刚只是一宵缱绻，早分开了百年夫妇。"描写梅英暗自饮泪，正是作者的高明之处，因为他写出了一个既坚强又柔弱的真实的女性形象。这种有层次、有起伏的人物形象，显然是过去所有秋胡故事都未达到的艺术高度。

　　面对十年未见、竟已不相识的秋胡的调戏时，梅英采取了先礼后兵的策略，先劝他"既读那孔圣之书"，不可"做出这等不君子"之事；待秋胡动手拉扯，提出更丑恶的要求并以金饼引诱时，梅英不再容忍，怒斥秋胡是"沐猴冠冕，牛马襟裾"般的衣冠禽兽。秋胡不依不饶，继续纠缠，梅英怒火中烧，破口大骂："这厮睁着眼，觑我骂那死尸；腆着脸，着我咒他上祖。谁着你桑园里戏弄人家良人妇！便跳出你那七代先灵也做不的主。"直骂得秋胡灰头土脸，毫无招架之力，最终只能以"用言语将她调戏，倒被她骂我七代先灵"这样自嘲的方式来宣告调戏的失败。梅英到家后又看到秋胡，立刻怒满胸膛，欲揪他告官明断。当她知道这个无耻之徒竟是自己苦等了十年的丈夫时，尽管此时秋胡给她带来了凤冠霞帔，她也表示决不妥协。梅英愤恨填膺，连呼秋胡"愚烂荒唐""怎能居官"！最后表示即使将来忍饥挨饿、沿街乞讨，也要那半张休离纸。梅英能忍受十年的孤苦和艰辛，却不能忍受欺骗和侮辱，这种强烈的人格意识与尊严意识特别值得赞赏。

　　《李亚仙花酒曲江池》是写洛阳府尹郑公弼之子郑元和进京赶

鲁大夫秋胡戏妻（明刊本《元曲选》）

考,在曲江与长安名妓李亚仙相遇,两相留恋,互生爱慕,元和便住进了亚仙所在的妓院。两年后,郑元和花光了所有银两,被老鸨赶了出来,无以为生,只能给人家送殡唱挽歌。李亚仙为此茶饭不思,也不接客。老鸨听到外面有人家出殡,料定郑元和要唱挽歌,便带亚仙上楼观看,想以郑元和落魄的样子来让她死心。谁知亚仙认为唱挽歌是仁义之行,元和是"身贫志不贫",老鸨被撑得哑口无言。此时郑府尹也听到儿子唱挽歌的消息，认为有辱家风，赶来京城，在杏园痛打元和，几乎打死。亚仙赶来，将元和救活，鸨母却又将亚仙拉回妓院。元和贫困无依，在风雪中沿街乞讨。亚仙想再去寻找，但鸨母不许，亚仙愤然说道："我和他埋时一处埋，生时一处生。任凭你恶又白赖寻争竞，常拼个同归青冢抛金缕，更休想重上红楼理玉筝！"找到元和以后，亚仙拿出多年积蓄，为自己赎身，与落难的书生相依为命，并鼓励他要读书上进。郑元和发奋努力，不负期望，考上进士，被授予洛阳县令一职。这洛阳县令正好在郑府尹的管辖之下，但元和不愿与父亲相认。郑府尹求亚仙相劝，最终父子相认，一门团聚。

《曲江池》的故事来源于唐人白行简的传奇《李娃传》，但白行简笔下的李娃，性格比较复杂。她恋着望族公子荥阳生，又不敢对这份爱情抱以奢望，以至于参与了鸨母的"倒宅计"，赶走了荥阳生。后来李娃虽然冒着风险再次与沦为乞丐的荥阳生同居，但等荥阳生渡过难关、飞黄腾达之际，她又自惭形秽而欲离去。李娃身上反映出了唐代门第观念对自由婚姻的阻碍。《曲江池》中的李亚仙则是一个有情有义、有胆有识、敢于追求爱情的女性，从她一系列的行动中，我们看不到门第压力造成的自卑自贱，只有对压迫势力进行的不懈抗争。元杂剧中的很多女性都是既有传统妇女的美德，又能在险恶的现实中坚强地生存，这是元杂剧中女性形象的一大特点。但是这些女性形象并非完全是现实生活的反映，而是深受儒家文化影响的作者加在她们身上很多的理想色彩。

郑元和的形象也值得一提，他对底层女性的尊重，在元杂剧的男性中并不多见。在畅游曲江池之后，他对李亚仙说："就将小生的马送大姐回去，请上马。"按照《元典章》的规定，娼妓不得骑坐马匹，所以郑元和此举是有风险的。他愿为一个妓女去承担风险，这不是一般玩花惹草的浮浪子弟所肯做的。当郑府尹毒打他，又被亚仙救醒后，他首先想到的是："姐姐，你不怕旁人耻笑，妈妈嗔怪，俺家爷爷怪恨那?"这是在为李亚仙的处境考虑。当及第得官后,他又向亚仙发自肺腑地感恩:"夫人,小官已为朽木死灰,若非你拯救吹嘘,安能到此!"在这里看不到其他爱情剧中寻芳逐艳的才子在蟾宫折桂后的那种骄矜狂态,只有苦尽甘来的自省与感恩,甚是难得!而他不肯与父亲相认,则带有一些反抗父权的意味,这在封建社会里非常罕见。所以,《曲江池》写出了郑元和的一往情深,写出了他对下层女性的尊重,写出了他与父权之间的矛盾冲突,郑元和的形象加深了这部爱情剧的社会意义。

宫天挺

元朝统一全国以后,富庶的杭州很快成了南方的杂剧中心。据《录鬼簿》记载,当时在江浙行省活动的杂剧作家除了前面介绍过的郑光祖与乔吉以外,还有宫天挺、金仁杰、杨梓等人。宫天挺是被钟嗣成在《录鬼簿》中置于"方今已亡名公才人"之首的重要杂剧作家。宫天挺,字大用,原籍大名(今属河北),宦居江南,曾经做过桐庐县钓台书院的山长,最后卒于常州。钟嗣成称"先君与之莫逆交,故余常得侍坐",所以宫天挺是钟嗣成的父执辈。他的人生经历应该与"以儒补杭州路吏"的郑光祖大致相若。钟嗣成说:"见其吟咏文章,笔力人莫能敌;乐章歌曲,特余事耳。"又作〔凌波曲〕吊词,表达对这位前辈才人的景仰之情:"豁然胸次扫尘埃,久矣声名播省台。先生志在乾坤外,敢嫌天地窄。更词章,压倒元白。凭心地,据手策,数当今,无比英才。"可知宫天挺除杂剧创作外,在诗、文、词、曲各方面均有建树,只是作品未能付梓刊行,后人便无缘寓目了。现在能看到的宫氏作品,只有《死生交范张鸡黍》与《严子陵垂钓七里滩》这两部杂剧。

《范张鸡黍》根据《后汉书·独行传》中《范式传》改编,写国子监生范式与张劭为志同道合的好友,因看不惯谄佞盈朝,二人同时辞归故里。同学孔嵩、王韬前来送行,孔嵩为孔子后裔,王韬为当朝高官之婿。四人话别之际,孔嵩说自己写有万言策,却投递无门,范式建议他请王韬转呈。分别时范、张相约,两年后的同月同日范式去张劭家中拜探张母,张劭说一定杀鸡炊黍来招待。过了两年,范式如约赶往汝阳,途中遇到王韬。此时的王韬因将孔嵩的万言策改头换面,凭借岳父的关系呈交贡院,因而被授杭州金判,前往上任。二人同往张劭家中,张劭早已杀鸡炊黍等待。张母原本对范式千里赴约将信将疑,见范式来后,夸赞他"真乃信士"。范、张、王三人欢饮后,王韬提前上路,范、张则再为鸡黍之约,相约来年由张劭去范式隐居的荆州相会。范式离开后,张劭不幸身染重病,生命垂危,临终遗言要范式主持下葬,否则口眼不闭,灵车不动。此时,吏部尚书第五伦奉命征聘贤士,亲自到荆州来请范式。两人相谈时,因话不投机,范式竟然小睡了一会儿,梦中得知张劭已死,并以妻儿老母相托。范式醒后,悲痛万分,准备立即去汝阳张家料理后事。第五伦为二人友情所感动,借与范式车马前去汝阳。范式日夜兼程,终于在张劭下葬之日赶到张家。范式未到前,张母主持下葬,灵车竟无法拉动;等范式素车白马赶到,哀痛祭吊以后,灵车才缓缓拉动,张劭得以安葬。范式又在张劭墓前栽松种柏,结庐守墓,长达百日。这种义举震动了朝野,皇帝命第五伦持节宣诏,征聘范式入朝,范式受聘。而孔嵩由于万言策被盗用,只能沦为马前虞候,为范式入朝喝道。范式在仪仗队中发现了孔嵩,询问具体情况以后,就向第五伦力荐孔嵩,三人遂一起进京。朝廷对范、张、孔三人的志节品行大加旌表,范式和孔嵩都被授予高官,张劭也被追封翰林编修,而王韬恶迹败露,被杖一百,终身废锢。

　　《范张鸡黍》一方面歌颂了范式与张劭之间生死不渝的友情和他们的重信然诺的行为,另一方面又揭露、抨击了当时社会卖官鬻爵、权豪横行的黑暗现实。宫天挺所处的时代虽然已开科举,但选官的权力却由权豪势要们牢牢把持,底层的读书人依然是进身无路。剧中所揭露的"翰林院那伙老子每钱上紧"的科选内幕,具有鲜明的指向性。作者利用范式在赴"鸡黍之约"的途中遇到前去上任的王韬这一情节,借二人讲论文章之机,对时政大加针砭:

〔天下乐〕你道是文章好立身,我道今人都为名利引。怪不着赤紧的翰林院,那伙老子每钱上紧。(王仲略云)怎见得他钱上紧?(正末云)有钱的无才学,有才学的却无钱。有钱的将着金帛干谒,那官人每暗暗的衙门中分付了,到举场中各自去省试殿试,岂论那文才高低?(唱)他歪吟的几句诗,胡诌下一道文,都是些要人钱诌佞臣。

这段曲词与宾白将元代社会选官之混乱与黑暗揭示得非常深刻。当然,深怀儒家入世思想的宫天挺总是希望朝廷能够选贤任能,廓清吏治,所以全剧最终是皇帝让吏部尚书来礼聘范式入朝,连死去的张劭也得到封赠,这反映了当时中下层知识分子的普遍愿望。

《严子陵垂钓七里滩》敷演的是东汉名士严光(字子陵)不肯接受朝廷征召,坚持重回七里滩,做一个"不染尘埃,不识兴衰"的山野逸民的故事。其事本于《后汉书·逸民传》及相关民间传说。西汉末年,王莽篡汉自立,诛杀刘姓宗室。皇族子弟刘秀隐匿在舂陵乡白水村,改名金和秀才,扮作樵夫模样,严光待为兄弟。十年后,刘秀灭王莽,兴汉室,登大宝,成为东汉的光武帝。刘秀心念故交,多次派使臣征聘严光入朝为官,都遭婉言拒绝。刘秀只好以布衣之礼相邀,严光碍于情面,觉得"做个朋友相看",也当一贺,便起身入京。刘秀隆重相迎,待为上宾,严光却不为富贵利禄所动,坚持要回七里滩隐居。与《范张鸡黍》的主人公以退为进、先隐后仕的行为不同,严光遁迹山林,与渔樵为伍,并非邀名取禄的权宜之计,而是对现有秩序和价值体系进行反思后的人生选择。其实这是宫天挺自己仕进理想破灭以后的情感表露，甚至可以说是元代中后期的文人对强权政治的离心倾向的表现。所以全剧各折始终在描述散诞逍遥的渔樵之乐，来与"风波千丈"的仕途风险形成正反对照。例如第一折中严光所唱的〔青哥儿〕：

> 那里面暗隐着风波、风波千丈。你说波使磁瓯的有甚灾伤？我醉了呵东倒西歪尽不妨。我若烂醉在村乡，着李二公扶将，到草舍茅堂。靠瓮牖蓬窗，新苇席清凉，旧木枕边厢，袒脱下衣裳，放散诞心肠，任百事无妨。倒大来免虑忘忧，纳被蒙头，任意翻身。强如您宰相侯王，遭断没属官象牙床，泥金亢。

作者借严光之口在表达：乡村不仅安全，而且自由，那些高官厚禄则包藏着祸害，宰相侯王一旦出事，什么象牙床、泥金亢，都要被抄没。所以不如早些跳出那"十万丈风波是非海"，躲进这世外乡野的钓鱼滩。第三折中的〔二煞〕〔三煞〕更有对皇帝君权的揶揄：

> 〔二煞〕你也不是我的君，我也不是你的卿，咱两个一樽酒罢先言定：若你万圣主今夜还朝去，我便七里滩途程来日登。又不曾更了名姓，你则是十年前沽酒刘秀，我则是七里滩垂钓的严陵。
>
> 〔三煞〕您每朝聚九卿，你须当起五更，去得迟呵着那两班文武在丹墀候等。俺出家来纳被蒙头，黑甜一枕，直睡到红日三竿，犹兀自唤不的我醒。

总之，《七里滩》中的严光形象非常鲜明，虽然平日多以醉汉面目出现，实则是一个头脑清醒、见识深远的高人隐士。他并不反对刘秀施展抱负，但自己绝不羡慕宰相侯王之尊贵，体现出一种可贵的人格独立意识。全剧曲词"雄劲遒丽,有健鹘摩空之致"(王国维《〈元刊杂剧三十种〉序录》),在元曲中允为上品。

元代无名氏的杂剧作品

元杂剧中有一部分作品的作者姓氏已不可考,我们只能称之为"无名氏杂剧"。这些无名氏杂剧大概有五十种,现存三十多种,其中不乏优秀之作。无名氏杂剧的内容比较庞杂,大体可以分为公案剧、历史剧和爱情剧三大类,我们各选一部加以介绍。

《陈州粜米》

《陈州粜米》是无名氏公案剧中的优秀作品。元代另一部无名氏杂剧《玎玎珰珰盆儿鬼》中曾称赞包公"也曾三勘王家蝴蝶梦,也曾独粜陈州老仓米。也曾智赚灰阑年少儿,也曾诈斩斋郎衙内职。也曾断开双赋后庭花,也曾追还两纸合同笔"。这里面提到的都是当时喜闻乐见的包公剧目,其中除《陈州粜米》和《合同文字》是无名氏作品外,《蝴蝶梦》《鲁斋郎》是关汉卿的作品,《后庭花》是郑廷玉的作品,《灰阑记》是李行道的作品。关汉卿、郑廷玉、李行道都是元代前期的作家,所以大体上可以推断《陈州粜米》也是元代前期的作品。

《陈州粜米》是一个在宋、金民间传说的基础上加工而成的包公故事，并有一定的历史依据。《宋史·仁宗本纪》载明道元年（1032）、二年（1033），江淮饥荒，皇帝下诏运米百万斛以赈饥民，并"遣使督视"。而包拯也确实写过《请免陈州添折见钱疏》《请支义仓米赈给百姓疏》等奏折，《淮阳县志》《陈州县志》里也都有包公放粮的记载。这样一来，民间艺人很自然地就将朝廷派来督视赈灾的使者写成了包公，辗转相传，渲染多端，最终成为一个脍炙人口的故事。

　　故事说北宋元祐年间，陈州大旱三年，朝廷要派两名官员去开仓粜米，钦定五两银子一石大米。权臣刘衙内保荐儿子刘得中、女婿杨金吾前去，暗中却指使他们改作十两银子一石米，再往里面掺些泥土糠秕，这样可以牟得暴利，捞足油水。刘、杨二人还得到了御赐金锤，可以打死不论。二人到了陈州，与量米的斗子（管仓掌斗的吏役）相勾结，用八升的小斗出米，用加三的大秤进银，粜米的百姓有苦难言。灾民张憋古来买米，交上十二两纹银，秤上只作八两；量米时，一石米还不到八斗。张憋古与他们争辩起来，小衙内勃然大怒，当场用紫金锤将老汉打得头破血流。张憋古自知伤重难活，临终嘱咐儿子去京城找包龙图告状。小衙内和杨金吾根本不把打死人当回事儿，仍然去粉头王粉莲家喝酒。朝廷也听说了刘得中、杨金吾贪赃枉法、草菅人命的事情，所以要重新派一位官员去陈州粜米，并赐势剑金牌，可以先斩后奏。此时小憋古来到京城告状，差点落在刘衙内手里，后来遇到包公，诉说冤情，包公答应去陈州断案粜米。刘衙内十分惊恐，为保儿子、女婿性命，他请来一纸赦书，所谓是赦活人不赦死人。

　　包拯快到陈州时，命随从张千先进城，自己则扮成庄稼老汉，准备微服私访。包拯路遇王粉莲，替她笼驴牵驴，然后开始打听陈州的情况。王氏乃风月女子，鲜有廉耻，见包公打听刘得中、杨金吾，便如数家珍般地炫耀起来，甚至将二人私抬粮价、大秤秤银、小斗量米的事情也和盘托出。当她说到刘、杨二人有御赐紫金锤时，包拯佯装惊羡，要求带自己去一睹圣物。王粉莲得意扬扬，将包拯带到了城外的接官厅。刘得中和杨金吾正在这里摆下酒宴，等候包拯，却不想跑来了王粉莲。王氏一见他俩，就撒娇饮酒，打情骂俏，好半天才想起门口还有给自己牵驴的老头，便让人送去酒肉。包拯见到这副场景，满腔怒火，厉声斥责，将酒肉都拿去喂驴。刘、杨二人大怒，命人将此老汉吊在树上，准备接待了包拯再来处置。此时，张千也来到了接官厅，假装让刘、杨二人去东门迎接包大人，然后赶紧救下包拯，一起进城。包拯升堂，捉了刘、杨二人，当堂将杨金吾斩首示众，又授意小懒古乘人不备，操起紫金锤，打死了仇人刘得中。包拯命军士拿下小懒古，此时刘衙内赶到，手拿赦书，高喊："则赦活的，不赦死的！"包拯正好遵旨赦免了小懒古。

　　《陈州粜米》是元代包公戏中表现抗击豪强的剧目之一，作者写的虽是宋代故事，反映的却是元代的社会生活。"衙内"本是唐五代藩镇的一种亲卫官，职位并不高；到宋元时期就成了权豪势要及其子弟的专称，如同关汉卿剧中的"鲁斋郎"一样。这其实是在影射元代社会里那些享有特权的上层贵族，尤其是那些蒙古贵族，虽然没有什么具体的职务，却可以耀武扬威，作威作福。就如剧中刘衙内自称："我是权豪势要之家，累代簪缨之子，打死人不要偿命，如同房檐上揭一个瓦。"小衙内也说："俺是刘衙内的孩儿，叫作刘得中，这个是我妹夫杨金吾。俺两个全仗俺父亲的虎威，拿粗挟细，揣歪捏怪，帮闲钻懒，放刁撒泼，那一个不知我的名儿！见了人家的好玩器好古董，不论金银宝贝，但是值钱的，我和俺父亲的性儿一般，就白拿白要，白抢白夺。若不与我呵，就踢就打，就揪毛，一交别番倒，剁上几脚，拣着好东西揣着就跑。随他在那衙门内兴词告状，我若怕他，我就是癞虾蟆养的！"有压迫就有反抗，剧中张懒古父子就是底层民众奋起反抗的代表。张懒古性格倔强，当他来官仓买米时目睹刘、杨一伙贪赃枉法，便当面怒斥这些贪官污吏：

〔混江龙〕做的个上梁不正,只待要损人利己惹人憎。他若是将咱刁蹬,休道我不敢掀腾。柔软莫过溪涧水,到了不平地上也高声。他也故违了皇宣命,都是些吃仓廒的鼠耗,咂脓血的苍蝇。

刁蹬,是刁难的意思;掀腾,是张扬的意思。他在警告这些贪官污吏,如果要刁难他,他会进行抗争。没想到张憋古直接被刘得中打死。作者以这个典型事件作为包公出场的社会背景,其实是在影射元朝汉族民众所受的压迫和当时社会矛盾之尖锐。在那个时代,民众寻求解决的办法只有期盼清官的出现,来扫尽这人间的不平。所以,包公形象是元代民众企图通过理想的力量来战胜黑暗现实的艺术之花。

《陈州粜米》中的包公既刚正,又清廉,是一个典型的清官形象。刚开始,作者没有马上让包公与贪官污吏展开激烈斗争,而是欲扬先抑,腾出篇幅来展现他的内心矛盾。此时的包公,是一个饱经宦海风波的老人,知道权豪势要们都痛恨他,所以准备仿效范蠡、张良等功成身退的聪明人,"从今后,不干己事休开口"。但是当他迈出议事堂,又一次听到小憋古向他喊冤时,正直的包公放弃了辞官的念头,转而决定要去同贪官豪强们较量一番。当他接过皇帝赐予的势剑金牌后,就斩钉截铁地宣告:"我只待斩了逆臣头!"面对刘衙内的软硬兼施,包公将剑连挥三下,表示绝不会徇私枉法,定要与那陈州百姓分忧。如果说刚正不阿是包公性格的主要部分,那么清廉就是另一个重要侧面。作为钦差大臣,一般都是前呼后拥,威风凛凛,而《陈州粜米》中的包公出行只带一个随从张千,而且自带干粮,从不打扰百姓。这种清苦的生活使张千在途中自言自语地埋怨起来:"你不知这位大人清廉正直,不爱民财。虽然钱物不要,你可吃些东西也好。他但是到的府州县道,下马升厅,那官人里老安排的东西,他看也不看,一日三顿,则吃那落解粥……我这一顿落解粥,走不到五里地面,早

包待制陈州粜米（明刊本《元曲选》）

肚里饥了。"张千的这番独白是从侧面烘托了包公的清廉,而且带有
一些喜剧色彩。

在一般的包公剧中,他的威严令人生畏,而《陈州粜米》中的包公
却带有几分机智和幽默。剧中包公为了掌握案情,查实罪证,竟然装扮
成乡下老头,给妓女笼驴。这个行为本身就很滑稽,包公不禁自嘲道:
"我则怕按察司迎着,御史台撞见。本是个显要龙图职,怎伴着烟月鬼

元曲史话

270

狐缠? 可不先犯了个风流罪,落的价葫芦提罢俸钱!"而最终包公以其人之道还治其人之身——叫小懒古用紫金锤打死凶手刘得中,然后巧妙利用"赦活的,不赦死的"的赦书,放了小懒古,充分显示出他的机智。总之,作者将狡黠幽默的喜剧性格与一丝不苟的严正品质,随俗合流的亲民性格与威名显赫的社会身份进行非协调化的组合,完成了包公形象的喜剧变奏,成为历代包公形象中独特的"这一个"。

《赚蒯通》

无名氏杂剧中数量较多的是历史剧,如写战国时代孙膑智斗庞涓的《马陵道》、三国时代王允剪除董卓的《连环计》,又如敷演唐代故事的《小尉迟》,敷演宋代杨家将故事的《谢金吾》等。《随何赚风魔蒯通》(简称《赚蒯通》)是其中的优秀剧目。据《史记》和《汉书》的记载,在刘邦出兵征陈豨时,吕后与萧何定计,将韩信骗到未央宫加以杀害。《赚蒯通》则将杀害韩信的主角定为萧何与樊哙。当时萧何官居丞相,韩信则手握重兵。韩信当初是萧何举荐的,所以萧何担心韩信一旦谋反,必然牵连自己,便请来樊哙、张良商议,意欲害死韩信。张良不愿参加诛杀功臣的行动,辞官归隐;樊哙与韩信不合,便与萧何一起定计,假称天子出游,宣韩信进京留守,待骗得韩信进京,便可取他性命。韩信手下谋士蒯通识破了萧何等人的阴谋,力劝韩信不要进京。韩信却不相信刘邦会杀掉他这样的大功臣,认为"圣人平日解衣衣我,推食食我,这许多好意,难道今日便负了我? 必无此理"。于是不听蒯通劝告,执意进京,结果落入虎口,丢了性命。蒯通知道萧何不会放过自己,便装疯避祸。萧何半信半疑,派随何去打探虚实。随何见到蒯通衣衫褴褛,蓬头垢面,满嘴胡言乱语,说什么"俺丈人是土地,姑父是阎罗,姐姐是月里嫦娥",街上小孩都拿他来逗乐取笑。老奸巨猾的随何悄悄尾随蒯通,来到他藏身的羊圈。蒯通不知有人跟踪,见到碧天如水,月色射天,不禁感慨起韩信无辜受戮,功臣被诛。这下蒯通被随何看出了是在装疯,立即被抓了起来带回京城。萧何请来樊哙、曹参、王陵等人,一起会审蒯通,并在堂前支起一口油镬,准备审完以后就烹了蒯通,以绝后患。蒯通毫无惧色,正话反说,历数韩信的"十罪"与"三愚",其实是在陈述韩信驱兵带将、攻城略地的十大功劳和他不可能谋反的三大理由。一番慷慨陈词,竟然说得众臣伤感起来,连萧何、樊哙也面露悲情。这时刘邦传旨,恢复韩信爵位,赦免蒯通,并赐黄金千两,加封官职。而蒯通早已绝意仕途,遂挂冠而去,不知所终。

　　蒯通是我国戏曲舞台上第一个成功的雄辩家形象,作者不仅刻画了他巧舌如簧的辩才,还赋予他充满智慧、坚持正义、临危不惧等品质,使得这一形象饱满而感人。蒯通对朝廷内部的权力斗争有着清醒的认识,认为"勇略震主者身危,功盖天下者不赏",力劝韩信不要入朝,还劝他摆脱名缰利锁,卸职休官,明哲保身。对照韩信的执迷不悟,蒯通显得头脑清醒、目光锐利。等蒯通自己被抓,面对萧何支起的油镬,他假装要跳,这一下打乱了萧何的预定部署。萧何架设油镬,召集群臣,公审蒯通,本想以蒯通的"招供"来堵住同情韩信者的嘴。如果让蒯通一言不发地直接跳进油镬,他的如意算盘就落了空。蒯通看穿了萧何的心思,故意虚张声势,装出要跳油镬的样子,引出萧何发问,从而为自己争取主动。然后他鼓动如簧之舌,以"十罪""三愚"的特殊话语来为韩信申冤:

　　　(萧相云)蒯文通,既是韩信有十罪,你对着这众巨宰跟前,试说一遍咱。(正末云)一不合明修栈道,暗度陈仓;二不合击杀章邯等三秦王,取了关中之地;三不合涉西河,虏魏王豹;四不合渡井陉,杀陈余并赵王歇;五不合擒夏悦,斩张仝;六不合袭破齐历下军,击走田横;七不合夜堰淮河,斩周兰、龙且二大将;八不合广武山小会垓;九不合九里山十面埋伏;十不合追项王阴陵道上,逼他乌江自刎。这的便是韩信十罪!(萧相叹介,云)此十件乃是韩信之功,怎么倒是罪来?(正末云)丞相,韩信不只十罪,更有三愚。(萧相云)又有那三愚?(正末云)韩信收燕赵破三齐,有精兵四十万,恁时不反,如今乃反,是一愚也;汉王驾出城皋,韩信在修武,统大将二百余员,雄兵八十万,恁时不反,如今乃反,是二愚也;韩信九里山前大会垓,兵权百万,皆归掌握,恁时不反,如今乃反,是三愚也。韩信负着十罪,又有此三愚,岂不自取其祸?今日油烹蒯彻,正所谓"兔死狐悲,芝焚蕙叹"。请丞相自思之。

蒯通表面上应允萧何,说要当众数说韩信的罪状,实则是争取到机会来陈述韩信的"十大功"与"三不反"。这种正话反说、出其不意的论辩思路,让萧何等人措手不及,乱了阵脚。这段话又运用了一连串富有气势的排比句,环环紧扣,势如破竹,直说得萧何等人哑口无言。至此,蒯通未说韩信一字"冤屈",而冤屈之情自现,未斥萧何一字"诬陷",而诬陷之状自显。最终,蒯通凭借自己能言善辩的本领为主公申冤昭雪,使自己得以保全。

其实,蒯通为韩信辩护的故事是有历史原型的,即栾布吊彭越。栾布是彭越的部下,彭越被杀后,他不顾禁令去祭祀彭越。汉高祖刘邦要用油镬烹他,他却在油镬前侃侃陈述彭越的功劳,终于使刘邦无话可说,释放了他。另外还有一个历史原型,是李斯。他在狱中曾上书秦二世,表面上说自己有七大罪,实则是帮助秦国统一天下、治理天下的七大功。剧作家活用这些材料,用明贬实褒的方法表彰了韩信的"十大功"。至于蒯通将韩信的"三不反"说成是"三愚",则是移植了薄太后为周勃辩诬的史实。薄太后是汉文帝的母亲,当她听说汉文帝轻信"周勃造反"的诬告时,就问文帝:周勃在统率北军灭诸吕时要反叛是很容易的,但他没有反叛,现在在一个小地方做绛侯,怎

随何赚风魔蒯通（明刊本《元曲选》）

么还会反叛呢？蒯通说韩信的"三愚"，也是用的这种推理方法。这些史料都符合剧本为韩信申冤的主题，所以化用在蒯通身上，符合逻辑而又不露痕迹。可见，历史剧可以根据人物塑造的需要将同类的人物和史料合成在主人公一个人身上，以使其形象更加丰满，更显高超。（王季思《我国戏曲舞台上最早出现的雄辩家形象——谈元杂剧〈赚蒯通〉》）

《鸳鸯被》

爱情剧中以《鸳鸯被》较有特色。故事写河南府尹李彦实忠正廉明，却遭人弹劾，不得不进京接受勘问。因无盘缠，他通过玉清庵道姑向员外刘彦明借了十两纹银，刘员外听说李彦实还有一个未出嫁的女儿玉英，就硬要玉英也在借据上画押。一年以后，李彦实杳无音信，刘员外就向玉英逼债，本息共计纹银二十两，如果还不出，就要玉英嫁给他为妻，否则就去告官。在刘道姑的哄骗下，玉英只好答应当晚带着鸳鸯被去玉清庵与刘员外相会。当夜刘道姑恰巧外出有事，嘱咐小道姑经办此事。刘彦明满心欢喜地来赴约，却被巡夜人误以为罪犯捉了去。正好有个赶考的举子张瑞卿到庵中借宿，小道姑误以为是刘彦明，就让他和玉英成了好事。事后张瑞卿向玉英表明了身份和爱意，玉英也以身相托，并送鸳鸯被为信物。第二天，张瑞卿前去赶考，刘彦明则将玉英强娶回家，玉英誓死不从，被罚到刘家的酒店里做杂工。张瑞卿到京师高中状元，随即回洛阳寻访玉英，两人在酒店相见，却已不敢相认。张瑞卿假称是玉英的哥哥，答应替她还债，才将玉英从刘家带走。二人到旅店，瑞卿拿出鸳鸯被，与玉英夫妻团圆。此时李彦实也已官复原职，认了瑞卿这个女婿，并重责了刘彦明。

元杂剧中的爱情剧一般分为两种类型，一种是写妓女、书生、商人间的三角关系，如《贩茶船》；一种是写才子佳人相恋，克服阻碍终成眷属，如《西厢记》。其实还有第三种，即"误会型"的爱情故事。玉英和瑞卿的结合完全出于偶然，是因为小道姑的误会才促成了他俩的姻缘，从这一点上看，《鸳鸯被》应该属于"误会型"爱情剧；然而玉英和张瑞卿、刘彦明三人之间的关系，又有点像上述第一种"三角型"爱情剧；但是从根本上看，玉英和瑞卿之间的爱情还是属于上述

玉清庵错送鸳鸯被（明刊本《元曲选》）

第二种才子佳人相恋的故事类型。所以说《鸳鸯被》的故事结构比较特殊,给人以新鲜的感受。作为青春年华的少女,玉英当然渴望能够嫁给情投意合的读书人,但是出于生活的压力,她刚开始不得不接受刘彦明的逼婚,答应嫁给这个庸俗的财主。然而无巧不成戏,出于偶然的原因,她和张瑞卿结合了。当得知瑞卿是一位秀才时,玉英又萌发了才子佳人的爱情欲望,所以她后来对刘彦明不再有丝毫的迁就,对于逼婚的行为进行了坚决的反抗。作者写出了玉英心理活动的变化过程,使得人物形象真实可感。

余论

元曲的衰落

元代后期到明朝初年,元曲呈现出衰落的迹象。这主要表现为作品数量的减少与艺术精神的消退。

先看散曲。元末明初的散曲家有两类:一类是主要生活在元代,晚年入明,如汪元亨、杨维桢、刘庭信等人;另一类是由元入明,后半生的活动主要在明初,如王子一、谷子敬、汤舜明等人。前一类人的作品已较元初大为减少,后一类人除了汤舜明以外,其他存世作品非常少。而元初散曲中“散诞逍遥”的艺术精神已消失殆尽,反而出现了一些欢欣自得的情愫;豪辣灏烂的气息也在消退,散曲的风格有如锦屏春风,越来越雅。这主要是文人们的生活环境发生了变化,从元代后期开始,统治者逐渐重视科举,重视文人的作用。尤其到了明初,朱元璋对文人们恩威并施,一方面大开科举,另一方面又下严命,凡不为新朝所用者,皆抄斩。文人们既得皇恩,又慑于严威,莫不深怀用世之心而专力于场屋之间。在这种大环境下,以“避世—玩世”为思想主调的散曲与“士为君用”的时代精神发生了冲突,文人们自然不会再像元初那样热衷于散曲的创作。何良俊在《四友斋丛说》中所谓“祖宗开国,尊崇儒术,士大夫耻留意词曲”云云,一定程度上道出了散曲在明初衰落的原因。

再看杂剧,元杂剧的衰落比元散曲还要早些,从杂剧中心南移至杭州后不久,元杂剧便开始走向衰落,这也主要表现在作品数量的减少和艺术精神的消退上。《录鬼簿》卷上著录元代前期曲家九十七人、剧目将近三百五十种,卷下著录元代后期曲家五十五人、剧目一百零几种。当然,前后期各有一些人并非曲家身份,去掉这些人,前后期曲家曲目的比例还是不变,后期要远远少于前期。至于艺术精神的消退,邓绍基先生主编的《元代文学史》有很好的总结:"杂剧中心南移后,杂剧的创作思潮发生了变化。前期杂剧中的积极战斗精神逐渐消失,那种敢怒、敢骂,敢于无视封建纲常的叛逆精神很少见到了,代之而起的是对封建道德的妥协与宣扬……在前期杂剧中占相当数量的反映元代社会尖锐复杂的社会矛盾,反映下层人民生活和要求的作品,包括公案戏、水浒戏等,除了无名氏的作品中还存有几本外,文人的作品中就比较少见了。前期杂剧曾以生动鲜明的色彩,画出了丰富多彩的社会生活画卷,但到后期,画面渐为狭窄,色彩也渐渐苍白。"从社会大环境来看,这也是元朝后期开科举、重理学的结果。苏天爵在《伊洛渊源录序》中说:"至于《论语》《大学》《中庸》《孟子》,专以周、程、朱子之说为主,定为国是,而曲学异说,悉罢黜之。"所以元朝的科举考试也多在朱注四书内出题。这样一来,程朱理学重新崛起,连有的蒙古人也跟着讲"孝亲""贞节"起来,这不能不对杂剧创作产生巨大的影响,所以早期杂剧中那种敢怒、敢骂、敢于无视封建纲常的叛逆精神日渐消退。

除此以外,北杂剧南移还会遇到一些它所无法克服的问题。例如,南方生活富庶,文化发达,大批北方杂剧作家被吸引南下,这在客观上会导致北方创作队伍的削弱和前辈创作经验的失传。更重要的是,北杂剧是以元大都为中心的北方语音为基础而形成的一种声腔剧种,其语音和审美都带有鲜明的北方文化色彩,一旦南移,南方观众能不能接受? 王世贞在《曲藻》中曾云:"凡曲,北字多而调促,促处见筋;南字少而调缓,缓处见眼。北则辞情多而声情少,南则辞情少而声情多。北力在弦,南力在板。北宜和歌,南宜独奏。北气易粗,南气易弱。"可见,每种艺术形式都有自身成长的文化土壤,一旦移植,很可能会出现"橘生淮南则为橘,生于淮北则为枳"的情况。粗犷洒脱的北杂剧终究未能在小桥流水的江南扎根生长,最终因为"不谐南耳"而逐渐走向了衰落。另外,北杂剧一本四折、一人主唱的模式,适合较小的家庭戏班演出,可以节省开支,降低演出成本,但这种结构就像一个框子一样,会使演出内容受到很大的限制,情节和矛盾也难以充分展开,势必影响人物的塑造和演出的效果。而南方经济发达,大剧团的演出并不罕见,所以南戏演出时不限出数和唱角,或独唱,或对唱,或接唱,或合唱,宫调多变,艺术自由,这样灵活的演出方式必然会在市场上击败高度程式化的北杂剧。

所以元曲的衰微,本质上与它的繁荣是一样的,都是文化环境变换的结果,也都是艺术发展本身规律的体现。作为中国古代文学百花园里的一朵奇葩,元曲之美不容忽视,值得我们好好欣赏。王国维在《人间词话》中曾说温庭筠之词如严妆佳丽,韦庄之词如淡妆佳人,而李煜之词却是粗头乱服,难掩国色。元曲就像这"粗头乱服"的女子,豪辣率真,不假雕琢,却难掩天姿国色;即使后期开始雅化,注重打扮,也还是难掩骨子里的本色之美。可以说,元曲为中国文学史提供了一种独特而又崭新的美感风貌。元曲,就是临去那一转的"秋波",能在眉目之间,摄人心魄;元曲,就是能补墙头之缺的那座"青山",常有闲云出岫,放旷豁达;元曲,就是那颗响珰珰的"铜豌豆",风骨磊落而又豪辣真率。元曲以其独特的艺术个性,在唐诗、宋词之外别置一席,与它们各逞其美;它那大俗大雅的艺术魅力,使一代又一代的读者为之击节,直到今天。

参考文献

1.《元曲选》，臧晋叔编，中华书局 1958 年版

2.《全元曲》，徐征、张月中、张圣洁、奚海主编，河北教育出版社 1998 年版

3.《全元散曲》，隋树森编，中华书局 1964 年版

4.《散曲丛刊》，任中敏编著，曹明升点校，凤凰出版社 2013 年版

5.《新校元刊杂剧三十种》，徐沁君校，中华书局 1980 年版

6.《元曲家考略》，孙楷第著，上海古籍出版社 1981 年版

7.《汇校详注关汉卿集》，关汉卿著，蓝立萱校注，中华书局 2016 年版

8.《白朴戏曲集校注》，白朴著，王文才校注，人民文学出版社 1984 年版

9.《马致远全集校注》，马致远著，傅丽英、马恒君校注，语文出版社 2002 年版

10.《集评校注西厢记》，王实甫著，王季思校注，张人和集评，上海古籍出版社 1987 年版

11.《郑光祖集》，郑光祖著，冯俊杰校注，山西人

民出版社 1992 年版

12.《乔吉集》，乔吉著，李修生、李真瑜、侯光复编校，山西人民出版社 1988 年版

13.《元曲六大家略传》，谭正璧著，上海古籍出版社 2012 年版

14.《元曲纪事》，王文才编著，中华书局 2019 年版

15.《录鬼簿校订》，钟嗣成撰，佚名续，王钢校订，中华书局 2021 年版

16.《散曲通论》，羊春秋著，岳麓书社 1992 年版

17.《中国古代散曲史》，李昌集著，华东师范大学出版社 1991 年版

18.《中国古代曲学史》，李昌集著，华东师范大学出版社 1997 年版

19.《元散曲通论(修订本)》，赵义山著，上海古籍出版社 2004 年版

20.《元人杂剧概说》，青木正儿著，隋树森译，中国戏剧出版社 1957 年版

21.《元杂剧研究》，吉川幸次郎著，郑清茂译，台北艺文印书馆 1960 年版

22.《元杂剧史》，李修生著，江苏古籍出版社 1996 年版

23.《元代杂剧艺术》，徐扶明著，上海文艺出版社 1981 年版

24.《元人杂剧与元代社会》，么书仪著，北京大学出版社 1997 年版

25.《宋元戏曲史》，王国维著，上海古籍出版社 1998 年版

26.《中国戏曲通史》，张庚、郭汉城主编，中国戏剧出版社 2006 年版

27.《中国传统戏剧》，(德) 顾彬著，黄明嘉译，华东师范大学出版社 2012 年版

28.《中国戏曲文化概论(修订版)》,郑传寅著,武汉大学出版社1998年版

29.《中国戏剧演进史》,张大新等著,中华书局2015年版

30.《古剧说汇》,冯沅君著,商务印书馆1947年版

31.《玉轮轩曲论》,王季思著,中山大学出版社2021年版

32.《冷暖室论曲》,黄天骥著,复旦大学出版社2016年版

33.《曲学与中国戏剧学论稿》,徐子方著,东南大学出版社2012年版

34.《元曲艺术风格研究》,王星琦著,江苏文艺出版社1996年版

35.《元曲鉴赏辞典》,蒋星煜主编,齐森华、叶长海副主编,上海辞书出版社1990年版

36.《蒋星煜文集》,蒋星煜著,上海人民出版社2013年版

37.《从诗到曲》,郑骞著,商务印书馆2015年版

38.《中国俗文学史》,郑振铎著,商务印书馆2010年版

39.《说俗文学》,曾永义著,台北联经出版公司1984年版

40.《中国文学史》(第三卷),袁行霈主编,莫砺锋、黄天骥分卷主编,高等教育出版社1999年版

41.《元代文学史》,邓绍基主编,人民文学出版社1991年版

42.《关汉卿评传》,李占鹏著,南京大学出版社2000年版